目　录

本书出版获教育部高校人文社会科学重点研究基地河北大学宋史研究中心建设经费、河北大学中国史「双一流」学科建设经费、河北大学历史学强势特色学科经费、河北大学燕赵高等研究院学科建设经费资助

《续博物志》研究

张春兰　等◎著

科学出版社
北京

内 容 简 介

本书通过整理、分析前人的学术研究成果，对其版本进行系统梳理，认为宋代李石的《续博物志》作为张华《博物志》的续作，是承接中古时期与明清时期博物学发展桥梁的奠基之作之一，是宋代博物学中的重要著作之一，因此研究《续博物志》十分必要，尤其是要考察清楚这部著作在宋代博物学中的重要地位和影响，使宋代博物学图景再次深刻地展现在今人眼前，以便对宋代博物学做更进一步的研究，从而推动中国传统博物学研究的发展。

本书可供宋史等专业的研究者和读者参阅。

图书在版编目（CIP）数据

《续博物志》研究 / 张春兰等著. —北京：科学出版社，2022.3

ISBN 978-7-03-071874-7

Ⅰ. ①续… Ⅱ. ①张… Ⅲ. ①笔记小说－小说研究－中国－宋代 Ⅳ. ①I207.419

中国版本图书馆 CIP 数据核字（2022）第 042401 号

责任编辑：任晓刚 / 责任校对：张亚丹

责任印制：张　伟 / 封面设计：楠竹文化

科 学 出 版 社 出版

北京东黄城根北街 16 号

邮政编码：100717

http://www.sciencep.com

北京盛通商印快线网络科技有限公司 印刷

科学出版社发行 各地新华书店经销

*

2022 年 3 月第 一 版 开本：720×1000 1/16

2023 年 1 月第二次印刷 印张：12 3/4

字数：250 000

定价：98.00 元

（如有印装质量问题，我社负责调换）

绪　论

一、《续博物志》简介

《续博物志》十卷，南宋李石撰，是李石续晋人张华《博物志》的“中国传统博物学”著作。“张华述地理，自以禹所未志，且《天官》所遗多矣，经所不载，以天包地象纬之学，亦华所甚惜也。”①出于补全张华没有涉及天文部分的目的，李石广采佚闻旧说，并云：“余所志，视华岁时绵历，其有取于天，而首以冠其篇。次第仿华，说一事，续一事，不苟于搜索，与世之类书者小异，而比华所志加详。”②体例也大致以张华《博物志》为祖。《续博物志》共十卷，记录了天象、山川、古史人物、禽兽虫鱼、文字典籍、饮食民俗，乃至神怪方技等方面的博物类专书。与《博物志》相比，从收录内容的范围来看，《续博物志》比《博物志》更为广博。例如《续博物志》卷一中“天象”的内容，就是张华《博物志》所没有涉及的一个方面。从撰书的方式来看，《续博物志》与《博物志》也有一些不同。张华《博物志》虽然有一些条目录自他书，但还有不少条目是采自口耳相传。李石《续博物志》则几乎全部是抄录他书而成，其所征引的文献书目可以很好地管窥古代文献的崖略。抄录的内容在一定程度上体现了撰者兴致之所至、目力之所及，也正是考察其人知

---

① （宋）李石撰，燕永成整理：《续博物志》卷一，上海师范大学古籍整理研究所：《全宋笔记》第四编第四册，郑州：大象出版社，2008 年，第 162 页。

② （宋）李石撰，燕永成整理：《续博物志》卷一，上海师范大学古籍整理研究所：《全宋笔记》第四编第四册，郑州：大象出版社，2008 年，第 162 页。

识构成的一个极好维度。

《续博物志》作为《博物志》唯一全存的续书[①]，是宋代一本很重要的博物学书籍，对我们了解宋代以及宋以前的博物学发展状况有很高的价值。虽然是抄录他书而成，但其所引书目，有一些已经散佚，对于这些散佚的文献来说，还具有辑佚价值。而其中所保存之古代社会生活各个方面的资料，亦能提供历史、民俗等研究的参考。

前人对作者李石的研究比较多，而鲜少对《续博物志》进行专门的研究。究其原因，主要像《续博物志》这样的“中国传统博物学”著作，其体例多是“残丛小语”的形式，并且内容较为博杂，不受学界重视，“总的来看，作者择材滥而不精，信手抄录，积久成编，鸡零狗碎，不成大观。从小说角度说，不是有价值的作品”[②]。因此，目前学界对《续博物志》的研究主要集中在对这本书的提要、解题的辨误、补证上，兼及对其作者的考订等。

二、《续博物志》相关学术史回顾

（一）关于作者李石的研究

对李石的研究现阶段主要集中在两个方面，即学术思想研究和诗词研究。

在李石的学术思想研究这一方面，大部分研究者都将其学术思想归为宋代蜀学之中。1993 年，胡昭曦、张茂泽的《宋代蜀学刍论》[③]一文，将李石置于宋代蜀学发展的第三阶段即两宋之际的“转型时期”进行介绍，认为李石以资中为基地，建立起“资中学派”，其学术传播“遍及全川”。

到了 1997 年，胡昭曦和张茂泽更是在《宋代蜀学研究》[④]中以“李石的学术思想”为题对其进行专门介绍，在此题下，侧重其学术源流、思想旨趣和教育成就的论述，并概括地指出其学术渊源、思想旨趣与洛学、苏学、范学等元祐学术关系很深，但其学术还是倾向于苏学。

---

① 此前还有唐代林登的《续博物志》，但已经散佚，今仅有二十余条散见于后世诸书。

② 李剑国：《宋代志怪传奇叙录》，天津：南开大学出版社，1997 年，第 314 页。

③ 胡昭曦，张茂泽：《宋代蜀学刍论》，《四川大学学报》（哲学社会科学版）1993 年第 4 期，第 78—87 页。

④ 胡昭曦，刘复生，粟品孝：《宋代蜀学研究》，成都：巴蜀书社，1997 年。

2003年，蔡方鹿在《宋代四川理学研究》[①]一书中，以“李石的思想”为题，对其哲学政治思想、经学思想和三教融合思想分别做了论述。而2005年，邹重华《士人学术交游圈：一个学术史研究的另类视角（以宋代四川为例）》一文，对李石的学术交游情况进行了较为详细的梳理，并特别指出：“以李石之学术地位影响，应可单列一学案，名之曰‘方舟学案’。”2006年，熊英在其硕士学位论文《李石及其与宋代蜀学的关系》[②]一文中，对作者李石的个人经历、师承与交游、门人后生和与蜀学的关系进行了详细介绍，并对李石的著作进行了汇总，但其中对于《续博物志》的版本研究多有遗漏。[③]到了2019年，美国学者许曼则在李石思想中择出其对“女性的善行归结于她们的佛性与佛教信仰”这一观点的支持，“朱熹的理论与他同时代一些人的想法相左，这些人把女性的善行归结于她们的佛性与佛教信仰。生活在南北宋之交的四川人李石（1108—？）是早期持这种观点的一位学者”[④]。

关于李石的诗词研究，杨世明在《巴蜀文学史》[⑤]一书第五章第七节“南宋前期的巴蜀文学”部分，曾对李石的诗词成就做了专门介绍。祝尚书《宋代巴蜀文学通论》[⑥]一书，在“渊源苏氏的李石等作家”一节，进一步对李石的诗文成就做了论述。方俊在《论宋代文人李石诗歌及其意义》[⑦]一文中对李石的诗歌进行了系统性研究。

（二）关于《续博物志》的研究

清人陈逢衡撰有《续博物志疏证》十卷、《补遗》一卷。《续博物志疏证》的成书，是因为陈逢衡考订张华《博物志》，而随手检阅李石的《续博物志》，后来他对《博物志》的疏证并未完成。道光十六年（1836），他开始专门考订《续博物志》，多次对书中所需要诠释的内容进行详细考订，三年以

---

① 蔡方鹿：《宋代四川理学研究》，北京：线装书局，2003年。

② 熊英：《李石及其与宋代蜀学的关系》，四川大学2006年硕士学位论文。

③ 邹重华：《士人学术交游圈：一个学术史研究的另类视角》，邹重华，粟品孝主编：《宋代四川家族与学术论集》，成都：四川大学出版社，2005年，第393—456页。

④ （美）许曼著，刘云军译：《跨越门闾：宋代福建女性的日常生活》，上海：上海古籍出版社，2019年，第209页。

⑤ 杨世明：《巴蜀文学史》，成都：巴蜀书社，2003年。

⑥ 祝尚书：《宋代巴蜀文学通论》，成都：巴蜀书社，2005年。

⑦ 方俊：《论宋代文人李石诗歌及其意义》，《玉林师范学院学报》2018年第4期，第80—85页。

后，才写成此书，自此又屡有增删改异，至晚年仍然没有定稿。陈逢衡想完成《博物志》一书的疏证，结果却把《续博物志疏证》撰写成了专著。《续博物志》所征引前代奇闻逸事，内容繁杂。陈逢衡一一为之表明出处，依据原文，加以校订，对错误的进行改正、脱字的进行补正，使文意连贯。对于此书的疏证，陈逢衡对书中每事都罗列不同学说，详加考辨，纠正错误。

邓瑞全、王冠英主编的《中国伪书综考》①，把《续博物志》归到作者时代作伪。他们在吸收了《四库全书总目》和《笔精》的基础上，对考证作者李石年代问题的成果进行了总结，但是并未在前人基础上有所突破与创新。

李剑国在《宋代志怪传奇叙录》中对李石和《续博物志》进行了简略的介绍，却没有对其进行深入研究。他认为："总的来看，作者择材滥而不精，信手抄录，积久成编，鸡零狗碎，不成大观。从小说角度说，不是有价值的作品。"②

刘德仁等人编写《四川古代科技人物》③时，将《续博物志》纳入中国古代科技史的范畴，并对其中与科技相关的内容予以概述。

袁文春在《宋代志怪小说的知识化与类书化》一文中探讨宋代志怪小说的知识化问题时，认为《续博物志》是志怪小说中含有知识化倾向的典型例子之一。他认为："此书续西晋张华《博物志》，其知识性追求不言而喻……李石的《续博物志》在内容上确实比张华的《博物志》丰富，对知识关注点也有所不同。"④

近年有学者对《续博物志》做专门研究，例如2017年西南交通大学袁堃的硕士学位论文《〈续博物志〉研究》⑤。袁堃的研究内容包括作者李石及其著述考论、版本考、编纂方式、引书考，以及文本研究、价值与影响，其中较大的篇幅放在引书考和文本研究上。该文在《续博物志》作者的著述考论及内容辑佚方面成果十分突出。

但笔者认为袁堃论文存在以下几个方面问题，需再加以讨论：

---

① 邓瑞全，王冠英主编：《中国伪书综考》，合肥：黄山书社出版，1998年，第564页。
② 李剑国：《宋代志怪传奇叙录》，天津：南开大学出版社，1997年，第314页。
③ 刘德仁，沈庆生，王家楼：《四川古代科技人物》，成都：四川人民出版社，1980年，第152—155页。
④ 袁文春：《宋代志怪小说的知识化与类书化》，《武陵学刊》2020年第1期，第104页。
⑤ 袁堃：《〈续博物志〉研究》，西南交通大学2017年硕士学位论文。

其一，他对《续博物志》的版本研究并不充分，著述考论出现明显错误之处，即轻率地将《司牧安骥集》三卷、《司牧安骥方》一卷以及《乐善录》误为宋代李石著作，未加以论证。故本书在对李石著述的考证中再加以论证说明。

其二，袁堃的论文未对《续博物志》的性质和分类作研究，而本书将对《续博物志》的性质、归属和分类作详细考述，对《续博物志》的题材内容也将作重新分析。

其三，袁堃的论文对比了张华的《博物志》，看出了《续博物志》是在宋代笔记小说发展的影响下产生的，但却未考论《续博物志》在整个宋代博物学中的重要地位和影响，本书也将对此部分内容进行补充论述。

关于《续博物志》的点校，除李之亮[①]和燕永成[②]的两种点校本外，近年来也有新的成果面世。2017年11月，凤凰出版社出版《续博物志疏证》，由唐子恒点校，是书“以《上海图书馆未刊古籍稿本》（第三十一册）《续博物志疏证》十卷《补遗》一卷为依据，所含各部分材料及次序基本依照原样，并加校语及简注。其中《续博物志》原文亦以陈逢衡疏证本所抄录为底本，校以吴琯校《古今逸史》（标‘古今逸史本’）及《四库全书》（标‘四库本’）”[③]。在整理说明中，亦简要介绍了《续博物志》的内容、版本以及作者李石所处朝代、生平经历和著述等。此外，2019年9月中国书店出版了《博物志》和《续博物志》合订影印本[④]。其中《博物志》以黄丕烈士礼居刊本为底本，《续博物志》以《古今逸史》本为底本进行影印。

三、宋代博物学的研究现状

当代学者对宋代博物学的研究主要集中在画史和类书上，其中施锜2018年出版的《宋元画史中的博物学文化》[⑤]是研究宋元博物学较为重要的著作，其绪论部分对中国古代博物学研究的评述十分精彩，在此书的绪论中，作者详细

---

① （宋）李石撰，李之亮点校：《续博物志》，成都：巴蜀书社，1991年。

② （宋）李石撰，燕永成整理：《续博物志》，上海师范大学古籍整理研究所：《全宋笔记》第四编第四册，郑州：大象出版社，2008年。

③ （宋）李石撰，（清）陈逢衡疏证，唐子恒点校：《续博物志疏证》整理说明，南京：凤凰出版社，2017年，第7页。

④ （晋）张华，（宋）李石：《博物志 续博物志》，北京：中国书店，2019年。

⑤ 施锜：《宋元画史中的博物学文化》，上海：上海书店出版社，2018年。

分析了吴国盛《博物学：传统中国的科学》①、余欣《中国博物学传统的重建》②、刘华杰《博物学论纲》③以及《理解世界的博物学进路》④四篇在中国博物学研究领域具有代表性的论文，他指出：

> 以上四篇具有代表性的论文都提到了几个主要观点，即中国古代的博物学是有别于自然哲学的知识构建；是文化体系的有机组成部分；是边界模糊，有很强拓展性的研究领域；博物学可以成为不同学科的研究范式。⑤

同时，作者也梳理了中国学者对西方博物学的研究脉络，详细分析了吴国盛的《西方近代博物学的兴衰》⑥和《自然史还是博物学？》⑦、易华的《龟的博物学：兼谈博物学与自然史》⑧，同时也提到了法国学者梅泰里的《探析中国传统植物学知识》⑨一文，以及余欣的《敦煌的博物学世界》。在论述中国传统博物学与西方博物学不同点的同时，他也提出自己认同余欣《敦煌的博物学世界》中的观点，即"（博物学）不可能也从来没有想要巨细无遗地涵盖所有层面的问题"⑩，并认为："博物学不应是百科全书式的物象罗列，或以某一时代或地域为范畴的名物考证，而是一种观看和研究的方式，以及重新认识世界万物的志趣"⑪。

在论及宋代博物学的时候，作者先论述了中古时期博物学及其研究的发展。他提到了朱渊清的《魏晋博物学》⑫，以及葛兆光为余欣《中古异相：写本时代的学术、信仰与社会》一书所写的书评——《中古的科学史、社会史、

---

① 吴国盛：《博物学：传统中国的科学》，《学术月刊》2016年第4期，第11—19页。

② 余欣：《中国博物学传统的重建》，《中国图书评论》2013年第10期，第45—53页。

③ 刘华杰：《博物学论纲》，《广西民族大学学报》（哲学社会科学版）2011年第6期，第2—11页。

④ 刘华杰：《理解世界的博物学进路》，《安徽大学学报》（哲学社会科学版）2010年第6期，第17—23页。

⑤ 施錡：《宋元画史中的博物学文化》，上海：上海书店出版社，2018年，第4页。

⑥ 吴国盛：《西方近代博物学的兴衰》，《广西民族大学学报》（自然科学版）2016年第1期，第18—29页。

⑦ 吴国盛：《自然史还是博物学?》，《读书》2016年第1期，第89—95页。

⑧ 易华：《龟的博物学：兼谈博物学与自然史》，《广西民族大学学报》（哲学社会科学版）2011年第6期，第46—49页。

⑨（法）梅泰理：《探析中国传统植物学知识》，（英）柯律格等：《山水之境：中国文化中的风景园林》，北京：生活·读书·新知三联书店，2015年。

⑩ 余欣：《敦煌的博物学世界》，兰州：甘肃教育出版社，2013年，第10页。

⑪ 施錡：《宋元画史中的博物学文化》，上海：上海书店出版社，2018年，第8页。

⑫ 朱渊清：《魏晋博物学》，《华东师范大学学报》（哲学社会科学版）2000年第5期，第43—51页。

文化史，抑或是博物学史——读余欣博士的〈中古异相〉》[①]；在宋代博物学研究中，他分析了温志拔《博物学的南宋图景：以〈古今合璧事类备要〉为中心的考察》[②]一文，进而与中古博物学作对比。作者认为：

相比中古博物学，宋代博物学对纬书的征引呈现出衰微的趋势，对唐宋史料类和考证类笔记的征引量则有所增多。在类书编纂的方面，则体现出求真、考证与辨析的倾向。同时，对《山海经》等具有奇幻方域地理色彩的博物知识，也进（行）了反复的考量，使物脱离了神仙方术和道德比拟，转而成为带有认知色彩的自然本身。即使关于虚构的动物知识，也不再过于重视其体现的神异色彩和神圣信仰，而是重在描述与辨析其作为“物”的相关属性。[③]

此外，作者在书中指出温志拔的观点：“中古时期的博物学带有强烈的神异色彩；明清时期的博物学，尤其是清代后期更多地受到西学的影响走向科学化。宋代的博物学知识，是连接博物学两大范式的中介和近代博物学兴起的重要资源，这也正是宋代博物学知识图景的独特性所在。”[④]而作者自己认为：“独特性在于既有传统文化的构建性，又有格物穷理的实验性，而若依托于某一文本时，士人的审美和隐喻也常在其中扮演重要的角色。”[⑤]此外，作者又论述了温志拔的另一篇论文《宋代类书中的博物学世界》[⑥]、罗桂环的《宋代的“鸟兽草木之学”》[⑦]和我国台湾学者陈素贞的《宋代麟介题咏中的自然观察与书写》[⑧]，作者认为：“宋代前后的博物学文化相比中古时期显现出理性化和常识化的趋势，更重要的是，士人审美的趣味也开始逐渐融入博物学发展的脉络，这使得文本中的物之内涵更为丰富和活跃，同时具有感性和理性，想象

---

① 葛兆光：《中古的科学史、社会史、文化史，抑或是博物学史？——读余欣博士的〈中古异相〉》，《中华读书报》2010 年 12 月 1 日，第 10 版。

② 温志拔：《博物学的南宋图景：以〈古今合璧事类备要〉为中心的考察》，《渭南师范学院学报》2017 年第 3 期，第 53—57 页。

③ 施锜：《宋元画史中的博物学文化》，上海：上海书店出版社，2018 年，第 9 页。

④ 施锜：《宋元画史中的博物学文化》，上海：上海书店出版社，2018 年，第 10 页。

⑤ 施锜：《宋元画史中的博物学文化》，上海：上海书店出版社，2018 年，第 10 页。

⑥ 温志拔：《宋代类书中的博物学世界》，《社会科学研究》2017 年第 1 期，第 181—187 页。

⑦ 罗桂环：《宋代的“鸟兽草木之学”》，《自然科学史研究》2001 年第 2 期，第 151—162 页。

⑧ 陈素贞：《宋代麟介题咏中的自然观察与书写》，项楚主编：《新国学》第八卷，成都：巴蜀书社，2010 年，第 139—171 页。

和事实融合的特点，在许多问题上呈现出微妙的二重性。”①

在此书的正文部分，作者则以宋元画代表作品为主体，论述了花草竹木等以风景为内容和以动物、人物为主体的画作中体现出的博物学文化。然从绘画的角度发掘宋代博物学，既非此书开其端绪，亦非作者一人独有的观点。2015年，张文静发表在《中国科学报》上的《从宋代绘画看中国博物传统》一文亦引用了詹琰的观点："在西学东渐之前，中国的博物传统有着很强的独立性，呈现出一种与西方博物学迥然不同的发展路径。对于这一点，我们从宋代花鸟画中就可以看出端倪。”②胡宇齐和詹琰于 2017 年联合发表了名为《从宋代花鸟画看中国传统博物》的文章，论述了宋代花鸟画的博物意义、着重分析了宋人作画的哲学动因以及格物致知的三种方式（由物到理、由物到音再到理、由此物到彼物再到理），从而分析出宋人博物的两大特点，即“人的地位始终低于自然”和“内敛而非外扩的博物模式”③。同时，张钫发表的《画者的博物学：基于〈宣和画谱〉的考察》④一文，也是从绘画角度考察宋代博物学的文章之一。中国美术学院许玮的博士学位论文《宋代的博物文化与图像》在“经学范畴下的博物学在宋代的发展以及与图像的联系”“郑樵、王质等文人知识世界中的博物学的发展”“宋代本草学及其图像”以及“徽宗朝绘画与博物学”四个方面的研究中，探讨宋代动植物图像所蕴含的文化资源以及图像与博物学两者之间的有机互动，最终发现宋代绘画这一写实主义艺术高峰的历史缘由，即宋代博物学的风行为宋人提供了自然物象观察与探究所得的知识，“发达的园艺技术为宋人提供了绝佳的观察动植物的机会”，并且“博物学促进了绘画的发展”，同时“图像在博物学的发展中亦起到了关键作用”⑤。

除了从宋代绘画角度讨论宋代博物学外，亦有从类书角度讨论宋代博物学的，如上述温志拔的《宋代类书中的博物学世界》和《博物学的南宋图景：以〈古今合璧事类备要〉为中心的考察》两篇文章。后者在宋代博物学的研究中具有显著的突破性，前述《宋元画史中的博物学文化》绪论中对此有所提及，

① 施锜：《宋元画史中的博物学文化》，上海：上海书店出版社，2018 年，第 12—13 页。
② 张文静：《从宋代绘画看中国博物传统》，《中国科学报》2015 年 12 月 11 日，第 6 版。
③ 胡宇齐，詹琰：《从宋代花鸟画看中国传统博物》，《自然辩证法通讯》2017 年第 5 期，第 83—89 页。
④ 张钫：《画者的博物学：基于〈宣和画谱〉的考察》，《美术与设计》2017 年第 4 期，第 9—13 页。
⑤ 许玮：《宋代的博物文化与图像》，中国美术学院 2011 年博士学位论文。

温志拔认为它们的突破性在于从类书中的博物学图景找出了南宋博物学由传统转向日常化、科学化的原因，即“首先，宋代谶纬符应的政治神学在宋代流传的衰微和压缩”“其次，宋学求理精神影响下，外在世界之物成为格物穷理工夫的经验对象，而不再是感应警示现世政治的神圣之物”“第三，宋代已无唐代的辽阔地域，中西交通之路断绝，而产生了新的天下物产知识”[①]。《续博物志》同样是一部产生于南宋的博物学著作，其中编纂体例和内容对比张华的《博物志》有所转换。究其原因，作者李石受时代因素的熏陶和影响是一方面，他本人的交游经历与仕宦经历是另一方面。

在博物学研究中，有在宋代博物学视野下考察地方文化的，例如王莹的《地方文献、文化记忆与名物纪胜：宋代博物学视野下的洛阳》[②]；有以一部宋代博物学著作考察宋代文人心理世界的，例如柯丽玉的《宋代文人的博物理性世界——以欧阳修〈洛阳牡丹记〉为中心的探讨》[③]；亦有从宋代博物学视角下研究宋代谱录的，例如2019年华中师范大学张远的硕士学位论文《文学视域下的宋代花谱研究》[④]，其中就有从宋代博物学传统观察宋代花谱的思考。

通过整理、分析前人的学术研究成果，明显可以看到宋代博物学的著作呈现出一种逐渐走向理性的道路。但李石的《续博物志》作为张华《博物志》的续作，是承接中古时期与明清时期博物学发展桥梁的奠基之作之一，是宋代博物学中的重要著作之一，因此研究《续博物志》十分必要，尤其是要考察清楚这部著作在宋代博物学中的重要地位和影响，使宋代博物学图景再次深刻地展现在今人眼前，以便对宋代博物学做更进一步的研究，从而推动中国传统博物学研究的发展。

四、研究思路与创新点

综上所述，目前对《续博物志》的研究还有很多不足：

---

① 温志拔：《博物学的南宋图景：以〈古今合璧事类备要〉为中心的考察》，《渭南师范学院学报》2017年第3期，第55—56页。

② 王莹：《地方文献、文化记忆与名物纪胜：宋代博物学视野下的洛阳》，《中国地方志》2019年第6期，第73—81页。

③ 柯丽玉：《宋代文人的博物理性世界——以欧阳修〈洛阳牡丹记〉为中心的探讨》，《河南科技大学学报》（社会科学版）2019年第5期，第15—22页。

④ 张远：《文学视域下的宋代花谱研究》，华中师范大学2019年硕士学位论文。

（1）《续博物志》版本众多，历代书目对其记载的版本不尽相同，多有疏漏。因此有必要对其版本进行系统梳理，并且考订历代著录与被载引的情况，考其流传，大致梳理其脉络，旨在弄清楚历代学者对《续博物志》一书的接受情况。

（2）因历代学者对《续博物志》这类的“博物志”体小说的性质和体例的划分很模糊，对其价值不是很重视，因此，有必要对此书的性质及其归属进行研究。

（3）内容博杂，未加分类，对学术研究不利。本书拟对其进行分类，便于学界研究、利用。

（4）《续博物志》作为《博物志》之后又一部重要的传统博物学著作，有必要确定其对宋代博物学的继承和发展，以及在中国传统博物学史上的地位和影响。

因此，本书将围绕以上问题展开论述。

第一章 《续博物志》作者及流传考

第一节 作者李石的生平及著述

李石（1108—1181），字知几。原名知几，后改名石，遂以名为字。[①]因“筑书台，作方屋”遂自号方舟子。[②]资州盘石县（今四川资中）人。[③]李石自幼就嗜书成性，每每“读书至夜分”，而且终生保持着这个习惯，“幼逮老，不一日不读书，病患寒暑不易，或稍废，日补之”[④]。也因此“少负才名”[⑤]，九岁即举童子业，“日诵数千言，既读之则求其义，因是而习为文，以求其

① 陆游《老学庵笔记》卷二云：“李知几少时，祈梦于梓潼神。是夕，梦至成都天宁观，有道士指织女支机石曰：‘以是为名字，则及第矣！’李遂改名石，字知几。是举过省。”（宋）陆游撰，李剑雄、刘德权点校：《老学庵笔记》，北京：中华书局，1979年，第18页。

② （宋）李石：《方舟集》卷十《自叙》，《景印文渊阁四库全书》第1149册，台北：商务印书馆，1986年，第646页。

③ 历代学者对李石的籍贯有不同的说法：邓椿《画继》卷三云李石资州人；李心传《建炎杂记》乙集卷一二云资中人；而《建炎以来系年要录》卷一七六云盘石人，盘石县乃资州郡治。《直斋书录解题》卷一八称是资阳人。笔者查阅资料发现，历史上资州、资中、资阳曾因为行政区划不同而混用彼此的名称，所辖区域大致相同。李石曾称祖上廷赞在资州银山县做官，而父亲李嗣宗死后葬于“盘石县北五里先域也”。盘石和银山现在属于资中，因此今人多说李石为宋代资州人，本书也遵循这一说法。

④ （宋）李石：《方舟集》卷十《自叙》，《景印文渊阁四库全书》第1149册，台北：商务印书馆，1986年，第646页。

⑤ （宋）邓椿撰，刘世军校注：《〈画继〉校注》卷三，桂林：广西师范大学出版社，2015年，第71页。

工，如是二十年。既读书，又属文，则因穷理尽性而以入道”[①]。

李石虽年少成名，却久不得志，直到绍兴二十一年（1151）才登进士乙科[②]，官成都户掾。绍兴二十七年（1157），因“学识高明，志节高果”，被同乡、起居郎赵逵举荐为左迪功郎，遂被召，绍兴二十八年（1158）正月乙酉除太学录，同年六月，迁太学博士，开始执教太学。半年后因“芝草”一事被罢。绍兴二十八年（1158），有芝草生长于武成王庙，引起朝中上下注意。当时高宗重用汤思退、朱载熙等人，奉行对金妥协政策，终日沉迷于和平的幻想之中，趁此机会，百官都以祥瑞之兆互相称贺，李石却认为是凶兆，并写诗曰：“此五行金沴木，木不曲直，尝闻之。将军鹰扬兆异气，弄兵往往忧潢池；矧今裕民民未裕，圣虑日轸天下饥。”[③]此言一出，遭到大臣弹劾，殿中侍御史汪澈遂以“好立邪说，败坏文体，傲视流辈，不安分义”，促其罢官。[④]绍兴二十八年（1158）十一月，李石不得不“负琴书，径登舟还蜀”[⑤]。

绍兴二十九年（1159）一月，朝廷推李石为成都学官。李石在其任上多有作为，其对学风的一系列整顿和对当时制度的严明恪守，都取得了很好的效果。李石还鼓励学子勤奋读书，声明学校的“根本”在于“养材”，每个人要自律，自我严格要求。因此，众多学子都争相报名，“左右生至千二百员”，“就学者其合如云，至闽越之士，万里而来，刻石题诸生名几千人”，最终促成“蜀学之盛，古今鲜俪”的盛况。[⑥]绍兴三十二年（1162），他又被贬为彭州（今四川彭州）通判，在任上“学道爱民”[⑦]。乾道三年（1167）通判成都[⑧]。

---

①（宋）李石：《上周内翰书》，傅增湘原辑，吴洪泽补辑：《宋代蜀文辑存校补》卷六十二，重庆：重庆大学出版社，2014 年，第 2029 页。

② 傅璇琮主编：《宋登科记考》上册，南京：江苏教育出版社，2009 年，第 805 页。

③（宋）李石：《方舟集》卷二《次张益州芝草十二韵》，《景印文渊阁四库全书》第 1149 册，台北：商务印书馆，1986 年，第 545 页。

④（宋）李心传编撰，胡坤点校：《建炎以来系年要录》卷一百八十三，北京：中华书局，2013 年，第 3539 页。

⑤（宋）李石：《方舟集》卷十《自叙》，《景印文渊阁四库全书》第 1149 册，台北：商务印书馆，1986 年，第 646 页。

⑥（宋）邓椿撰，刘世军校注：《〈画继〉校注》卷三，桂林：广西师范大学出版社，2015 年，第 71 页。

⑦（宋）李石：《方舟集》卷十四《彭州谒诸庙文》，《景印文渊阁四库全书》第 1149 册，台北：商务印书馆，1986 年，第 690 页。

⑧（宋）邓椿撰，刘世军校点：《〈画继〉校注》卷三，桂林：广西师范大学出版社，2015 年，第 73 页。笔者按：据序言所作时间乾道三年（1167），可知此时李石通判成都。

乾道五年（1169），他又知黎州（今四川汉源）[①]。乾道中，李石曾任尚书都官员外郎、知合州（今重庆合川东），皆因未对当时权臣也是李石同乡的赵雄进行巴结而迅速被罢职。淳熙二年（1175），李石任成都路转运判官，十日即罢职，“二十二日成都府路转运判官李石放罢。坐知眉州日，子弟与政、请托公行故也”[②]。淳熙五年（1178）乡人赵雄拜右丞相，素相不合，从此再未得到复出的机会，遂居家不起。淳熙八年（1181）八月王淮代为右丞相，李石与之有学官之旧，王淮又看了李石寄给他的一些诗文，对其才华很是赏识，意欲除官，但是李石在此时病卒。

以上简要勾勒出了李石的生平，其仕途坎坷且宦业不显，一生并不十分得意，这显然与李石的性格和同僚的排挤有关。李石性格“直情径行，不附权贵”[③]，“知几为人豪迈，然亦偏急”[④]。官眉山时，有郡中博士以“予击石拊石，百兽率舞”的说辞来戏谑，而李石却以“君乃欲痛墓石，令畜辈喜悦耶？”这种遇事强硬、不懂回旋的个性经常为当权者所嫉恨，也致使自己的仕途更加沉浮不定，尤其在其同乡赵雄执政后，李石处处受到压制，晚年更是贫病交加，最终郁郁而终。

李石留下的著述颇丰，主要有以下几种：

（一）《方舟集》及其《后集》

《文献通考·经籍志》载《方舟集》有五十卷、《后集》二十卷[⑤]。《直斋书录解题》卷一八亦著录“《方舟集》五十卷、《后集》二十卷”[⑥]。明《文渊阁书目》卷九著录“李知几《方舟集》一部四册，全”，而《内阁书

---

①（宋）李石：《方舟集》卷十《自叙》，《景印文渊阁四库全书》第1149册，台北：商务印书馆，1986年，第646页。作于李石乾道六年（1170）庚寅黎州任上。

② 刘琳等校点：《宋会要辑稿》职官七二，上海：上海古籍出版社，2014年，第4974页。

③（宋）邓椿撰，刘世军校注：《〈画继〉校注》卷三，桂林：广西师范大学出版社，2015年，第71页。

④（宋）李心传撰，徐规点校：《建炎以来朝野杂记·乙集》卷十二《李知几豪迈》，北京：中华书局，2000年，第691页。

⑤（元）马端临著，上海师范大学古籍研究所、华东师范大学古籍研究所点校：《文献通考》卷二百四十《经籍考六十七》，北京：中华书局，2011年，第6516页。

⑥（宋）陈振孙撰，徐小蛮、顾美华点校：《直斋书录解题》，上海：上海古籍出版社，1987年，第545页。

目》已无其目，原集应该散佚于明中叶。今存《方舟集》二十四卷，是四库馆臣从《永乐大典》中辑佚出来的。《四库全书总目》曰："从《永乐大典》采掇编次，犹可得十之六七……谨以类排比，编为诗五卷，词一卷，文十二卷。又浙江采进遗书中有石所撰《易十例略》《互体例》《象统》《左氏卦例》《诗如例》《左氏君子例》《圣语例》《诗补遗》诸篇，皆题门人刘伯龙编，而帙首一行乃标曰《方舟先生集》。勘验《永乐大典》所录，经说诸篇与浙江本无异，而其前冠以《方舟集》字亦与浙江本同。盖本附入集中，后全集散亡，仅存此经说。今仍别为六卷，附之于后，以还其旧焉。"①在文十二卷中，有奏议、札子、表状等一卷，论二卷，书、序一卷，记一卷，启一卷，辩、说、题跋等一卷，铭、赞、疏等一卷，墓志铭二卷，祭文一卷，杂著一卷。乾隆翰林院抄本，今藏国家图书馆，仅存九卷。今上海图书馆、南京图书馆等尚藏有清抄本，皆二十四卷，并为传抄四库本。除《永乐大典》本之外，佚文尚存，已辑入《全宋文》《宋代蜀文辑存》。《藏园订补郘亭知见传本书目》中辑录有一本四库写本，提要中写道："抄本。此书原本久佚，此为馆臣自永乐大典中辑出入录，近世迄无刊之者，唯恃钞本流传。四库本近已印入四库全书珍本初集中。清四库馆写本，朱丝阑，八行二十一字，白口，四周双阑。钤翰林院印。樊增祥先生藏。清写本，从四库本出。余藏。"②

（二）《方舟易学》

《方舟易学》两卷，其中卷一为周易十例略和周易互体例附象统明闰，卷二为左氏卦例，今已编入《方舟集》中。《四库全书》收入版本为浙江吴玉墀家藏本，《四库全书总目》载：

> 朱彝尊《经义考》曰："方舟集止存二卷。昆山徐秉义家藏有易互体例，卷首不著撰人名氏，但题门人刘伯熊编。"此本卷首有"竹垞"二字小印，岂其书后归彝尊欤？考《书录解题》载李石《方舟集》五十卷、《后集》二十卷，而《永乐大典》所载《左氏君子例》《诗如例》《诗补遗》及此书皆题

---

① （清）永瑢等：《四库全书总目》卷一百五十九《集部·别集类十二》，北京：中华书局，1965 年，第 1370 页。

② （清）莫友芝撰，傅增湘订补，傅熹年整理：《藏园订补郘亭知见传本书目》卷十三下，北京：中华书局，2009 年，第 1203—1204 页。

曰李石《方舟集》，则是四书皆其集中所载，徐氏惟得其两卷，故卷端无姓名耳。今《方舟集》已于《永乐大典》中裒辑成帙，此四书亦仍其旧例，并入集中，故不复重录，而附存其目于此焉。①

从四库馆臣的考证可知，《方舟集》后世散佚，按朱彝尊记载仅存两卷，昆山徐秉义家藏有《易互体例》，上文《方舟集》书目提要也提及此书，为门人刘伯熊编，再加上《永乐大典》所载的《左氏君子例》《诗如例》《诗补遗》等以及此书两卷，一共四本书，四库馆臣一并和《永乐大典》中辑出的《方舟集》收入重新整理的四库本《方舟集》中，而《左氏君子例》《诗如例》《诗补遗》各一卷亦如是书一样被四库馆臣单列在书目中。

（三）《方舟经说》

《方舟经学》实为《方舟易学》《左氏君子例》《诗如例》《诗补遗》的合集本。《四库全书总目》中无此书，是书被收入《续修四库全书》中，收入版本为别下斋校本。王云五主持修订的《续修四库全书提要》言："案清四库总目无《方舟经说》，有《方舟易学》及《左氏君子例》《诗如例》《诗补遗》均载存目。今此四书皆在《方舟经说》中，盖四库总目分之，而别下斋合之，同是一书易其名耳。"②《持静斋书目》中也收录别下斋刊本《方舟经说》六卷。③此外，是书后又被蒋光煦校订并辑录在《涉闻梓旧》中，末尾有"蒋光煦校"字。④后又被编入商务印书馆《丛书集成初编》⑤中，查之，皆六卷本。2017 年，凤凰出版社出版的唐子恒点校《续博物志疏证》整理说明中，言李石著作有《方舟经学》，亦指此书。⑥

---

① （清）永瑢等：《四库全书总目》卷七《经部·易类存目一》，北京：中华书局，1965 年，第 48 页。

② 王云五主持：《续修四库全书提要·经部》第三册，台北：商务印书馆，1972 年，第 977 页。

③ （清）丁日昌撰，路子强、王雅新标点：《持静斋书目》卷一，上海：上海古籍出版社，2008 年，第 78 页。

④ （清）蒋光煦编撰：《别下斋丛书 涉闻梓旧 东湖丛记 别下斋书画录》第 2 册，扬州：广陵书社，2016 年，第 947—1016 页。

⑤ （宋）李石：《方舟经说》，上海：商务印书馆，1935 年。

⑥ （宋）李石撰，（清）陈逢衡疏证，唐子恒点校：《续博物志疏证》整理说明，南京：凤凰出版社，2017 年，第 3 页。

（四）《续博物志》十卷

此系《博物志》的续书，内容与《博物志》大体相似，记述的内容相对博杂，包含大量杂记动物、植物、名物、地理、天文等方面的内容。其版本及类属待后文论述。

（五）《朝士谈》十卷

是书往昔不见于有关李石的研究中，西南交通大学袁堃在其硕士学位论文中从曹彦约《昌谷集》中辑出原文三条，并据周密《志雅堂杂钞》记载得知是书共十卷。此外，袁堃言："李石《小舟墓志铭》中自称'前尚书都官员外郎'，《百川书志》中称'《续博物志》，前都官员外郎陇西李石撰'，可见《朝士谈》之作者即李方舟李石。"①

（六）李石已亡佚的著作

《世系手记》三卷一百篇，见《方舟集》自叙，作者言自己的儿子李开去世后，十分怀念儿子，"老夫追缞，每每涕泪熏炷，无他度日，作《世系手记》三卷一百篇者，如汉人百两篇之义"②。《宋史·艺文志》③和《蜀中广记》中均记载李石有此书，"知几又有《续博物志》二卷、《开成承诏录》二卷、《世系手记》一卷、《乐善录》十卷传于世"④。但与《方舟集》中记载的卷数不一致。

除以上著作外，李石还有《易外疏》《论语集传》等，《方舟集》卷十三《答王景文》中曰："石西归颇多暇日，有《易外疏》《论语集传》二书或可藉手故旧。"⑤

此外，还有一些著作被误认为李石所作，如下所示：

（1）《司牧安骥集》，此书袁堃的论文误为李石所作。关于《司牧安骥

---

① 袁堃：《〈续博物志〉研究》，西南交通大学 2017 年硕士学位论文。

② （宋）李石：《方舟集》卷十《自叙》，《景印文渊阁四库全书》第 1149 册，台北：商务印书馆，1986 年，第 646 页。

③ （元）脱脱等：《宋史》卷二百三《艺文志》，北京：中华书局，1977 年，第 5100 页。

④ （明）曹学佺：《蜀中广记》卷九十九《著作记第九》，中华书局编辑部：《宋元明清书目题跋丛刊》第六册，北京：中华书局，2006 年，第 119 页。

⑤ （宋）李石：《方舟集》卷十三，《景印文渊阁四库全书》第 1149 册，台北：商务印书馆，1986 年，第 678 页。

集》的作者是谁，学界早有讨论。此书出现在《宋史·艺文志》中，且只著作者李石而未著作者朝代，故而对此书真正作者是谁，存在争议。《续修四库全书总目提要·子部》认为，此书非一人一时所作，是多人陆续增补而成，因为“此书卷五‘皇帝八十一问并序’题作于明昌壬子年，显已晚于新刊之日”，并且“各卷形制不一”[①]。现在一般采用谢成侠、邹介正等人的观点，为唐宗室李石的著作。谢成侠先生据“阜昌五年新刊校定司牧安骥集序”，以及附图有唐代马像的风格、内容与唐代医学有相似之处，判断作者应是唐代宗室李石。[②]而邹介正先生则根据唐人李石的为官经历进一步推断出《司牧安骥集》的成书时间是820至830年之间。[③]因而笔者认为有关此书成书作者的考证论据已经较为完整，宜采用作者为唐人李石的说法。

（2）《开成承诏录》二卷，明人曹学佺著作《蜀中广记》误为李石著作，但此书在其他记载中，多为唐人李石的著作。《郡斋读书志》言：“开成承诏录二卷。右唐李石撰，石与郑覃、李固言相文宗，录当时延英奏对事。开成，乃其时年号。”[④]又《容斋随笔》之《容斋四笔》卷十一《册府元龟》言：“真宗初，命儒臣编修君臣事迹……而编修官上言：‘近代臣僚自述扬历之事，如李德裕《文武两朝献替记》、李石《开成承诏录》、韩偓《金銮密记》……并多溢美，故匪信书’”[⑤]，说明此书成书日期至少早于真宗前，不可能为南宋李石著作。此外，《新唐书·艺文志》[⑥]中也收录有此书，说明《蜀中广记》的记载有误，此书确为唐人李石著作而非宋人李石著作。

（3）《乐善录》十卷，此书不仅在明人曹学佺《蜀中广记》的记载中被认为是李石所作，在《宋史·艺文志》以及袁堃的研究中同样被认为是李石所作，实际上，它的作者并不是李石，而是南宋时期蜀人李昌龄。有关《乐善录》的作者，前人已有充分考证，《全宋笔记》第九编第二册《乐善录》点校

① 续修四库全书总目提要编撰委员会：《续修四库全书总目提要·子部》，上海：上海古籍出版社，2015年，第258页。

② （唐）李石等著，谢成侠校勘：《司牧安骥集》，北京：中华书局，1957年，第209页。

③ （唐）李石等编著，邹介正、和文龙校注：《司牧安骥集校注》前言，北京：中国农业出版社，2001年，第3—4页。

④ （宋）晁公武撰，孙猛校证：《郡斋读书志校证》卷六《杂史类》，上海：上海古籍出版社，1990年，第249页。

⑤ （宋）洪迈：《容斋随笔》下册，上海：上海古籍出版社，1978年，第742页。

⑥ （宋）欧阳修，宋祁：《新唐书》卷五十八《艺文志二》，北京：中华书局，1975年，第1468页。

说明言明，《乐善录》乃南宋孝宗时进士、四川眉山人李昌龄所作，此书约成书于隆兴二年（1164），并初刻于此年，又经汪统于绍定二年（1229）刊刻于会稽郡斋，此即为传世的绍定本。后是书又有稗乘本、说郛本、稗海本。[①]《全宋笔记》提及《文献通考·经籍考》《宋史·艺文志》《直斋书录解题》诸书中关于《乐善录》的记载，然四库馆臣对其作者也有考证，四库馆臣亦认为其作者为李昌龄，并认为："书中引胡仔《苕溪渔隐丛话》及叶梦得《岩下放言》，盖绍兴后人"[②]，此与《全宋笔记》考证相合。

第二节 《续博物志》流传考

《续博物志》虽然由南宋李石撰，宋代书目并无著录，到了明代始有记载，明代流传的各个版本对李石所处年代记载不同，有李石为晋人、唐人、宋人之说。《四库全书》对作者李石年代详加考述，考证李石为宋人，从此成为定论。后世对《续博物志》载引较多，以子类文献为主。

一、宋代流传情况

《续博物志》成书于南宋初期。据目前资料而言，宋代书目未见著录，《宋史·艺文志》亦未见著录其书。其流传情况不易考知。宋代文人诗文中也未见引用李石《续博物志》。但笔者检阅宋代文献中发现多书引用《续博物志》，如曾慥编撰的《类说》卷二十三中引用了《续博物志》二十三条；《锦绣万花谷》卷三十九引用了"金条玉科"一条；陆佃《埤雅》卷二《释鱼》引用了"鼍长一丈"一条；宋陈敬《陈氏香谱》卷四引用了"置真麝香"一条；高似孙《纬略》卷四《细毡》中提到："林登《续博物志》曰：刘学仪谓北狄为毡乡，毡乡未有人用。"而以上书中所提的条目内容并未出现于现存李石著《续博物志》中，并且这些书的成书时间大都早于李石所著《续博物志》。因此，这些书所引用的《续博物志》并非李石所著，应当是唐人林登的《续博物

① （宋）李昌龄撰，赵龙整理：《乐善录》，上海师范大学古籍整理研究所：《全宋笔记》第九编第二册，郑州：大象出版社，2018年，第235—236页。

② （清）永瑢等：《四库全书总目》卷一百二十四《子部·杂家类存目一》，北京：中华书局，1965年，第1066页。

志》，此书已佚。林登，史书并无对其进行记载，只知道系唐人，其书《续博物志》散见于《太平广记》《天中记》等书，有二十多条，今人李之亮在点校李石《续博物志》时，在各书中辑出二十三条，收于附录中。

二、明代流传情况

《中国古籍总目》中记载的《续博物志》版本有明弘治衢州贺志同刻本、《古今逸史》本、《格致丛书》本和《稗海》本。《中国丛书综录》中《续博物志》的明代版本共有《古今逸史》本、《格致丛书》本、《稗海》本和《说郛》本。依靠便利的互联网，通过国家图书馆网站和日本所藏中文古籍资料库（日本全國漢籍データベース）[①]等进行检索，新发现没有被《中国古籍总目》和《中国丛书综录》记录下来的几个版本：《百家名书》本、《唐宋丛书》本、明嘉靖十年（1531）崔世节刻本，以及其在日本和朝鲜的传刻情况。

（一）明弘治衢州贺志同刻本

此为现存明代最早的版本。

1. 现藏明刻本辨析

（1）明弘治十八年（1505）刻本。南京图书馆藏有一部，仅从其官网上查询到题录信息为明弘治刻本，十卷，二册，题宋李石撰。[②]据国家图书馆官网查询，可知国家图书馆现藏两本明刻本《续博物志》，一本善本书号为CBM0481，题录信息标明为明弘治刻本，此本每半叶十一行，行二十三字，白口，双鱼尾，左右双边，首页有钤印，模糊无法辨识（图1-1）；另一本善本书号为03529，题录信息著明成书年代为“明 1368—1644”，此本每半叶十一行，行二十三字，黑口，四周双边，卷首页和卷尾页钤有“铁琴铜剑楼”和“北京图书馆”印。此外，《第一批陕西省珍贵古籍名录图录》收录西安博物院藏明弘治刻本《续博物志》一本，题宋李石撰，匡高18.9厘米、宽13厘米，半叶11行，行23字，白口，左右双栏，有佚名朱批，有“刘雨生印”和“澄城

---

① 日本所藏中文古籍数据库为：http://kanji.zinbun.kyoto-u.ac.jp/kanseki（2019-10-11）。

② 南京图书馆检索结果：http://opac.jslib.org.cn/F/JH9LH3LEUSJDJPNBCRDGX7UV2VQTHLYIMVB67KLY5SDP4HSCFJ-52860?func=full-set-set&set_number=004357&set_entry=000009&format=999（2019-10-11）。

县政府印”等印（图 1-2）。[①]尽管南京图书馆藏书笔者无法看到，但对比国家图书馆藏明刻本与《第一批陕西省珍贵古籍名录图录》收录的一本明刻本，相差不大，应为同一版本。

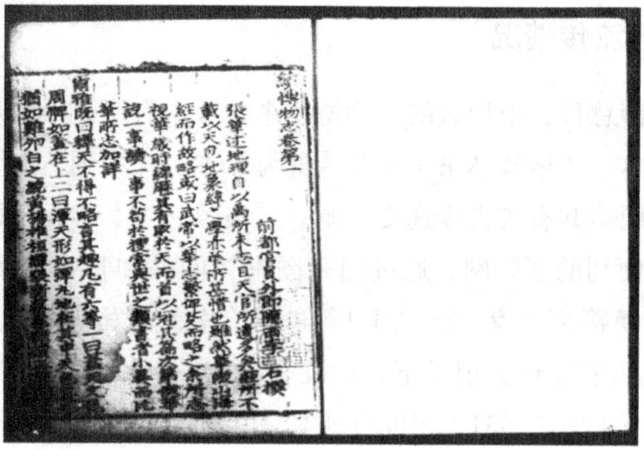

图 1-1　国家图书馆藏明弘治刻本《续博物志》首页书影

图 1-2　西安博物院藏明弘治刻本《续博物志》书影

① 陕西省文化厅，陕西省古籍保护中心：《第一批陕西省珍贵古籍名录图录》，西安：三秦出版社，2014 年，第 226 页。

（2）明嘉靖十年（1531）崔世节刻本。明嘉靖十年（1531）胡广楚刻本是浣镜湖居士崔世节刊刻的《博物志》与《续博物志》的合刊本。1980 年中华书局出版范宁校证的《博物志校证》，此书属于中华书局出版发行的“古小说丛刊”中的一本，在此书中辑录有崔志节刊刻《博物志》和《续博物志》的跋：

湖广楚府刻本博物志跋

余曾见《事文类聚》及诸家注中有引《博物志》者，思欲一见全书以广见闻者久矣。岁戊子冬，以贺正朝天，朝行至北海，贾以张华、李石两志来卖者，遂购得之。万里行迈，无暇寓目，挈而东归，居闲处独，披览再三。天地之高厚，日月之晦明，四方人物之不同，昆虫草木之淑妙者，无不备载。其昔物理之难究者尽在胸中，开豁无碍，正如披云雾睹青天，可乐也。然尚以未获广布，未与人共之为嫌。今年春谬膺朝命，出按湖南。巡行帝方，乃与主倅共论幽頣，语及《博物志》，遂以两帙嘱之，俾锓诸梓。阅数月功讫，倩工印之。从容蕴绎，前日未尽料理者融会无余，不知我为张、李，张、李为我也。世之博雅君子，如以沈之《笔谈》、段之《杂俎》参而考之，则其于研察众理何多哉。嘉靖辛卯良月下浣镜湖居士崔世节介之跋。①

此篇跋文后又收入华中师范大学出版社 1989 年出版的《中国历代小说序跋辑录》中②。从跋文中得知，是书系崔世节从商贾手里购买，校订后在湖南刊刻。

2. 明弘治刻本在日本的流传

明弘治刻本后流传至日本。上引《日藏汉籍善本书录》“续博物志十卷”一条后又有附录言：“日本东山天皇元禄十五年（1702）弥生吉且《倭板书籍考》卷之六著录《续博物志》十卷。其识文曰：‘《博物志》正十卷，张华《博物志》之拔粹也，有大明都穆《跋》。续十卷，陇西李石编，有都穆《序》。’”③此即证明日本确有传刻、翻刻的情况。据日本所藏中文古籍数据库可知，京都大学人文研究院藏有《博物志》十卷附《续博物志》十卷是宋周日用、卢□注，乃昭和四十九年（1974）用东京内阁文库藏弘治十八年

① （晋）张华撰，范宁校证：《博物志校证》，北京：中华书局，1980 年，第 149—150 页。
② 黄清泉主编：《中国历代小说序跋辑录》，武汉：华中师范大学出版社，1989 年，第 49—50 页。
③ 严绍璗编著：《日藏汉籍善本书录》中册，北京：中华书局，2007 年，第 1130 页。

（1505）刊本景照。关西大学泊园文库藏《博物志》十卷、《续博物志》十卷，乃据弘治年间刊本，由日本训点刊本，共4册。

又据《日藏汉籍善本书录》载：“《续博物志》十卷，宋李石撰。明弘治十八年（1505）贺氏刊本，共一册，米泽市立图书馆藏本，〔按〕每半叶有界十行，行十八字。黑口，左右双边。卷末有后记，其文曰：‘是书在宋尝有板刻，而今罕传。予同年贺君志同，近刻《博物志》讫工，复取而刻之，俾与前志并行，好古之士，知其一染指也。弘志乙丑春三月，工部主事姑苏都穆记。’封叶内及内封侧面，各有七言律诗一首。卷中有‘米泽藏书’等印记。”[①]此本与上述明弘治刻本的界行数、每行字数、书口都不相同，与下文所述日刊本半叶行数字数、书口等相同，故而可能亦是翻刻明弘治刻本。

3. 日本翻刻、重刻明嘉靖十年（1531）崔世节刊本

据检索信息发现，明刻本《续博物志》除明弘治刻本在日本传刻外，明嘉靖十年（1531）崔世节刻本［即明嘉靖十年（1531）胡广楚刻本］也在日本传刻，在日本传刻的延宝五年（1677）刊本、天和三年（1683）京都伏见屋藤右卫门刊本、宽政八年（1769）浪华河内屋喜兵卫刊本、江户刊本，均是翻刻、重刻明嘉靖十年（1531）胡广楚刻本。在范宁校正《博物志》的后记中讨论《博物志》的版本时提到：“日本延宝五年（一六七七）翻刻嘉靖辛卯（一五三一）刊本。此书有崔世节跋谓原刻于湖南。疑即《古今书刻》湖广楚府本。”[②]由跋文可知，嘉靖辛卯刊本即嘉靖十年（1531）刊本是《博物志》和《续博物志》一起刊刻的，那么日本延宝五年（1677）翻刻《博物志》时，可能也同时翻刻了《续博物志》。

2015年，上海古籍出版社出版孙猛《日本国见在书目录详考》中则载明了日本延宝五年（1677）刊本同时翻刻了《博物志》和《续博物志》：“日本刊本：延宝五年（1677）、天和三年（1683）京都伏见屋藤右卫门刊《博物志》五卷《续博物志》十卷，据明嘉靖辛卯（1531）重刻”，又说范宁疑其为《古今书刻》湖广楚府本，“森立之《经籍访古志》卷五著录一朝鲜国刊本，亦出

---

① 严绍璗编著：《日藏汉籍善本书录》中册，北京：中华书局，2007年，第1130页。

② （晋）张华撰，范宁校证：《博物志校证》，北京：中华书局，1980年，第158页。

嘉靖本”[①]。除延宝五年（1677）刊本外，从孙猛的著录中可得知，还有一种天和三年（1683）京都伏见屋藤右衙门刊本也是据明嘉靖十年（1531）刊本翻刻的。

利用日本所藏中文古籍数据库调查，除上述所说的两种刊本外，另发现宽政八年浪华河内屋喜兵卫刊本和江户刊本，共四个版本，皆据明嘉靖十年（1531）刊本重刊，所得藏本信息并分析如下：

（1）延宝五年（1677）刊本。此刊本共发现两本藏本，一本在北京大学图书馆，日本延宝五年（1677）刊本，题晋李石撰[②]；一本在日本九州大学藏，九州大学藏书日文题录信息如下：

> 《博物志》十卷、《續续博物志》十卷。
>
> 晋張華撰，宋周日用等注，晋李石撰續，延寶五年，京都山形屋七兵衛刊本，4 册。九大 六本松 082 C 521[③]。

九州大学藏本与北京大学藏本皆题晋李石刊刻，且刊刻时间相同，疑为同一刊本。但题名为“晋李石”与其他日刊本不同，对照中国国家图书馆藏本，可以看到“前都官员外郎陇西李石”前并未题朝代，而西安博物院藏本前题“宋”字明显与其他字体不同，应是批校者增补。故而此处题录信息为“晋李石”，可能是题录信息失误，因为张华本是晋人，而李石又未题朝代，两本合刊，故容易将李石也误为晋人。

（2）天和三年（1683）京都伏见屋藤右卫门刊本。此本共搜得十余个藏本，皆在日本，分别在日本国立国会图书馆、实践女子大学山岸文库、京都大学、宫城县图青柳文库、山口大学、蓬左文库、新潟大学、广岛大学、高知大学、东京都立大学、九州大学、早稻田大学。藏本信息如下：

日本国立国会图书馆藏本，题录信息为天和三年（1683）京都伏见屋藤右卫门刊，请求记号为 125—117，题宋李石撰。

实践女子大学山岸文库藏日文题录信息如下：

---

① 孙猛：《日本国见在书目录详考》中册，上海：上海古籍出版社，2015 年，第 1113 页。

② 北京大学图书馆：《北京大学图书馆藏李氏书目·子部杂家类》中册，北京：北京大学图书馆，1956 年，第 132 页。

③ 见日本所藏中文古籍数据库，检索页面为：http://kanji.zinbun.kyoto-u.ac.jp/kanseki?record=data/FA015282/tagged/1077013.dat&back=1（2019-10-11）。

《博物志》五卷、《續博物志》十卷。

舊本題晉張華撰、宋周日用等注，宋李石撰續，據明嘉靖十年刻本重刻，天和三年，京都伏見屋藤右衛門重刻，3 冊，二六・〇×一七・五糎。實踐女子 山岸文庫 4562。[①]

京都大学图书馆藏日文题录信息如下：

《博物志》十卷、坿《續续博物志》一卷。

晉張華撰，宋周日用等注，宋李石撰續，天和三年，京都伏見屋藤右衛門刊本，4 冊。京大附図 4-47 ハ 1[②]。

据京都大学人文科学研究所官网藏书查询另有一藏本，此本为四周单边，无界 10 行，有“嘉靖辛卯良月下浣镜湖居士崔世节介之书”序[③]。此本亦可据日本所藏中文古籍数据库查询到信息，并有原书“伏见屋藤右卫门梓”的牌记附图。[④]

宫城县图书馆青柳文库藏日文题录信息如下：

《博物志》十卷、《續博物志》十卷。

晉張華撰，宋周日用、盧卢□同注，宋李石撰續，刊本，天和三年，京都伏見屋藤右衛門 重印，4 冊。宮城県図 青柳文庫 30479[⑤]。

山口大学藏日文题录信息如下：

《博物志》十卷、《續博物志》十卷。

晉張華撰，宋周日用注，宋李石撰續，天和三年，京都藤右衛門刊本，山口高等商業學校舊藏，書中鈐有「瓜生瓊印」白文方印、「山口高等商業

① 见日本所藏中文古籍数据库，检索页面为：http://kanji.zinbun.kyoto-u.ac.jp/kanseki?record=data/FA005303/taggedYamagishi/3011700.dat&back=1（2019-10-11）。

② 见日本所藏中文古籍数据库，检索页面为：http://kanji.zinbun.kyoto-u.ac.jp/kanseki?record=data/FA002611/tagged/0447051.dat&back=1（2019-10-11）。

③ 京都大学藏书检索结果：https://m.kulib.kyoto-u.ac.jp/webopac/BB03633551（2019-10-11）。

④ 见日本所藏中文古籍数据库，检索页面为：http://kanji.zinbun.kyoto-u.ac.jp/kanseki?record=data/FA019705/tagged/0387020.dat&back=1（2019-10-11）。

⑤ 见日本所藏中文古籍数据库，检索页面为：http://kanji.zinbun.kyoto-u.ac.jp/kanseki?record=data/FA010744/tagged/3122005.dat&back=1（2019-10-11）。

學校图书之印」朱文方印。山口大 904/370/A1-A4〔東研〕[①]。

蓬左文库藏日文题录信息如下：

《博物志》十卷、《續博物志》十卷。

晉張華撰，宋周日用、盧□注，宋李石撰續，日本天和三年，京都書林伏見屋藤右衛門刊本，翻刻明嘉靖十年序鏡湖居士崔世節刊本，4 册。蓬左文庫 62・84[②]。

新潟大学藏日文题录信息如下：

《博物志》十卷、《續博物志》十卷。

晉張華撰，宋周日用、盧□注，宋李石撰《續博物志》，刊本，天和三年，京都伏見屋藤右衛門重印，4 册。新潟大 子 12・2・3[③]。

广岛大学藏日文题录信息如下：

《博物志》十卷、《續博物志》十卷。

晉張華撰，宋周日用、盧□注，宋李石撰《續博物志》，日本刊，天和三年，京都書林伏見屋藤右衛門印本，4 册。広島大 斯波 3・12・8[④]。

又据早稻田大学古籍数据库检索[⑤]，可见张华《博物志》与李石《续博物志》合刊的京都伏见屋藤右卫门刊本的影印本，为每半叶十行，行十八字，黑口，四周单边，无界栏。此外京都大学文研院桑原文库、高知大学、东京都立大学、九州大学等也藏有天和三年（1683）的本子。由实践女子大学山岸文库和蓬左文库藏本题录信息可知天和三年（1683）京都伏见屋藤右卫门刊本确是翻刻明嘉靖十年（1531）崔世节刊本。

---

① 见日本所藏中文古籍数据库，检索页面为：http://kanji.zinbun.kyoto-u.ac.jp/kanseki?record=data/FA003283/tagged/2036004.dat&back=1（2019-10-11）。

② 见日本所藏中文古籍数据库，检索页面为：http://kanji.zinbun.kyoto-u.ac.jp/kanseki?record=data/FAHOUSA/tagged/1000006.dat&back=1（2019-10-11）。

③ 见日本所藏中文古籍数据库，检索页面为：http://kanji.zinbun.kyoto-u.ac.jp/kanseki?record=data/FA002087/tagged/0170014.dat&back=1（2019-10-11）。

④ 见日本所藏中文古籍数据库，检索页面为：http://kanji.zinbun.kyoto-u.ac.jp/kanseki?record=data/FA012284/taggedShiwa/5057010.dat&back=1（2019-10-11）。

⑤ 早稻田大学古籍数据库检索结果：https://www.wul.waseda.ac.jp/kotenseki/html/bunko31/bunko31_e1928/index.html（2019-10-11）。

（3）宽政八年（1796）浪华河内屋喜兵卫刊本。除了上诉范宁和孙猛书中提到的两种版本外，还发现日本关西大学内藤文库藏有一种宽政八年（1796）的版本，藏本信息和分析如下：

关西大学内藤文库藏日文题录信息如下：

《博物志》十卷、《續博物志》十卷

晋張華撰，宋周日注，宋李石撰《續志》，寛政八年（一七九六），浪華河内屋喜兵衛刊本，4 册。湖南书入「經籍访古志載韓板正續博物志昌平學藏三个行坊本以此本為原所謂坊本即此本也」。關大 内藤文库 L21＊＊4＊1372[①]。

此本藏书题录信息载明“湖南书入”，即此本为内藤湖南藏书。另外，《日藏汉籍善本书录》中“《博物志》”一书后言：“灵元天皇天和三年（1683）京都伏见屋藤右卫刊印《博物志》十卷。其后，此本有浪华柳原喜兵卫等重印本。”[②]浪华柳原喜兵卫即浪华河内屋喜兵卫。据严绍璗此句，疑宽政八年（1796）版本是天和三年（1683）的重印本，那么它的来源也是嘉靖十年（1531）崔世节刻本。

（4）江户刊本。此刊本有一部藏于日本国立国会图书馆，是《博物志》和《续博物志》的合刊本，在日本国立国会图书馆官网，显示“晋张华撰，宋周日用等注，续宋李石撰”，请求记号为“特 1—857”。《博物志》正文前有崔世节跋，《续博物志》正文后则有黄公泰跋和弘治都穆记，首页则题“前都官员外郎陇西李石撰”。正文每半页十行，每行十八字，黑口，四周单边，首页钤有“雄武舍藏书”和“帝国图书馆藏”等印。有崔世节跋即证明了此本是翻刻崔世节刊本。

对照中日藏本，中国藏弘治刻本应是明代现存最早的刻本，日本国立国会图书馆藏本比弘治刻本多一崔世节跋，但仍留存弘治都穆跋和黄公泰跋。既有崔世节跋，则说明日本国立国会图书馆必是翻刻的崔书。延宝五年（1677）刊本范宁书以及孙猛书证其为崔氏刻本，天和三年（1683）刊本据实践女子大学

---

① 见日本所藏中文古籍数据库，检索页面为：http://kanji.zinbun.kyoto-u.ac.jp/kanseki?record=data/FA007965/taggedNaito/4078002.dat&back=1（2019-10-11）。

② 严绍璗编撰：《日藏汉籍善本书录》中册，北京：中华书局，2007 年，第 1251 页。

山岸文库和蓬左文库藏本可证其为崔氏刻本，宽政八年（1796）刊本因严绍璗书疑为天和三年（1683）的重印本。那么崔世节买到的本子可能就是明弘治刻本，且崔世节跋中自言："岁戊子冬，以贺正朝天，朝行至北海，贾以张华、李石两志来卖者，遂购得之。"弘治十八年（1505）刊出两书的合订本，到嘉靖十年（1531）崔氏刻本出世之前，只有嘉靖七年（1528）是戊子年，从时间上说也是合理的。弘治十八年（1505）《续博物志》重新刊刻，崔世节此时从商贾手中购得，然后在湖南刊刻，故而崔世节刊本才带有弘治都穆跋。那么《续博物志》日本刊本的传播顺序应该是：明弘治刻本→明嘉靖十年（1531）崔世节刊本→日本翻刻本。

4. 明弘治刻本在朝鲜的传刻

上文引《日本国见在书目录详考》中提到《经籍访古志》卷五记载的一个朝鲜刊本出自嘉靖本。查《经籍访古志》卷五中关于《博物志》和《续博物志》的朝鲜刻本记载信息如下：

> （博物志十卷）又朝鲜国刊本，昌平学藏。
>
> 首题"博物志卷之一，晋司空张华茂先撰，汝南周日用等注"。每半板十行，行十八字，界长六寸八分，幅四寸九分。末有弘治乙丑春二月工部主事姑苏都穆跋。又墨书"首阳二介"、"梁明"等字，盖韩人所记。
>
> 续博物志十卷朝鲜国刊本，昌平学藏。
>
> 首题"续博物志卷第一，前都官员外郎陇西李石撰"。末有都穆后记，云是书在宋尝有板刻，而今罕传。又记"开化庠生方卫谨录"八字。板式一与前书同，每半板十行，行十八字，界长七寸，幅四寸八分，四周双边，盖合刻者。今行坊本，以此本为原。①

据上述记载，此本是否出自嘉靖十年（1531）崔世节刊本不得而知，但"末有弘治乙丑春二月工部主事姑苏都穆跋"和"末有都穆后记，云是书在宋尝有板刻，而今罕传"都证明是来源于明弘治刻本的。

① （日）涩江全善、森立之等撰，杜泽逊、班龙门点校：《经籍访古志》卷五《子部下·小说类》，上海：上海古籍出版社，2017年，第186页。

（二）《古今逸史》本

吴琯的《古今逸史》本，有万历本、康熙重编补刊本、乾隆修补订本，所见均为国家图书馆藏。每半叶10行，每行20字，白口，单鱼尾，上下单边，左右双边。收入在《逸志·合志》中，书首无目录，书尾无后记。每卷起首皆题名“续博物志卷第几”，并有“晋李石撰，明吴琯校”两行题名。卷一有李石的自序，自序空两字顶格。以后每段第一行顶格，第二行开始空一字顶格。此书初刻仅四十四种一百六十三卷，后来增加了“逸志”五种、“逸记”八种，合为五十五种二百二十三卷，名为《增订古今逸史》。《中国丛书综录》收录的为五十五种本。自原刻至增订，期间有无传版情况难以确定，只有藏本的序文作者已经剜改为“吴中珩”。到了康熙初年，该书版片散失严重，汪士汉搜罗残版重新编订，题名《秘书廿一种》和《秘书廿八种》。

（三）《格致丛书》本

胡文焕《格致丛书》本，所见为国家图书馆藏，每半叶10行20字，小字双行同，白口，左右双边。卷首有“国家图书馆”的印章。每卷在卷首都有“钱唐全庵道人胡文焕德甫校”的题名。胡文焕刻书喜欢在其书名之前加上“新刻”二字，以彰显其书精良。

胡文焕，字德甫，号全庵，又号抱琴居士，钱塘人。他的刻书与藏书处名“文会堂”，地点在杭州，他主要在万历二十年（1592）至万历末这一时期刊刻图书。胡文焕所刻书籍主要是一些丛书，比如《百家名书》《格致丛书》《寿养丛书》《胡氏粹编五种》等。《格致丛书》就现在所能看到的各个版本而言，所收各书也不同，没有一部是完全相同的。《澹生堂藏书目》《汇刻书目》《四库简明标注》均著录为初编四十六种、二编三百三十四种，《四库全书总目》中“存目”著录一百八十一种，并称“较他本稍备，或其全帙欤”①。《中国善本书提要》著录美国国会图书馆藏本为一百五十六种，《中国丛书综录》著录一百六十八种。大体上最初辑刻为四十六种，后时有增删，而三百四十种这个数字，应该是据各本汇集著录（《中国丛书综录补正》补

① （清）永瑢等：《四库全书总目》卷一百三十四《子部·杂家类存目十一》，北京：中华书局，1965年，第1137页。

《综录》漏著一百五十一种，则合二者之数为三百一十九种）。而且各本分类也出入较大，或作十二类，或作二十类，或作三十七种。胡氏所刻几种丛书所收子类互有异同，而多寡有别。

（四）《百家名书》本

胡文焕《百家名书》本应该与《格致丛书》为同一个本子。《百家名书》与《格致丛书》出版时间差不多。《百家名书》如《格致丛书》一样，现存的各个版本中所收各书差异也很大。《澹生堂藏书目》著录的《百家名书》为九十四种。《千顷堂书目》并没有著录《百家名书》收录为多少种书，而仅仅著录为若干卷。现存情况：故宫藏本（90 种），山东图书馆藏本（130 种），中科院本凡 76 种，169 卷，47 册，5 函。据书中所夹的纸条得知，1956 年 3 月 4 日由琉璃厂邃雅斋购入。封皮上有数册镌有“百家名书”字体和墨迹都具有万历刻书的特征。日本内阁文库、宫内厅书陵部、尊经阁、蓬左文库都庋藏。最早著录的为《澹生堂藏书目》，前面著录了《百家名书》，后面紧接着就著录了《格致丛书》，将此书判为两书，分别著录。后世有人将《百家名书》与《格致丛书》混为一种，如《同书异名通检》增订本云：“《格致丛书》一百五十六种，明胡文焕辑，明万历胡文焕刊本，又名《百家名书》。”①从现在见到的历代书目著录情况以及现存版本来看，应当是两种不同的丛书。对于《百家名书》和《格致丛书》出现的这种情况，应该是一套丛书在流通过程中传世历史较长，原刻单印与汇刻丛书、汇刻丛书与再版之间的版本差别。在古籍刊刻中，这种丛书中多一种或者少一种，比较常见。再者当时文人藏书、印书的流通范围较小，视野、品种也相对有限，对于书籍的单印、汇刻丛书，以及再版情况了解多有不够，难以理清也较为正常。

（五）《稗海》本

万历商濬《稗海》本，有万历年刻本、康熙重编补刊本和乾隆修补订本。《稗海》四十八种二百八十八卷，所见为国家图书馆藏，为清康熙振鹭堂重编补刻本，一百册。每半叶九行，每行二十字，白口，单鱼尾，四周单边。封面

① 杜信孚：《同书异名通检》增订本，南京：江苏人民出版社，1982 年，第 265 页。

镌书“振鹭堂藏板”。首无目录，书尾无后记。每卷起首皆题名“续博物志卷第几”，并有“唐陇西李石”一行题名。卷一有李石的自序，自序空两字顶格。以后每段第一行顶格，第二行开始空一字顶格。书尾有“门人迪公郎眉山簿黄公泰”为《续博物志》所做的跋。

（六）《说郛》本

陶宗仪的《说郛》本，此本较为特殊，是《续博物志》的节选本。《说郛》一百六十六种，陶宗仪编，张宗祥重校，民国十八年（1929）上海商务印书馆涵芬楼重校铅印明钞本。收录在《说郛》卷二，标题为“续博物志卷十”，有“唐李石前都官员外郎陇西人”的题名。卷首有张宗祥、杨维祯为《说郛》所做的序言，每半叶13行，每行26字，黑口，双鱼尾，四周单边。版心有“涵芬楼”的标记。陶宗仪（1329—约 1412）字九成，号南村，浙江黄岩人（今浙江清陶乡）。著作有《南村辍耕录》30 卷、《书史会要》9 卷、《说郛》100卷，还著《南村诗集》4卷、《四书备遗》2卷等。

（七）《唐宋丛书》本

《唐宋丛书》本，天津图书馆藏本，此本为九十种，三百一十八卷，明刻本，七十二册。《续博物志》收入“载籍”中。行款九行，二十字，小字双行，字同，白口，左右双边，钤“武氏藏书记”朱文方印、“淑润斋藏书章”朱文方印。原目末行有“右补《汉魏从刻》二十种”。卷首题“晋李石撰，吴中珩校”。此本应当与《古今逸史》本为同一个版本。天津图书馆还藏有一部《唐宋丛书》，此本中并无《续博物志》，共八十九种，一百四十九卷。每半叶九行，二十字，小字双行，字同，白口，左右双边，封面镌经德堂藏板。《唐宋丛书》由明钟人杰、张遂辰合辑。钟人杰，字瑞先，钱塘（今浙江杭州）人。张遂辰，字卿子，号相期，江西人，客居杭州。本书虽以“唐宋”名，而所收除唐宋人著述外，实还包括先秦汉魏六朝人著述、五代人著述及元人著述。

由上述版本情况来看，对《续博物志》的版本，各书记述多有不同。《稗海》本和《说郛》本，误以为作者乃唐之李石；而《古今逸史》本与《唐宋丛书》本又误题作晋李石撰。明代目录书中对《续博物志》的记载也不尽相同。首次著录《续博物志》的书目为高儒的《百川书志》，卷九《子志·格物家》

载："续博物志十卷，前都官员外郎陇西李石撰。"[①]同时著录了该书的卷数是十卷。高儒，字子醇，自号百川子，河北涿县（今河北省涿州市）人。生平担任武职，但喜文学，富有藏书。仿宋晁公武《郡斋读书志》之例，于明嘉靖十九年（1540）将藏书数千种编成此书目。按四部分类，分为九十二类，子目极详。绝大部分书写有简明提要。焦竑（1533—1612）《国史经籍志》卷四下《子类·杂家》载："续博物志十卷，唐李石。"[②]同样也认为李石为唐代人。唐人李石（785—845），唐宗室，字中玉，元和进士。入李听幕府，有征讨，常留知后务。大和五年（831），令狐楚为河东节度使，请为副使。大和九年（835），权知京兆尹事，旋任户部侍郎、判度支事。"甘露事变"后，任宰相，建议降诏安谕，以刑杀太过为戒。开成三年（838），被宦官仇士良之党射伤，惧而辞相，出任荆南节度使。会昌时任太原尹、河东节度使，以财政困难为由减少出兵时的赏赐，为军人所逐。后为东都留守。祁承㸁的《澹生堂藏书目》对《续博物志》考证较为详细，卷六《子类·杂家》云："续博物志十卷，李石。格致丛书本、逸史本、正稗海本、百名家书本。"[③]较为可惜的是并未著录作者的年代。徐𤊹在万历年间编撰的《徐氏家藏书目》（又称《红雨楼书目》），在卷四中著录："续博物志十卷，宋李石。"[④]是历代书目中首次正确著录《续博物志》的作者李石所处的时代。

明代书目著录之情况，他书载引《续博物志》，以子类文献为主，小学、医书、类书为主。较早广泛引用《续博物志》者，当推陈耀文（1573—1607）的《天中记》。《四库全书总目》列此书为子部类书，称其"援引繁富，而皆能一一著所由来，体裁较善"[⑤]，所引涉及天文、逸事、史传等内容，共十三条，均没有提撰人姓名。引文最多者，为张自烈《正字通》。张自烈，字尔

① （明）高儒：《百川书志》，中华书局编辑部：《宋元明清书目题跋丛刊》第四册，北京：中华书局，2006年，第756页。

② （明）焦竑：《国史经籍志》，中华书局编辑部：《宋元明清书目题跋丛刊》第五册，北京：中华书局，2006年，第830页。

③ （明）祁承㸁：《澹生堂藏书目》，中华书局编辑部：《宋元明清书目题跋丛刊》第五册，北京：中华书局，2006年，第204页。

④ （明）徐𤊹：《徐氏家藏书目》，中华书局编辑部：《宋元明清书目题跋丛刊》第五册，北京：中华书局，2006年，第371页。

⑤ （清）永瑢等：《四库全书总目》卷一百三十六《子部·类书类二》，北京：中华书局，1965年，第1155页。

公，明宜春（今江西省宜春市）人。本书以《字汇》为蓝本，共收 33000 余字，按部首分部排列。所列部首和编次均依《字汇》之旧，不仅补《字汇》之缺漏或未详，扩大采注书籍范围，而且纠正其释文中的某些不当或错误。所引涉及传说、动植物、名物等内容，共十五条，有的条目标注《续博物志》的作者为李石。明代著名的本草著作，也是博物学著作的《本草纲目》也载引九条。多为医学和动植物方面的内容，每条都提及作者李石。此外彭大翼《山堂肆考》、焦竑《焦氏类林》、徐应秋《玉芝堂谈荟》、顾起元所编《说略》等书也多加载引。

对于《续博物志》的作者为李石，明代人普遍认可。但是对于李石所处年代有晋人、唐人、宋人的说法。明代对李石为宋人的看法并不少。如余寅《同姓名录》卷四“李石”条：“晋李石撰《续博物志》，当与张华同时人，余阅志中有皇朝建隆、开宝年号及曾公亮、王安石等字，当是宋人称晋，误也”①；徐𤊹《笔精》卷六《文字》中考证：“张华著《博物志》，而有《续博物志》者，宋李石也。近年会稽商氏所梓《稗海》，编为唐人李石著，误也。志中言太平兴国陈抟、林逋、魏野及《砚谱》《遁斋闲览》诸书，则宋人无疑矣。焦太史《国史经籍志》亦编作唐人，皆误。然书末有门人迪功郎黄公泰跋，迪功郎，宋秩也，唐无此秩，此又一证。唐李石河中人，官至宰执。”②《补续全蜀艺文志》云：“李石字知几，号方舟。蜀之资县人，文章盛传，有《续博物志》。”③

《续博物志》在明代的流传相较于宋元时期更为广泛，接受程度较高，不但版本众多，藏书家书目记载较详。同时，他书载引《续博物志》蔚然大观，共有五十一种。其书流传之广，亦可想见。

三、清代流传情况

清代流传的版本有清康熙间汪士汉《秘书廿一种》本、《秘书廿八种》本、《四库全书》本、《子书百家》本、《百子全书》本等。

① （明）余寅：《同姓名录》，上海：上海古籍出版社，1992 年，第 84 页。
② （明）徐𤊹撰，沈文倬校注，陈心榕标点：《笔精》卷六，福州：福建人民出版社，1997年，第218页。
③ （明）杜应芳，胡承诏：《补续全蜀艺文志》卷四十五《志余·诗话四》，明万历年间刻本。

（一）《秘书廿一种》本

清康熙年间汪士汉《秘书廿一种》本，版本主要有清康熙七年（1668）新安汪氏刻本、清乾隆七年（1742）文盛堂刻本、清嘉庆九年（1804）宝荣堂刻本。笔者所见为国家图书馆藏清康熙七年（1668）新安汪士汉重新编刻明代《古今逸史》本。《古今逸史》，原收书四十二种，刻于明万历间，汪士汉据残存旧版，重加编辑校订，刷印为《秘书廿一种》。对于原版疏漏之处，加以校订修补，共十二册。书皮题“秘书廿一种”“续博物志”，还有一个“未”字，应该是以地支计数。无目录，有李石自序，有汪士汉为《续博物志》所做的序文，序末序前未有衔名“康熙戊申一阳月望日星源汪士汉识”。每卷卷首有“晋李石撰，星源后学汪士汉校”的行款。每半叶十行，二十字，小字双行，白口，四周单边，单鱼尾。汪士汉，字隐侯，新安人。辑《秘书》二十一种、九十四卷，汇编先秦汉魏六朝唐宋名著，刊于康熙初年，至乾隆壬戌（1742），其后人为之重刊。江永序云：“隐侯汪先生尝取汲冢以下二十一种书，校而梓之，命曰《秘书》。书久风行，版寖蠹漫；其孙勋暨弟谟等复新之以承先志，今天下好古者共秘而传焉。隐侯先生有书癖，多著述；此集犹其一隅云。”①

（二）《秘书廿八种》本

清康熙年间汪士汉《秘书廿八种》本，有清嘉庆九年（1804）新安汪氏刻本、嘉庆十三年（1808）补刻本、道光二十六年（1846）刻本，较《秘书廿一种》少《桂海虞衡志》一卷，另多八种：《续齐谐记》一卷、《夏小正》四卷、《穆天子传》六卷、《古鲁诗》一卷、《子贡诗传》一卷、《大戴礼记》十三卷、《小尔雅》一卷、《诗品》三卷。此本与《秘书廿一种》的版本一样。实际应是一种丛书，只不过反映书商在刊刻丛书中为了扩大销路而不断增删的普遍现象。

（三）《四库全书》本

《四库全书》本，所见为文津阁、文渊阁《四库全书》本，前有四库馆臣

① 梁战，郭群一编著：《历代藏书家辞典》，西安：陕西人民出版社，1991 年，第 123 页。

为《续博物志》所做的提要，鉴于明代对《续博物志》作者的年代考述不明的情况，四库馆臣对此考之甚为准确，曰："旧本题晋李石撰，然第二卷称今上于前朝作镇睢阳，洎开国号大宋，是宋太祖时人矣。而又称曾公亮得龙之脊，王安石得龙之睛，全摭陆佃《埤雅》之说，又引《子华子》，陈正敏《遁斋闲览》，曾慥《集仙传》，均南北宋间之书，则并非北宋初人。别本末有其门人迪公郎眉山簿黄宗泰跋，称为'方舟先生'。'方舟'为宋李石之号，所作《诗如例》，已著录经部中，则称晋李石，误也。"[①]被收录在子部小说家琐语之属，文津阁和文渊阁本内容相同，并无明显区别，每半叶八行，二十一字，白口，单鱼尾，四周双边。两处不同：一处为卷九末尾最后一页为每半页八行，二十二字，文津阁本比文渊阁本少了一页；另一处为书结尾处文津阁本多了"详校官原任侍讲臣王燕绪""总校官举人臣章维桓，校对官编修臣汪学金，誊录监生臣毕继曾"。吴慰祖校订《四库采进书目》（原名《各省进呈书目》）记载："《续博物志》十卷，旧题晋李石撰，一本。"[②]提要所说"旧本"结合汪士汉的序文，应该为康熙年间汪士汉《秘书廿一种》本。

（四）《子书百家》本

《子书百家》，又名《百子全书》。清光绪年间崇文书局辑。汇刻先秦至明代子书共百种，计儒家二十三种、兵家十种、法家六种、农家一种、术数家二种、杂家二十八种、小说家十六种、道家十四种。各书仅取白文，校刻不精，选择博杂，便于检查。有光绪元年（1875）湖北崇文书局刊本、1911 年湖北官书处重刻本、民国八年（1919）上海扫叶山房石印本。[③]版本众多。笔者所见为民国四年（1915）上海扫叶山房石印本，七十册。《续博物志》收录在《子书百家》小说家异闻类。书名页版心及书签题"百子全书"。每半叶十六行，三十六字，小字双行，白口，左右双边，单鱼尾，牌记题"扫叶山房"，有"民国四年"石印，并钤蓝印"监察院河北监察使署图书室"。另有民国元年（1912）鄂官书处重印本，每半叶十二行，二十四字，小字双行，黑口，四

① （清）永瑢等：《四库全书总目》卷一百四十三《子部·小说家类存目一》，北京：中华书局，1965年，第 1215 页。
② （清）吴慰祖校订：《四库采进书目》，北京：商务印书馆，1960 年，第 54 页。
③ 吴枫：《简明中国古籍辞典》，长春：吉林文史出版社，1987 年，第 68 页。

周双边，双鱼尾，书中断版处较多，部分字迹漫涣，据清光绪元年（1875）湖北崇文书局刻版后印，各子目原牌记题“光绪纪元夏月湖北崇文书局开雕”，《续博物志》之牌记题“中华民国六年鄂官书处重刊”。前有迪公郎眉山簿黄公泰的跋。清光绪元年（1875）湖北崇文书局印本，每半叶十二行，二十四字，小字双行，黑口，四周双边，双鱼尾，各子目牌记题“光绪纪元夏月湖北崇文书局开雕”，钤“南陵徐氏仁山珍藏”“学部图书”之印，部分子目装订顺序与原总目顺序不同。

（五）《百子全书》本

此本应该与《子书百家》为同一种书，只是在刊刻、流传时，对其名称呼不同。

（六）卢文弨所校《续博物志》的手抄本

李石《续博物志》手校本（校于《古今逸史》本）旧藏上海涵芬楼，烬于1932年“一·二八”之役。有佚名临校本，旧藏王欣夫蛾术轩，著录于《蛾术轩箧存善本书录》第三册，“《续博物志》十卷，三册，宋资阳李石撰。旧钞本。临余姚卢文弨校”[①]。又记“有‘郭宗泰印’‘友某’”二印。今此本下落不明。

（七）上海文瑞楼石印本

现存《续博物志》另有清末民国上海文瑞楼石印本《续博物志》传世，现藏重庆师范大学图书馆，为上海文瑞楼校刻鸿章书局石印本，十卷。[②]另外，据韩国学者闵宽东《中国古典小说在韩国之传播》一书，高丽大学另藏有清末上海文瑞楼刊石印本张华《博物志》和李石《续博物志》合刊本，《博物志》10卷，《续博物志》10卷，合20卷2册，20.2×13.4厘米，标题为《正续博物志》。序，塘唐琳玉林父识。《续博物志》题唐李石撰。此外，此书又提到成

---

① （清）王欣夫撰，鲍正鹄、徐鹏标点整理：《蛾术轩箧存善本书录》上册，上海：上海古籍出版社，2002年，第177页。

② 据全国古籍普查登记基本数据库检索：http://202.96.31.78/xlsworkbench/publish?keyWord=%E7%BB%AD%E5%8D%9A%E7%89%A9%E5%BF%97&orderProperty=PU_CHA_BIAN_HAO&orderWay=asc&cGFnZT00（2019-10-11）。

均馆藏一中国石印本《续博物志》，亦言唐李石撰，10卷1册，但未提是何种石印本。[①]两个传世的上海文瑞楼石印本都说明《续博物志》的确在清末民国时期被上海文瑞楼石印刊行。

从清代藏书目来看，《续博物志》被公私藏书目录著录情况：

（1）钱谦益《绛云楼书目》卷二《子部·小说类》云：

李石《续博物志》十卷[②]。

（2）徐乾学《传是楼书目·子部·杂家》云：

《续博物志》十卷，唐李石。[③]

（3）孙星衍《孙氏祠堂书目》内编卷二《杂家类》著录云：

《续博物志》十卷，注："宋李石撰。一明吴琯刊本。一明叶氏刊本。"[④]

吴琯刊本即《古今逸史》本。

（4）周中孚《郑堂读书记》卷六十七《子部十二之五》云：

《续博物志》十卷，《秘书二十一种》本。

宋李石撰，旧题晋代者，误也。石，字知几，资阳人。举进士高第，绍兴末，以荐官太学博士，历成都转运判官。《四库全书》著录《宋志》及《宋志补》俱不载，焦氏《经籍志》农家类始载之。是编前有自序，称"张华述地理，自以禹所未志，且天官所遗多矣。"余所志视华岁时绵历，其有取于天，而首以冠其篇，次第仿华，说一事续一事，不苟于搜索，而比华所志加详。今观其书，多采摭旧文，失于刊改，然与世之类事之书小异，所载轶闻琐语，皆可以备参证。合张氏书观之，庶几山天地以及山海，由山海以及人物，固无一之或遗矣。后董逌周又广之为五十卷。则全属类书，不可与二书为伍矣。前有康熙戊申汪士汉序，《唐宋丛书》亦收入之。[⑤]

---

① （韩）闵宽东：《中国古典小说在韩国之传播》，上海：学林出版社，1988年，第20页。

② （清）钱谦益：《绛云楼书目》，上海：商务印书馆，1935年丛书集成初编本，第46页。

③ （清）徐乾学：《传是楼书目》，中国书店：《海王村古籍书目题跋丛刊》第1册，北京：中国书店，2008年，第347页。

④ （清）孙星衍撰，焦桂美、沙莎标点：《平津馆鉴藏记书籍 廉石居藏书记 孙氏祠堂书目》，上海：上海古籍出版社，2008年，第371页。

⑤ （清）周中孚：《郑堂读书记》中册，北京：北京图书馆出版社，2007年，第1326—1327页。

（5）瞿镛《铁琴铜剑楼藏书目录》卷十七《子部五》云：

《续博物志》十卷，明刊本。

宋李石撰。较明游潜所撰《博物志补》自胜。惟既云《续志》何以与张书复出数条，岂李氏著此书时，张氏原书未佚，今则已非其旧，故致彼此复沓耶？此亦贺志同所刻，有都穆跋。卷末有‘开化庠生方卫谨录’一行，右琐记。①

（6）莫友芝《宋元旧本书经眼录》卷一载：

《续博物志》上海瞿氏。

结衔云："前都官员外郎陇西李石撰"。其中于本朝、祖宗等俱提行，盖犹宋式，特非初印耳。半页十一行，行二十三字。惜纸朽，已裱装过。②

（7）莫友芝撰，傅增湘订补，傅熹年整理《藏园订补郘亭知见传本书目》卷十一上《子部·十二小说家类》载：

《续博物志》十卷，宋李石撰。稗海本。格致本。唐宋本。古今逸史本。秘书二十一种本。

[附]贺志同刻本。汪士汉本。（眉）

[补]明弘治十八年贺泰刊本，十一行二十三字，白口，左右双栏。后有门人黄公泰跋及弘治乙丑都穆记，谓为贺泰刊本。余藏。明万历吴琯刊《古今逸史》本，十行二十字，白口，左右双栏。余藏。余据清卢文弨校本校。③

（8）丁日昌《持静斋书目》卷三《子部·十二小说家类·琐记之属》载：

《续博物志》十卷，《稗海》刊本，又《古今逸史》刊本，宋李石撰。④

① （清）瞿镛：《铁琴铜剑楼藏书目录》，中华书局编辑部：《宋元明清书目题跋丛刊》第十册，北京：中华书局，2006年，第259页。

② （清）莫友芝撰，邱丽玟、李淑燕点校：《宋元旧本书经眼录 持静斋藏书记要》，上海：上海古籍出版社，2009年，第42页。

③ （清）莫友芝撰，傅增湘订补，傅熹年整理：《藏园订补郘亭知见传本书目》第二册，北京：中华书局，2009年，第875页。

④ （清）丁日昌撰，路子强、王雅新标点，杜泽逊审定：《持静斋书目》卷三，《中国历代书目题跋丛书》第三辑，上海：上海古籍出版社，2008年，第391页。

（9）丁立中（1866—1920）《八千卷楼书目》卷十四《子部·小说家·类琐之属》载：

《续博物志》十卷，宋李石撰，《汉魏丛书》本，《古今逸史》本，《稗海》本，《子书百种》本。①

笔者注：各个版本的《汉魏丛书》中，并没有《续博物志》的存在，应该是误认为张华《博物志》所致。

（10）陆心源《皕宋楼藏书志》卷六十四《子部·小说家类三》载：

《续博物志》十卷，明刊本，宋李石，自序。②

（11）傅增湘《藏园群书经眼录》载：

《续博物志》十卷，题宋李石撰。明弘治十八年乙丑贺泰刊本，十一行二十三个字，白口，左右双阑。后有门人迪功郎眉山簿黄公泰据都南濠穆记，此为贺泰刊本而失去《博物志》者。（余藏）③

由清代目录书可以看出，清代对于《续博物志》作者的年代在四库馆臣考证之后并没有什么疑问，这时李石为宋人最终被认可。余嘉锡在《四库提要辨证》中引用徐𤊹《笔精》对明代万历商濬《稗海》本之考证说："书末有门人迪功郎黄公泰跋。迪功郎，宋秩也，唐无此秩。此又一证。"④在《四库全书总目》的基础上又补充了"迪功郎"这个秩号只为宋代所有，进一步论定了《续博物志》为宋人李石撰。

清人陈逢衡撰有《续博物志疏证》十卷、《补遗》一卷。陈逢衡（1778—1855），清藏书家、学者。字履长，字穆堂。江都（今江苏扬州）人。父陈本礼，好藏书，筑"瓠室"，积书至10万余卷，与马曰琯兄弟"玲珑山馆"齐名。他博览经史文集，尤能治经学。继承父业，聚书益多，亦重校勘，用五色

---

① （清）丁立中撰：《八千卷楼书目》，《海王村古籍书目题跋丛刊》第四册，北京：中国书店，2008年，第218页。

② （清）陆心源编，许静波点校：《皕宋楼藏书志》第4册，杭州：浙江古籍出版社，2016年，第1133—1134页。

③ （清）傅增湘撰：《藏园群书经眼录》第二册，北京：中华书局，2009年，第786页。

④ 余嘉锡：《四库提要辨证》，北京：中华书局，1980年，第1164页。

笔书写于古籍卷端，精鉴别。中年，其开设“读骚楼”，招致文学之士，切磋学艺。著有《读骚楼诗》《竹书纪年集证》《逸周书补注》《续博物志疏证》等。

《续博物志疏证》的成书，是因为陈逢衡考订张华《博物志》，随手检阅李石的《续博物志》，于道光十九年（1839）才写成此书，自此又屡有增删修改，至晚年仍然没有定稿。陈逢衡想完成《博物志》一书的疏证，结果把《续博物志疏证》写成了专著。由此可知，金授幅的《陈征君传》以及《清史列传》中所列的陈逢衡的著述，《博物志疏证》皆为《续博物志疏证》之误。

《续博物志疏证》以春、夏、秋、冬分标四册，首页题“秘册宜珍”四个大字，不知何人所题，迭经常熟张蓉镜双芙阁、吴兴刘承幹嘉业堂处藏，钤记有张氏“张蓉镜印”白文方印、“曾藏张蓉镜家”朱文方印、“镜照”朱文方印、“凡百吉羊”朱文方印，刘氏“吴兴刘氏嘉业堂藏书记”朱文长方印等，后归合众图书馆，最后藏于上海图书馆。

书首有自序，后为《集说》一篇，全录《四库全书》中《续博物志》之提要及赵士吉《寄园寄所寄》论李石年代一文。次为《补遗》一卷，据《佩文韵府》等书辑的佚文三十二条。次为《凡例》四条及《目录》两页。全书正文每半页十一行，每行二十字。《续博物志》原文定格书，疏证则低一格。工楷抄录，俱施句读，间有圈点。书眉略有批语，多行书、草书，多有勾乙涂抹，间有“衡按”两字，审其内容，应当为陈逢衡亲笔所书。

陈逢衡所见《续博物志》的版本有明弘治衢州贺志同刻本、明万历商濬《稗海》本及清康熙间汪星汉《秘书廿一种》本三种，而卷首载汪氏康熙七年（1668）刻书序，则《续博物志疏证》所据当为汪氏《秘书廿一种》本。《续博物志》所征引前代奇闻逸事，内容繁杂。至于《续博物志疏证》中对佚文的搜罗，如《佩文韵府》《山海经广注》，都是清代人所辑，并不能对其溯源，现存《续博物志》各个版本中并不存在，笔者认为陈逢衡所辑的内容为唐人林登的《续博物志》，并非李石《续博物志》的内容。

《续博物志》在清代他书载引相比明代载引情况，更是蔚然大观。据不完全统计，清代有多达一百五十三种书籍对其载引。这些书籍涵盖经、史、子、集四部。其中，类书、地方志、小学载引的内容偏多，《佩文韵府》载引最多，共九十二条，其内容涵盖了天文、地理、动植物、奇闻逸事等，非常丰富。

纵观有清一代著述，突出特征便是对《续博物志》的作者并没有疑问，据四库馆臣的考述来看，对作者李石系宋人亦不存疑，且从不同角度来论证李石为宋人。这应该与有清一代的“考据”风有关。因而，对李石的各个疑问也在清代得到一一解决。

自南宋《续博物志》成书，到清乾隆年间编撰《四库全书总目》时，其书之众多疑问逐渐得以解决。对此书的作者李石究竟为晋人、唐人还是宋人的不同记载，亦于四库馆臣撰写《四库全书总目》时被最终予以统一。此书多为他书载引，尤以类书、杂纂、小学最多。此书流传过程，其实也是一部接受史。对其辞藻掌故之用，到有清一代蔚然成风。

四、近代以来流传情况

（1）名义上由王云五主编，实际由张元济辑录的“丛书集成初编”，在其《自然科学·博物》类第 1343 册里面收录了《续博物志》，此本据《古今逸史》本影印。在书首有牌记“本馆‘丛书集成初编’所选《古今逸史》《稗海》《秘书廿一种》皆收有此书，《逸史》本最早，且字亦清晰，故据此影印，并附《秘书》本汪士汉序于后”。此本前面为汪士汉为《续博物志》所做的序，后为正文。

（2）由台湾新文丰出版公司印行的“丛书集成新编”，同样把《续博物志》收录在《自然科学·博物》类第 43 册。此本与“丛书集成初编”版本同为《古今逸史》本。

（3）1991 年上海古籍出版社出版的“四库笔记小说丛书”中将四库本《续博物志》影印出来，放在丛书中的《分门古今类事（外八种）》①一书中，与《分门古今类事》《陶朱新录》《睽车志》《夷坚支志》《博物志》等书的四库本影印辑成一书。

（4）李之亮②和燕永成③分别对《续博物志》进行了点校。李之亮点校采用的底本为汪士汉所刻的《秘书廿一种》，而燕永成采用的底本为《四库全

① （宋）不著撰人：《分门古今类事（外八种）》，上海：上海古籍出版社，1991 年。

② （宋）李石撰，李之亮点校：《续博物志》，成都：巴蜀书社，1991 年。

③ （宋）李石撰，燕永成整理：《续博物志》，上海师范大学古籍整理研究所：《全宋笔记》第四编第四册，郑州：大象出版社，2008 年。

书》本。

（5）2017年11月凤凰出版社出版的《续博物志疏证》[①]，此书为唐子恒点校，是书“以《上海图书馆未刊古籍稿本》（第三十一册）《续博物志疏证》十卷《补遗》一卷为依据，所含各部分材料及次序基本依照原样，并加校语及简注。其中《续博物志》原文亦以陈逢衡疏证本所抄录为底本，以吴琯校《古今逸史》（标‘古今逸史本’）及《四库全书》（标‘四库本’）”参校，是国家社科基金重大委托项目“《子海》整理与研究”成果之一。是书虽然不是针对《续博物志》专门作的点校本，但陈逢衡稿本以及参校的两个本子对《续博物志》的研究和校勘裨益极多。

（6）2019年9月中国书店出版了《博物志》和《续博物志》合订影印本[②]。其中《博物志》以黄丕烈士礼居刊本为底本，《续博物志》以《古今逸史》本为底本进行影印。

① （宋）李石撰，（清）陈逢衡疏证，唐子恒点校：《续博物志疏证》，南京：凤凰出版社，2017年。
② （晋）张华，（宋）李石：《博物志 续博物志》，北京：中国书店，2019年。

第二章 《续博物志》的性质与内容分类

第一节 《续博物志》的归属

《续博物志》是一部什么样的作品？它在四部分类法中该属小说家、杂家还是类书？本章旨在解决上述问题。

一、历代书目著录《续博物志》情况

章学诚在《校雠通义·自叙》中言："刘向父子部次条别，将以辨章学术，考镜源流，非深明于道术精微，群言得失之故者，不足与此。"①余嘉锡也说："目录者学术之史也。综其体制，大要有三：一曰篇目，所以考一书之源流；二曰叙录，所以考一人之源流；三曰小序，所以考一家之源流。三者亦相为出入，要之皆辨章学术也。"②看来目录学的任务与价值之一在于"辨章学术，考镜源流"已经成为人们的共识。目录学知识可以帮助我们了解一部古籍的历代分类情况，使古籍的基本内容得到补充与丰富。本节拟从目录学的角度来探讨《续博物志》在四部分类中的归属。

《续博物志》的内容包罗万象，但也相对博杂，其内容表现为"残丛小语"的体式。故而历代书目都将其归类为子部，然细类划分又稍有差异，小说

① （清）章学诚撰，王重民通解，傅杰导读，田映曦补注：《校雠通义通解》，上海：上海古籍出版社，2009 年，第 1 页。

② 余嘉锡：《目录学发微》，成都：巴蜀书社，1991 年，第 27 页。

家、杂家抑或类书，并没有什么定论。表 2-1 为历代书目著录情况：

表 2-1 历代书目著录《续博物志》情况

书目	被归类目
《国史经籍志》	子类杂家
《澹生堂藏书目》	子部杂家
《徐氏家藏书目》（又称《红雨楼书目》）	子部小说类
《绛云楼书目》	子部小说类
《传是楼书目》	子部杂家
《孙氏祠堂书目》	子部杂家类
《四库全书总目》	子部小说家琐语之属
《郑堂读书记》	子部小说家类琐语之属
《铁琴铜剑楼藏书目录》	子部小说家
《藏园订补郘亭知见传本书目》	子部小说家
《皕宋楼藏书志》	子部小说类
《藏园群书经眼录》	子部小说家
《八千卷楼书目》	子部小说家类琐语之属

《续博物志》的历代书志著录，不出杂家与小说家。从明代书目对《续博物志》的记载开始，到清代乾隆年间四库馆臣撰修《四库全书总目》之时，《续博物志》的归属在子部杂家和小说家之间徘徊，可见历代书目家对于《续博物志》一书的归属问题，意见存在分歧。《四库全书总目》对《续博物志》考证甚是详细，把《续博物志》归属为子部小说家，琐语之属，之后的书目也多遵循了四库馆臣对《续博物志》的考证，将其归类为子部小说家。

二、四部分类中的归属

（一）类书

《续博物志》中有许多对物的记载、有趣生活常识、风俗习惯、甚至是偶然得到的生冷知识，成为后代类书、校笺者喜爱引用的宝典，在无形中也带有类书的功能。并且书中大部分条目都有出处，李石在其序言中也提到：“次第仿华，说一事，续一事，不苟于搜索，与世之类书者小异，而比华所志加详。”虽然李石认为与类书相仿，但还是与类书不同。

现知最早的类书，当为魏文帝诏编的《皇览》，这部书是“使诸儒撰集经传，随类相从，凡千余篇”的大书，内容不避鬼神变异之事，以求广博地收罗知识，书写体制则尽量简短，以丛集的形制呈现。类书诞生之初的功用就是为帝王节约阅读时间，为其书写准备材料。类书的主要功用为“利寻检，便省览”“供采披，备征引”。随着时间推移，类书慢慢发展出了别的功用，如“存遗佚”“校古籍”“溯源流”。类书的特点也较为明显，作为书抄摘要，必须标明所引书目，对内容进行分类、摘编，标明出处。

虽然《续博物志》的体制简短，内容广博，书写内容或得自街谈巷议，或取前人书加工，都经过一番削删、润饰，有一些条目标明了出处，而更多的条目并未标明出处。这使得《续博物志》更近似小说，而非创作参考的类书。

（二）杂家

“杂家”作为一个文类的概念最早见于班固的《汉书·艺文志》“诸子略”。班固在杂家类对其论述道：“杂家者流，盖出于议官。兼儒、墨，合名、法，知国体之有此，见王治之无不贯，此其所长也。及荡者为之，则漫羡而无所归心。”①由此可以看出杂家的一个很重要的特征就是兼采诸家之言，融合儒、道、墨、名、法等各家学说的著作。杂家之“杂”，主要指作为学术流派的“杂”。到《隋书·经籍志》对杂家的界定为：“杂者，兼儒、墨之道，通众家之意，以见王者之化，无所不冠者也。古者，司史历记前言往行，祸福存亡之道。然则杂者，盖出史官之职也。放者为之，不求其本，材少而多学，言非而博，是以杂错漫羡，而无所指归。”②从所收书的内容来看，《隋书·经籍志》较之《汉书·艺文志》内容更为庞杂，“杂”已从兼容并蓄诸子百家之杂开始变成兼具博杂无内涵之“杂”，并且以后者为主。到《新唐书·艺文志》《直斋书录解题》《宋史·艺文志》，“杂家”的著录范围大体沿袭了《隋书·经籍志》和《汉书·艺文志》的基本观点。

《四库全书总目》的杂家类小序云：“班固所谓合儒、墨，兼名法也。变而得宜，于例为善。今从其说，以立说者谓之杂学，辨证者谓之杂考，议论而兼叙述者谓之杂说，旁究物理、胪陈纤琐者谓之杂品，类辑旧文，涂兼众轨者

① （汉）班固：《汉书》卷三十，北京：中华书局，1962年，第1742页。
② （唐）魏征等：《隋书》卷三十四，北京：中华书局，1973年，第1010页。

谓之杂纂，合刻诸书、不名一体者谓之杂编，凡六类。”[①]四库馆臣为了编制简明的目录书便于检索利用，实际上继承了《隋书·经籍志》的做法，将墨、名、纵横三家归入杂家类，并把杂家理解为无所不包的大杂烩，将其内涵扩大化。并将杂家类细分为杂学、杂考、杂说、杂品、杂纂、杂编六小属，其中的杂学类大致相当于纯正杂家，而之后的五个小属，主要收录考据类著作、随笔札记、品鉴古玩字画、杂纂类书籍及丛书。

《续博物志》广搜旧闻，内容包含万象，虽与杂家在某种程度上有异曲同工之妙，但是杂家的特性在于广纳诸家之言，同条共贯，而成一家之言。各个版本的《续博物志》内容不仅没有次序相属的编排，也没有体现出各家思想的企图。虽然《博物志》有若干杂家“书钞”的记述性质，但其散漫的内容安排，并无成为杂家专书的可能。且与杂家著作相较，《续博物志》卷数较少，大部分的叙述具有文学性，对相同事物的记载，两者也往往有着不同的呈现。因此，《续博物志》没有被归入到杂家之属是有其内在原因的。

（三）小说家

“小说”一词原本产生于先秦诸子论争中，泛指与智者所言高深之理相对应的浅薄之论。小说作为一个文体的概念最早见于《汉书·艺文志》：“小说家者流，盖出于稗官。街谈巷语，道听途说者之所造也。孔子曰：‘虽小道，必有可观者焉，致远恐泥，是以君子弗为也。’然亦弗灭也。闾里小知者之所及，亦使缀而不忘。如或一言可采，此亦刍荛狂夫之议也。”[②]这是最早的小说专论，非常明确地提出了小说和小说家的概念。从《汉书·艺文志》所著录的小说作品来看，小说的主要特征是形式短小，所谓“残丛小语”，内容是琐碎的“街谈巷语、道听途说”，即来源于“小道”，其作用在于说理。而“小说家”并非指的是同一文体作家的集合，而是用来概括在儒、墨、道等九家之外，流行于民间，而找不到学术源流的一个学派。

《隋书·经籍志》又有所变化，“小说者，街说巷语之说也。《传》载舆人之诵，《诗》美询于刍荛。古者圣人在上，史为书，瞽为诗，工诵箴谏，大

① （清）永瑢等：《四库全书总目》卷一百十七《子部·杂家类一》，北京：中华书局，1965 年，第1006页。

② （汉）班固：《汉书》卷三十《艺文志》，北京：中华书局，19625 年，第 1745 页。

夫规诲，士传言而庶人谤。孟春，徇木铎以求歌谣，巡省观人诗，以知风俗。过则正之，失则改之，道听途说，靡不毕纪。《周官》，诵训‘掌道方志以诏观事，道方慝以诏辟忌，以知地俗’；而训方氏‘掌道四方之政事，与其上下之志，诵四方之传道而观衣物’，是也。孔子曰：‘虽小道，必有可观者焉，致远恐泥。’”[①]《隋书·经籍志》对小说的界定是承袭《汉书·艺文志》的观点，认为小说是说理的，但它又将《汉书·艺文志》中把无法划归诸子九流的作品放到小说家的立场模糊了，而代之以是否源自民间、是否为小道的标准。

后世多遵循《汉书·艺文志》《隋书·经籍志》的观点，至《四库全书总目》，四库馆臣在《小说家类序》中曰：“张衡《西京赋》曰……迹其流别，凡有三派。其一叙述杂事，其一记录异闻，其一缀辑琐语也。唐宋而后，作者弥繁。中间诬谩失真，妖妄荧听者固为不少，然寓劝戒，广见闻，资考证者亦错出其中。班固称小说家流盖出于稗官。如淳注谓王者欲知闾巷风俗，故立稗官，使称说之。然则博采旁搜，是亦古制，固不必以冗杂废矣。今甄录其近雅驯者，以广见闻。惟猥鄙荒诞，徒乱耳目者则黜不载焉。”[②]由此看出四库馆臣有自己的著录标准：“寓劝戒、广见闻、资考证”，提倡“博采旁搜”和“近雅驯”，摒弃“猥鄙荒诞，徒乱耳目者”。并且以诸子、方士梳理小说源头，是承继《汉书·艺文志》观点，认为“小说家流，盖出于稗官”等属于“古制”而不“以冗杂废”，对小说性质的基本看法亦不出《汉书·艺文志》。

小说最早指的是“小道”和“说理”，包含了异闻、传说、鬼神等大量内容。而《续博物志》包含了天文地理、逸史异闻、神话传说、方术炼丹、药方等内容，虽然广记方术异说，其实与当时士大夫的知识与兴趣有很大关系。到了宋代以后，随着儒家理性主义回归，像《山海经》《博物志》《续博物志》等博物类的书籍就逐步被划入到了小说类，如《四库全书总目》就把它们被划入到了小说家琐语之属。因此，《续博物志》被四库馆臣归入小说家是比较符合其内容和性质的。

---

① （唐）魏征等：《隋书》卷三十四《经籍志》，北京：中华书局，1973年，第1012页。

② （清）永瑢等：《四库全书总目》卷一百四十《子部·小说家类一》，北京：中华书局，1965年，第1182页。

第二节 《续博物志》的性质

现阶段，在中国古代小说研究中，在小说史研究、小说的叙事研究、小说类型的研究以及原型母题的研究等方面，研究成果层出不穷。而在小说研究中还存在着很多问题，如在讨论古代小说作品归属时，就会面临一个问题：在古代目录学著作中归到小说类中的作品，今人的小说观念中很难将其归为小说；古代小说分类也比较杂乱，经常同一本小说在不同的目录学著作中以不同的类别出现，很难有较为统一的分类标准。

现代小说研究者普遍受鲁迅先生的影响，将古代文言小说分为志怪、志人和传奇三大类。因此在文言小说中，传奇小说得到了研究者比较多的重视。此外，还存在很多像《博物志》《酉阳杂俎》《续博物志》等包含了大量动植物、医药、炼丹服食、民间风俗等内容的文言小说。学界对这类小说的研究十分薄弱，主要原因是，古代小说文体概念历来争议颇多，并没有一个相对统一的概念。同时针对各个文体的研究也更多的是围绕其概念的辨析，而对小说更重要的内部研究，如内容、形制、文体特征、语言风格等方面，却很少顾及。

部分学者对这类著作进行了研究，提出的概念名称各异，如李剑国的“地理博物体志怪小说”、侯忠义和陈文新的“博物体志怪”、罗欣的“博物杂记类小说”、张千里的“博物类小说”等。诸如此类研究成果中，各个学者对这类著作的内容都有着较为具体的界定，并对其进行分析。李剑国于《唐前志怪小说史》[①]中提出地理博物志怪小说概念，细论各类志怪小说之源头，并将志怪小说分为杂史杂传体、杂记体、地理博物体三种。在该书第一章第三节“地理博物学的志怪化”中，以从《禹贡》到《山海经》为例，说明地理博物从实录到怪异化的演变，将地理博物学从萌芽到与巫术、方术结合而志怪化之历程清楚论述。此外，李氏另作《论先唐古小说的分类》[②]和《早期小说观与小说概

---

① 李剑国：《唐前志怪小说史》，天津：南开大学出版社，1984 年，第 148—171、258—278 页。

② 李剑国：《论先唐古小说的分类》，南开大学文学院《文学与文化》编委会：《文学与文化》第五辑，天津：南开大学出版社，2004 年，第 230—240 页。

念的科学界定》[①]两文，认为地理博物志怪体小说之特征在于“状物”，描述奇境异物；就小说叙事来看，虽无故事，然其记叙方物之描述，即其叙事原则；后人看似荒诞不经的记载，乃是因故事出于传闻，而传闻多虚而不实，但古人并无明确的虚构意识，以“记实”心态叙之。将《神异经》《博物志》《十洲记》等归入地理博物体小说之列。

《续博物志》继承了《博物志》《山海经》的传统，形制以“合丛残语”为主，亦包含了一些对奇境异物、远国异民的描写。但是到了唐宋时期这类小说已经发生了很大的变化，在《续博物志》中地理内容已经不占主导地位，内容中包含了很多动植物、医药、人物轶事、风俗习惯等内容，还有很多故事性很强的情节。因此，笔者认为如果还是继续沿用李剑国所提“地理博物志怪小说”这一概念去称这类作品是不恰当和稳妥的。

侯忠义[②]和陈文新[③]在李剑国“地理博物体志怪”的基础之上，又提出了“博物体志怪”的说法。从创作目的看，意在满足读者对广阔空间世界的向往；题材上以远方珍奇怪异的人或事为主；体例上以地理位置为依托，与地理书的编纂方式接近；写法方面侧重说明远方珍奇怪异的性质、形状、特征、成因、关系、功用等；就故事性而言，优势在刻画事物，与李剑国认为之地理博物体志怪小说的叙事原则实殊途同归。从表面上看，虽然避免了魏晋以后《博物志》这类小说中的地理内容已不占据主要地位却依然被称为“地理博物体”的尴尬，但产生出了新的问题。如唐代的《酉阳杂俎》《杜阳杂编》中包含了很多传奇的内容，因此把《酉阳杂俎》这样典型的志怪、传奇并存的小说集，强行归入志怪小说是很不恰当的。

罗欣在《汉唐博物杂记类小说研究》中，又在李剑国的地理博物体志怪小说、侯忠义和陈文新的博物体志怪的基础上提出了“博物类杂家小说”的概念。他“打破传统的以小说集归类的做法，以各篇小说的具体内容为依据，将记载山川、动植物、物理、医药、技艺、典章、风俗为主的文言小说，统称为

---

① 李剑国：《早期小说观与小说概念的科学界定》，《武汉大学学报》（人文科学版）2001 年第 5 期，第 598—605 页。

② 侯忠义：《中国文言小说史稿》，北京：北京大学出版社，1990 年，第 77 页。

③ 陈文新：《文言小说审美发展史》，武汉：武汉大学出版社，2002 年，第 101—103 页。

博物杂记类小说”[①]，并且以历代书目为中心圈定了这类小说的研究范围，即汉到唐之间的《神异经》《十洲记》《洞冥记》《博物志》《西京杂记》《拾遗记》《述异志》《酉阳杂俎》《杜阳杂编》《封氏闻见记》《岭表录异》。他的提法囊括范围较大，将在古代不受重视的记载山川、动植、物理、医药、技艺、典章、风俗为主的文言小说记为一类，便于研究。但是在古代这类作品较多，并且古人提倡通才教育，很多著作都包含了这些内容，而作者并没有对这类作品的特征、创作目的和体例等方面进行限定。

宁稼雨在《中国文言小说总目提要·前言》“杂俎小说”一类中论述：

> 本书设置“杂俎”一类是基于两种考虑。首先，从现存历代文言小说的现象来看，如果按《中国丛书综录》的分类法，在除去“志怪”、“传奇”、“谐谑”之外的“杂录”一类当中，的确存在着可以区别开来的两类作品。一类是比较单纯地以记载人物轶闻遗事为主的文言小说。这就是学者们通常所说的“志人小说”，或者叫“轶事小说”；另一类则是内容包罗万象的笔记杂书。说它是包罗万象，有两个含义，一是指它既有小说因素，也有许多非小说因素。诸如朝政典章，天文地理，草木虫鱼，人间鬼蜮，无所不包。其中的确有很多小说故事，放弃它们，对于文言小说的整体来说，不啻是一个很大损失；二是指这类小说中的部分作品，全书的小说含量很大，但又很难将其归入特色鲜明的小说类别当中，因为这些书中几乎包括了文言小说的各种类别。如《酉阳杂俎》，其中既有志怪，也有传奇，还有志人、笑话，以及很多不属于小说的百科杂记。这种书不但自成系统，而且源源不断。完全有资格划出一类，与另几类并驾齐驱。[②]

他还认为：“从中国小说的起源来看，这些杂俎小说最符合中国最早的小说概念。”[③]“另外，还有不少文言小说类书、丛书、丛钞等，也与其他几类明显不同，其数量又不足以自成一类。考虑其内容的庞杂，也将其列入杂俎类小说一类中。”[④]总之，宁稼雨认为古代存在许多包含朝政典章、天文地理、草木虫鱼、人间鬼蜮小说故事等作品，还拥有着属于自己的一套系统，作品

① 罗欣：《汉唐博物杂记类小说研究》，北京：中国社会科学出版社，2016年，第6页。
② 宁稼雨：《中国文言小说总目提要》前言，济南：齐鲁书社，1996年，第6—7页。
③ 宁稼雨：《中国文言小说总目提要》前言，济南：齐鲁书社，1996年，第7页。
④ 宁稼雨：《中国文言小说总目提要》前言，济南：齐鲁书社，1996年，第7页。

也很多，不符合志怪和志人小说的特征，应当设立“杂俎小说”一类。

张乡里在《唐前博物类小说研究》中提出了“博物类小说”的概念。他赞同宁稼雨在《中国文言小说总目提要》中的说法，他认为：“应该将这一类作品从志怪小说中独立出来，成为单独的一类。在唐前这一阶段，可以将其视为古小说体系中与志人、志怪并列的博物类小说。”①他还认为博物类小说的主要特征是：“以物为中心，以介绍、说明物的形状、特性、功能等知识为主要内容的作品，大多数并不具备人物、事件等因素，并且文字比较质朴简洁。”②较为遗憾的是，他并没有对小说的形制、体例方面进行深入探讨，对收录的范围亦没有进行明确限定。

综上所述，笔者认为《博物志》《酉阳杂俎》《梦溪笔谈》《续博物志》等书，书写的形制，偏向短小、精简的记述方式，属于“残丛小语”的短书形式，内容以博物知识为主，包含了山川、动植物、神话传说、医药、人物轶事、风俗习惯等，内容来源于前人的著作或者是道听途说的小道消息，以增广见闻为其实用化目的。这类小说内容丰富，作者的书写承载了作者的意图，因此，并不比那些话本、传奇小说的文化价值、文献价值和思想价值差。鉴于此，笔者主张打破传统的文言小说以志怪、志人、传奇归类的做法，将具有这类特征的著作，统称为“博物志”体小说。主要原因是《博物志》影响了后世诸多的小说，为后世诸如《酉阳杂俎》《梦溪笔谈》《续博物志》《物类相感志》等著作提供了范本。

以《博物志》为代表的“博物志”体小说，具有以下著作体例方面的特点：

（1）对象涵盖万物。全书内容涉及天文、地理、器物、服饰、音乐、饮食、医疗健康、炼丹服食、民间风俗等方面。

（2）知识分类的体系以天人合一观念为背景。从全书来看，其分类模式可以简单地归结为：天—地—人—事—物。整个分类模式较为粗糙，各类次序之间缺乏系统联系，并不能与当时类书的分类模式相提并论。

（3）内容大都来源于前人书籍。全书正文有的条目给出了出处，更多的条目是没有出处的。全书正文和佚文合起来共535条③，条目来源博杂，皆“摭采

① 张乡里：《唐前博物类小说研究》，上海：上海古籍出版社，2016年，第73页。

② 张乡里：《唐前博物类小说研究》，上海：上海古籍出版社，2016年，第87页。

③ 来源于范宁的《博物志校证》，全书都对每条佚文进行了编号。

群书”。

（4）内容以传统博物学知识为主。较多的是对“物”的描述和解释。包括了现代学科的天文、地理、物理、化学、生物、医学等。

（5）因其文字风格受到古小说体裁影响，书写形制偏向短小、精简的记述方式，即“残丛小语”的形式。

（6）增广见闻的实用化目的。奇闻逸事是人们遴选众多知识的标准，人们可以获得新知，增广见闻。

（7）开创了“‘博物志’体”。“志”有记载、记录的意思；“博物志”即表示囊括万物之意。张华确立的“‘博物志’体”，为后世传统博物学著作树立了典范。比如《续博物志》《物类相感志》《广博物志》等书，都是受其影响，以“志”为书标题。《续博物志》作为《博物志》的续书，书写形制为“残丛小语”的短书形式，其内容主要抄自前人书籍，但也有所扩展。其体例和内容是符合“博物志”体小说特点的。因此，我们把《续博物志》称之为“‘博物志’体小说”。

第三节 《续博物志》的题材内容

《续博物志》作为《博物志》的续书，内容与《博物志》大体相似，记述的内容相对博杂，广泛采取前人的著作，以及当时社会所流传的故事或者观念，包含了大量动物、植物、名物、地理、天文等方面的内容，但并没有像《博物志》那样对书中内容进行分类。《续博物志》的内容很多都是通过抄录、记述等方式而汇成，编排也较为随意。为方便对书中内容进行研究，现将《续博物志》的内容分为九类，并对内容进行必要的分析。

一、天文历法

李石在自序中提到：“张华述地理，自以禹所未志，且《天官》所遗多矣，经所不载，以天包地象纬之学，亦华所甚惜也。”①为了弥补《博物志》

① （宋）李石撰，燕永成整理：《续博物志》卷一，上海师范大学古籍整理研究所：《全宋笔记》第四编第四册，郑州：大象出版社，2008年，第162页。

的缺憾，李石在书中专门增设一章，增加了天文历法方面的内容，以完善博物学的体系，其中包含了天文、历法、五行、星象、节气等。

书中涉及了二十八星宿和古代天文中的分野问题，如卷一云：

> 《周官》："天星皆有分野，角、亢、氐兖州，房、心豫州，尾、箕幽州，斗、女扬州，虚、危青州，室、东壁并州，奎、娄、胃徐州，昴、毕冀州，觜觿、参益州，东井、舆鬼雍州，柳、星、张三河，翼、轸荆州。"①

二十八星宿是古人为便于观察日、月、星、辰等在天体中的运行规律，选择黄道和赤道附近的一周天中的一圈（即二十八个）星官，并根据这二十八星宿的大致位置，将他们分为东西南北四方各七个，并将其赋予龙、虎、雀、龟蛇四种动物形象，即四象。具体情况如表 2-2 所示：

表 2-2　二十八星宿位置表

方位	具体名称						
东方青龙七宿	角	亢	氐	房	心	尾	箕
北方玄武七宿	斗	牛	女	虚	危	室	壁
西方白虎七宿	奎	娄	胃	昴	毕	紫	参
南方朱雀七宿	井	鬼	柳	星	张	翼	轸

自汉代以来，传统天文分野学说主要有十三国与十二州的地理系统，《续博物志》中所反映的就是十二州系统。十二州系统最早见于《史记·天官书》，源于汉武帝元封年间所建立的十二州制，体现的是汉武帝以后"一统"的政治地理格局。书中所提到的冀、兖、青、徐、扬、荆、豫、幽、并、益，都属汉武帝时设立的十二州范围，而"三河"为何地，辛德勇在《两汉州制新考》中提出："所谓'三河'得名于河南、河东、河内三郡，因汉人有'三河在天下之中'的观念，故习称中州。由此推断，《天官书》分野体系中的'三河'，当即指武帝十二州制之中州，除了上述三郡外，还包括三辅及弘农郡。"②

① （宋）李石撰，燕永成整理：《续博物志》卷一，上海师范大学古籍整理研究所：《全宋笔记》第四编第四册，郑州：大象出版社，2008 年，第 165—166 页。

② 辛德勇：《两汉州制新考》，《文史》2007 年第 1 辑；辛德勇：《秦汉政区与边界地理研究》，北京：中华书局，2009 年，第 93—178 页。

除传统天文分野学说外，《续博物志》还对我国古代的宇宙结构学说进行了讨论。关于中国古代的宇宙结构学说，主要有“盖天说”“浑天说”“宣夜说”三派，此外还有“昕天论”“穹天论”“安天论”。后三者并不是创新学说，“昕天论”基本属于“盖天说”体系，“穹天论”是“盖天说”的翻版，“安天说”是“宣夜说”的发展。如《续博物志》卷一记载：

> 《尔雅》既曰《释天》，不得不略言其趣。凡有六等：一曰盖天，文见《周髀》，如盖在上；二曰浑天，形如弹丸，地在其中，天包其外，犹如鸡卵白之绕黄，扬雄、桓谭、张衡、蔡邕、陆绩、王肃、郑玄之徒并所依用；三曰宣夜，旧说云殷代之制；四曰昕天，昕读为轩，言天北高南下，若车之轩，吴时姚信所说；五曰穹天，云穹隆在上，虞氏所说；六曰安天，晋时虞喜所论。①

“盖天说”即“天圆地方说”，起源于殷末周初，到汉代形成了较为成熟的理论，西汉中期成书的《周髀算经》是该学说的代表作。《晋书·天文志》载：“《周髀》家云：‘天圆如张盖，地方如棋局。’”②把天看作平面圆形，如张开的车盖，就如一张伞面一样；把地看作正方形的平面，就如棋盘一样。然而，穹隆状的天覆盖在呈正方形的平直大地上，圆盖形的天与正方形的大地边缘却没有办法吻合，这是“盖天说”的最大漏洞。“浑天说”始于战国时期。东汉张衡《浑天仪图注》一书载：“浑天如鸡子，天体圆如弹丸，地如鸡中黄，孤居于内，天大而地小，天表里有水，天之包地，犹壳之裹黄。”③当时人们认为天是一整个圆球，把地球包裹在其中，犹如鸡蛋黄在鸡蛋内部一样，可见“浑天说”比“盖天说”进了一步。“宣夜说”否定了“浑天说”“盖天说”把天视为一个坚硬球壳的看法，主张“日月众星，自然浮生于虚空之中，其行其止，皆须气焉”，认为宇宙是无限的，宇宙中充满着气体，所有天体都在气体中漂浮运动。这种令人十分惊异的思想，和现代天文学的许多结论较为一致，是非常可贵的。

---

① （宋）李石撰，燕永成整理：《续博物志》卷一，上海师范大学古籍整理研究所：《全宋笔记》第四编第四册，郑州：大象出版社，2008 年，第 162 页。

② （唐）房玄龄等：《晋书》卷十一《天文上》，北京：中华书局，1974 年，第 279 页。

③ （汉）张衡：《浑天仪图注》，转引自《中国天文学简史》编写组：《中国天文学简史》，天津：天津科学技术出版社，1979 年，第 68 页。

书中还对天体的具体运行规律进行了探索，如《续博物志》卷一云：

> 《汉书》云：月立夏、夏至行南方赤道，曰南陆；立秋、秋分行西方白道，曰西陆；立冬、冬至行北方，曰北陆。分则同道，至则相过。晦而见西方谓之朓，朔而见东方谓之朒，亦谓之侧匿。朓健行，朒缩迟。①
>
> 日有九道，故《考灵曜》云：万世不失九道。郑注引《河图帝览嬉》云：黄道一，青道二出黄道东，赤道二出黄道南，白道二出黄道西，黑道二出黄道北。日春东从青道，夏南从赤道，秋西从白道，冬北从黑道。②

二十四节气是根据地球在黄道上的位置，即地球绕太阳公转的轨道来划分的。文中所谓的“东陆”“南陆”“西陆”“北陆”，即现在的春、夏、秋、冬四个季节。《隋书·天文志》中提到：“日循黄道东行，一日一夜行一度，三百六十五日有奇而周天。行东陆谓之春，行南陆谓之夏，行西陆谓之秋，行北陆谓之冬。”③太阳昼夜运行一次，一周有三百六十五天，运行到东边是春天，运行到西边则是秋天。

“九道”指的是月亮运行的轨道。日、月运行的轨道极为接近，古人识别不清，以为两者同行一道，直至东汉时期，古人才认识到“日有光道，月有九行。”所谓的“九行”就是“九道”，即月亮运行的九种轨道。“九道”按八种节气进行划分，立春、春分二青道，出黄道东；立夏、夏至二赤道，出黄道南；立秋、秋分二白道，出黄道西；立冬、冬至二黑道，出黄道北；加上中道、黄道，谓之九道。

古人关于天文、历法、五行、星象、节气等问题的探索，都体现了其对于神秘宇宙独特的思考，表达了极其强烈的求知精神。

二、山川地理

继承自《山海经》《博物志》等书的传统，李石在书中对山川的书写，与《博物志》一样，放弃“山海经式”典型的荒服式地理书写，虽仍记载地理，

---

① （宋）李石撰，燕永成整理：《续博物志》卷一，上海师范大学古籍整理研究所：《全宋笔记》第四编第四册，郑州：大象出版社，2008 年，第 165 页。

② （宋）李石撰，燕永成整理：《续博物志》卷一，上海师范大学古籍整理研究所：《全宋笔记》第四编第四册，郑州：大象出版社，2008 年，第 163 页。

③ （唐）魏征等：《隋书》卷十五《天文志》，北京：中华书局，1973 年，第 554 页。

但内容简化，更接近当时的实际情况，且转为搜罗“异物”知识的博物书写，尤其多南方见闻。

例如，《续博物志》卷三引《水经注·河水注》，阐述了昆仑山的地理方位：

> 《凉土异物志》：“葱岭水分流东西，西入大海，东为河源。禹所言昆仑，盖本河所出也，潜发于蒲昌。《洛书》所纪‘出于重野，经积石为中国河也’。张骞但能至大宛，见河水初原，达其潜发处。”桑钦《水经》云：“昆仑在河水西北，去嵩高五万里，其高万一千里。”郦道元云：“昆仑之山三级，下曰樊桐，一曰板松；二曰玄圃，一名阆风；上曰层城，一名天庭。是谓太帝之居。”《十三州志》云：“山去北海岸十三万里，有弱水周匝，东南接积石。”高诱曰：“河出昆山，伏流地中万三千里，禹导而通之以出积石。”《山海经》乃云：“自昆仑至积石一千七百四十里。”又曰：“西海之南，流沙之滨，赤水之后，黑水之前，有大山曰昆仑。”又曰：“钟山西六百里有昆仑，周穆王昆仑瑶池，去周之瀍、涧特万有一千一百里。西王母告穆王云，去咸阳乃三十六万里。”东方朔《十洲记》：“方丈在东海之中央，群仙所治为昆仑。山有三角，曰阆风，曰玄圃，曰昆仑宫。”张华所叙昆仑铜柱为天柱，盖本方朔《神异经》也。《释氏西域志》：“阿耨达山上有大渊水，宫殿楼观甚大，即昆仑山。穆天子所至，即阿耨达宫也。西为新头河，为天竺诸国皆度葱岭。”郭璞曰：“似别有小昆仑。”[①]

昆仑山是中国神话传说中的神山，在新疆与西藏之间，西接帕米尔高原，东延入青海境内。在中国古代神话传说中，昆仑山上有瑶池、阆苑、增城、县圃等仙境。

《续博物志》卷四引《真诰》，介绍了金陵一地的情况：

> 《真诰》：“金陵，古名之为伏龙之地，句曲山，秦时为句金之坛，以积金山得名。山生黄金，汉灵帝诏采句曲之金，以充武库。孙权遣宿卫人采金，屯伏龙之地，因改名金陵。”陶洪景云：“大茅山尚有数坑名金井，山之近东诸处，碎石往往皆有金砂。”《真诰》又云：“水色白，都不学道，

① （宋）李石撰，燕永成整理：《续博物志》卷三，上海师范大学古籍整理研究所：《全宋笔记》第四编第四册，郑州：大象出版社，2008 年，第 179—180 页。

饮此水亦令人寿，亦金津液之所溉耶。”①

这里的“金陵”指的是茅山的金陵。《河图·中要元篇》卷四十四云：“句金之坛，其间有陵，兵病不往，洪波不登，此之谓也。金陵，古名之为伏龙之地。”句曲山即今天的茅山，位于句容、金坛两县交界处，因为汉朝时茅盈与其弟在此山修道，改称为“茅山”。在汉朝时，此山曾产金，朝廷驻有军队在此开采金矿。东吴孙权时期，继续在这里开采金矿，并改名为“金陵墟”。

《续博物志》卷七中则介绍了益州的情况：

> 扬雄《益州箴》：“岩岩岷山，古曰梁州。”鲁城北有孔子学堂，蜀有文翁讲堂，北海有郑司农儒林讲堂。宅亦曰第，言有甲乙之次第也。《汉书》：“成帝有甲观中画堂。”魏有茅堂。②

《益州箴》又名《益州牧箴》，列为扬雄《十二州箴》之八。“岩岩岷山”，是化自《诗经》“泰山岩岩”。“岩岩岷山，古曰梁州”，也就是扬雄《蜀都赋》中“蜀都之地，古曰梁州”的意思。汉中有梁山，州以此名，蜀汉以后置梁州于汉中。

除诸国境界、地理位置及特殊情况外，书中还记载了山川泉水、古人坟冢等内容，因为特殊性（与名人相系、自身形势特出），遂为博物书写的一环。如书中卷四对趵突泉的描写：

> 济水东北，泺水出焉。泺水出历城旧县，水涌若轮，“齐侯会于泺”是也。有舜妃庙，对山有舜祠、舜井。舜耕历山，亦云在此。蒲坂县西有历观，舜所耕历山有舜井，沩汭二水，山上有舜庙。周处《风土记》曰：“舜葬上虞。”“耕处即始宁、剡二县。山下多柞木，吴越之间名柞为枥，故曰历山。”二说一以泺为历，一以枥为历，未知孰是。皆郦道元说。③

趵突泉位于济南，宋代的曾巩在《齐州二堂记》中记载：“自崖以北，至

① （宋）李石撰，燕永成整理：《续博物志》卷四，上海师范大学古籍整理研究所：《全宋笔记》第四编第四册，郑州：大象出版社，2008年，第187页。

② （宋）李石撰，燕永成整理：《续博物志》卷七，上海师范大学古籍整理研究所：《全宋笔记》第四编第四册，郑州：大象出版社，2008年，第205页。

③ （宋）李石撰，燕永成整理：《续博物志》卷四，上海师范大学古籍整理研究所：《全宋笔记》第四编第四册，郑州：大象出版社，2008年，第186—187页。

于历城之西，盖五十里，而有泉涌出，高或至数尺，其旁之人名之曰趵突之泉。”[①]所谓“趵突”，即跳跃奔突之意。

书中还介绍了衡山、会稽山和蓬莱山等高山。例如，《续博物志》卷五云：

> 衡山，五岳之南岳也，黄帝以潜、霍为山之副。《尔雅》云：“霍山为南岳。”至汉武，以衡山道远，徙祭于卢江潜山。或曰衡山即霍山。《山海经》：“衡山即岣嵝山。常山者，阴终阳始，其道长久，故北山曰常山，亦名恒山。五谷四种五获。”[②]
>
> 王充云：“会稽本山名。夏禹巡狩，会计于此，遂以名郡。”或曰：“此非五岳。禹时吴裸，断发文身，无会计事。”[③]

《续博物志》卷九载：

> 蓬莱山，使高丽者望之甚远，前后下峭拔可爱。其岛属昌国县，其上平广，可以种莳。岛人云蓬莱三仙山，越弱水三万里，不应指顾间便见，此外不复见山。[④]

关于“衡山”一条，衡山是五岳中的南岳，其命名据战国时期《甘石星经》记载，因其位于星座二十八宿的轸星之翼，犹如衡器，可称天地，故名“衡山”。第二则为会稽山，相传夏禹时即有会稽山之名，《史记》中记载了西汉时流行的说法：“或言禹会诸侯江南，计功而崩，因葬焉，命曰会稽。会稽者，会计也。”[⑤]会稽，即会计之意。第三则蓬莱山是中国神话传说中的神山名。“蓬莱”作为地名出现，可见于《太平寰宇记》：“蓬莱县，本汉黄县地，属东莱郡。昔汉武帝于此望海中蓬莱山，因筑城以为名，在黄县东北五十里。”[⑥]因汉武帝在东莱郡的黄县遥望蓬莱山，所以建起一座名为“蓬莱”的

---

① （宋）曾巩撰，陈杏珍、晁继周点校：《曾巩集》，北京：中华书局，1984 年，第 308 页。

② （宋）李石撰，燕永成整理：《续博物志》卷五，上海师范大学古籍整理研究所：《全宋笔记》第四编第四册，郑州：大象出版社，2008 年，第 190 页。

③ （宋）李石撰，燕永成整理：《续博物志》卷五，上海师范大学古籍整理研究所：《全宋笔记》第四编第四册，郑州：大象出版社，2008 年，第 192 页。

④ （宋）李石撰，燕永成整理：《续博物志》卷九，上海师范大学古籍整理研究所：《全宋笔记》第四编第四册，郑州：大象出版社，2008 年，第 211 页。

⑤ （汉）司马迁：《史记》卷二《夏本纪》，北京：中华书局，2014 年，第 110 页。

⑥ （宋）乐史撰，王文楚等点校：《太平寰宇记》，北京：中华书局，2007 年，第 407—408 页。

城镇。

此外，还有对于古人坟冢的记载。例如卷四中记载西楚霸王项羽之墓的地理位置：

谷城西流泉，西北入清水域，西北三里有项羽冢，石碣犹存，题云项王之墓。《皇览》谓去县十五里，谬也。彭城谷阳城西南，又有项羽冢，《水经》谓为非。鲁为楚守，汉王以羽首示，鲁乃降，遂以鲁公礼葬羽于谷城。以谷阳城、谷城二冢，得非身首异处乎？《皇览》曰："山阳钜泽县有肩髀冢。黄帝杀蚩尤，身首异处，故别葬，亦二冢也。"①

《续博物志》卷五记载齐太公世孙胡公之棺：

仓颉本鸟迹为字，取其孳乳相生，故有六义。秦用篆文，烧书，古文遂绝。或曰大篆出周宣王史籀，小篆出秦李斯及胡毋敬。又曰古隶之书起于秦，省篆为隶，以便文行，剧务以明。隶者，篆之捷也。或曰程邈于云阳增损。或云："临淄人发古冢得铜棺，前和外隐为隶字，言齐太公世孙胡公之棺。唯三字是古隶，知隶自古，非始于秦。"或曰："秦人王次仲，变仓颉旧文为今隶文，始皇奇而召之，三征不至。秦槛车征之，次仲化为大鸟飞去，落二翮于山，山有大翮、小翮之名。"②

《续博物志》卷七记载羡门子、高丘子和洪崖先生等人的坟冢所在地：

《真诰》云："吞琅玕之华，而更营丘墓者，羡门子、高丘子、洪崖先生。羡门子墓在幽州渔阳，高丘子墓在中山，洪崖先生墓在武威。此三郡县人，并云上古死人空冢。"③

总的来说，《续博物志》在关于地理的记述上，虽然延续《山海经》的地理博物体式，但是拂去了神话色彩，转为更贴近实际的随笔形式，与《博物志》相比，其记载地理方面的内容已经大大减少，其地理博物体的特征逐步减弱。

---

①（宋）李石撰，燕永成整理：《续博物志》卷四，上海师范大学古籍整理研究所：《全宋笔记》第四编第四册，郑州：大象出版社，2008年，第186页。

②（宋）李石撰，燕永成整理：《续博物志》卷五，上海师范大学古籍整理研究所：《全宋笔记》第四编第四册，郑州：大象出版社，2008年，第191—192页。

③（宋）李石撰，燕永成整理：《续博物志》卷七，上海师范大学古籍整理研究所：《全宋笔记》第四编第四册，郑州：大象出版社，2008年，第205页。

三、远国异人

“远国异人”是传统博物类著作的重要内容之一，《博物志》作简化的抄录，《续博物志》在遵循此传统的基础上，其所记录的“远国异人”，又有若干变化。

相较于《山海经》等博物类著作所述之“远国异人”，《续博物志》记述内容属于尘世人物，即没有神异的能力或身体，可视作《续博物志》记述内容转向现实之证。此外，《续博物志》中对罕见的大荒式描写，但亦不同于《山海经》的写法。例如，《续博物志》卷三云：

东方介氏之国，其国人数有解六畜之语者，盖偏知之所得。太古神圣之人，备知万物情态，悉解异类音声，会而训之。言血气不相殊也。①

又，《续博物志》卷五载：

倭辰余国，或横书，或左书，或结绳，或锲木，唯高丽摹写颖法，取正中华。②

彭城县，古彭祖之国也。《世本》曰：“陆终之子，其三曰篯，是为彭祖。”下曰彭祖冢。彭祖长年八百，绵寿永世，而亦有冢者，盖亦元极之化。③

这样的描述使远国异人的传说更具可读性。当远国异人成为文籍知识的传述遗留物，从《山海经》等书的荒服系统中被抽出，不再被精心串联，使人更加可信。

书中还对古代神话志怪小说中的国家进行了记载，例如，《续博物志》卷三云：

《汉武故事》：“东郡送一短人，长七寸，曰巨灵。”光武时，颍川张仲师长二寸。东方朔曰：“西北荒中有小人，长七寸，朱衣玄冠。鹤国男女

① （宋）李石撰，燕永成整理：《续博物志》卷三，上海师范大学古籍整理研究所：《全宋笔记》第四编第四册，郑州：大象出版社，2008 年，第 182 页。

② （宋）李石撰，燕永成整理：《续博物志》卷五，上海师范大学古籍整理研究所：《全宋笔记》第四编第四册，郑州：大象出版社，2008 年，第 189 页。

③ （宋）李石撰，燕永成整理：《续博物志》卷五，上海师范大学古籍整理研究所：《全宋笔记》第四编第四册，郑州：大象出版社，2008 年，第 192 页。

皆长七寸，海鹄吞之腹中不死。①

又，《续博物志》卷十载：

勒毕国人长三寸，有翼，善言语戏笑，因名语国。饮丹露为浆。丹露者，日初出有露汁如珠也。②

这两则记述都是古籍中关于小人的记载。《汉武故事》中记载的“巨灵”指的是神话中的矮人。清王士禛《池北偶谈·谈异五·短人》云：“长山之苑城周村间，有短人，长可尺许，须眉手足皆具，能按拍而歌。问之云：年三十余矣。岂巨灵僬侥之类耶？”③第二则为《汉武洞冥记》中所记载，勒毕国人也是一种小人，传说其国之人善言，饮食丹露。

此外，《续博物志》综合国名、历史由来与习性，将“远国异人”从紧邻相依的地理图示中抽离出来，成为独立的记述，不再依赖山川走势，并且更多的是对一些“异物”的偏爱。这是志怪小说迈向成熟的必经发展阶段，也是《续博物志》博物书写的特色。书中有诸多对于异国动物的描写，例如，《续博物志》卷三云：

条支国临西海，出师（狮）子、大雀。郭义恭《广志》曰：“大雀，颈及身膺、蹄都似橐驼。举头高八九尺，张翅丈余，食大麦，其卵如瓮。今之鸵鸟也。”汉元帝时，有大鸟如马驹，时人谓之爰居。

环王国野象，一牡管三十余牝。牝者牙才二尺，迭供牡者水草，卧则环守。牡象死，共埋之，号吼其处乃散。④

再如，《续博物志》卷四载：

天宝中，大宛进汗血马六匹，一曰红叱拨，二曰紫叱拨，三曰青叱拨，四曰黄叱拨，五曰丁香叱拨，六曰桃花叱拨。上乃制名，曰红□辇，曰紫玉

① （宋）李石撰，燕永成整理：《续博物志》卷三，上海师范大学古籍整理研究所：《全宋笔记》第四编第四册，郑州：大象出版社，2008年，第177页。

② （宋）李石撰，燕永成整理：《续博物志》卷十，上海师范大学古籍整理研究所：《全宋笔记》第四编第四册，郑州：大象出版社，2008年，第223页。

③ （清）王士禛著，靳斯仁点校：《池北偶谈》卷二十四《谈异五·短人》，北京：中华书局，1982年，第577页。

④ （宋）李石撰，燕永成整理：《续博物志》卷三，上海师范大学古籍整理研究所：《全宋笔记》第四编第四册，郑州：大象出版社，2008年，第182页。

辇，曰平山辇，曰凌云辇，曰飞香辇，曰百花辇。后幸蜀，以平山、凌云为谶。《西京杂记》："汉文自代还，有良马九匹，皆天下骏也。一浮云，二赤电，三绝群，四逸骠，五紫燕，六绿骊，七龙子，八骣驹，九绝尘，号'九逸'。"①

又，《续博物志》卷十曰：

拨拨力国有异兽，名驼牛，皮似豹，蹄类牛，无峰，项长九尺，身高一丈余。②

元封二年，大秦献花蹄牛，高六尺，尾环绕，角生四耳。③

阿萨部多蜡虫。鹿剖其肉，重垒以石压之，沥汁。税波斯、郁林等国，草子酿于肉汁中，经数日，即变成酒，饮之可醉。④

李司徒勉在汴州，有异骨一节，可为砚。南海时得于海商，云是蜈蚣脊骨。⑤

第一则记述介绍了条支国的狮子、大雀，以及环王国的野象。第二则记述提到唐朝天宝年间大宛进贡的汗血宝马"叱拨"，唐玄宗为其改名"平山""凌云""飞香"等，都代表着对于马品性的期盼，这是中原地区一种古老的传统。第三则记述描写了拨拨力国的异兽"驼牛"、大秦的花蹄牛、阿萨部的蜡虫以及南海可为砚台的蜈蚣脊骨，都具有一定特色。

书中还有对于远国植物的描写。例如，《续博物志》卷五云：

酒杯藤出西域。藤大如臂，叶似葛，花实如梧桐。花坚可以酌酒，有文章映彻可爱。实大如指，如豆蔻香美，消酒。来至藤下，摘花酌酒，仍以其

① （宋）李石撰，燕永成整理：《续博物志》卷四，上海师范大学古籍整理研究所：《全宋笔记》第四编第四册，郑州：大象出版社，2008年，第186页。

② （宋）李石撰，燕永成整理：《续博物志》卷十，上海师范大学古籍整理研究所：《全宋笔记》第四编第四册，郑州：大象出版社，2008年，第220页。

③ （宋）李石撰，燕永成整理：《续博物志》卷十，上海师范大学古籍整理研究所：《全宋笔记》第四编第四册，郑州：大象出版社，2008年，第225页。

④ （宋）李石撰，燕永成整理：《续博物志》卷十，上海师范大学古籍整理研究所：《全宋笔记》第四编第四册，郑州：大象出版社，2008年，第225页。

⑤ （宋）李石撰，燕永成整理：《续博物志》卷十，上海师范大学古籍整理研究所：《全宋笔记》第四编第四册，郑州：大象出版社，2008年，第221页。

实醒酒。国人宝之，不传中土，张骞使大宛得之。出张骞《出关志》。①

又，《续博物志》卷七载：

苏合香，《本草》云生中台川。陶云“是师（狮）子屎”，又云“是诸香汁煎之，非一物”。从西域来者如紫檀，重如石。蘡是山葡萄。②

莴菜出呙国，有毒，百虫不敢近。蛇虺过其下，误触之，则目瞑不见物。有中其毒者，唯生姜汁解之。③

骠国诸蛮并不养蚕，收娑罗木子，破其壳，中如柳絮，细织为幅服之，谓之娑罗笼段。④

“酒杯藤”为张骞《出关志》中所载西域的一种藤蔓，这种藤十分粗壮，会开花结果，花可以用来佐酒，果实可以用来醒酒。《续博物志》卷七中记载了一些有特殊功用的异国植物，例如天竺国的苏合香、呙国的莴菜、骠国的娑罗笼。

四、异物

《续博物志》的博物书写充满对“异物”的兴趣，其中具体可感知的动植物、矿物、器物乃至于地方殊产，都是博物书写的重要素材。

《续博物志》有很多我国古代神话传说中动物的记载，如“狼筋”“鱼螢”“山萧”“髯蛇”“九头鸟”“飞生”“飞廉”等，书中对这些动物的外观、别名、功效等进行了描述。如《续博物志》卷三及卷十云：

唐武宗四年，官市郎巾，有疑为狼筋者，有老僧云：“贫道昔曾以一千于贾胡市得三枚，状如巨蛹，两头光带黄色。泾帅段佑宅失银器十余，集奴婢环庭，炙之，虫栗动，有一女奴脸唇瞤动，乃窥器者。”⑤

---

① （宋）李石撰，燕永成整理：《续博物志》卷五，上海师范大学古籍整理研究所：《全宋笔记》第四编第四册，郑州：大象出版社，2008年，第191页。

② （宋）李石撰，燕永成整理：《续博物志》卷七，上海师范大学古籍整理研究所：《全宋笔记》第四编第四册，郑州：大象出版社，2008年，第204页。

③ （宋）李石撰，燕永成整理：《续博物志》卷七，上海师范大学古籍整理研究所：《全宋笔记》第四编第四册，郑州：大象出版社，2008年，第199—200页。

④ （宋）李石撰，燕永成整理：《续博物志》卷七，上海师范大学古籍整理研究所：《全宋笔记》第四编第四册，郑州：大象出版社，2008年，第201页。

⑤ （宋）李石撰，燕永成整理：《续博物志》卷三，上海师范大学古籍整理研究所：《全宋笔记》第四编第四册，郑州：大象出版社，2008年，第178页。

> 鲎皮壳甚锐，然性畏蚊，蚊小螫之辄毙。《燕山录》曰："煮羊以鼺，煮鳖以蚊，物有相感。鹈鹕饮水数升而不足，鳣鲔入口若露而死。猿有手，可以捕鼠而制于鼠；鹿有角，可以触犬而制于犬。"①

"狼筋"亦作"狼巾"，是狼大腿中的筋，状如织络袋子，在传说中可用以测盗。书中记载了泾原节度使段佑通过点燃狼巾测出家中内贼的故事。"鱼鲎"在我国古代被视作海怪，然而却畏惧蚊虫，被螫则死。可见事物之间都是相互感应、相互影响的。

再如，《续博物志》卷六载：

> 山萧，一名山缲。《神异经》作猱，《永嘉郡记》作魅。一名山骆，一名蛟，一名濯肉，一名热肉，一名晖，一名飞龙。如鸠，青色，亦曰治鸟。巢大如五斗器，饰以土垩，赤白相间，状如射侯。犯者役虎害人，烧人庐舍。昔值洪水，食都树皮，饿死化为鸟。姚、汪、王三姓，其孙也。②

"山萧"又名"山臊"，是传说中的鬼怪，其原型是一种灵长类动物。书中记载了"山萧"的多个别名。古人认为"山萧"会危害人类，因此过年时燃放爆竹来驱逐它们，南朝梁代宗懔的《荆楚岁时记》记载："（正月一日）鸡鸣而起。……先于庭前爆竹，以辟山臊恶鬼。"③

又如，《续博物志》卷八曰：

> 九真山多大蛇，名曰髯蛇，长十丈，围七八尺。吞鹿，角骨钻皮出，夷以大竹签杀而食之。杨氏《南裔异物志》曰："髯惟大蛇，既洪且长。采色驳荦，其文锦章。食犬吞鹿，腴成养创。宾享嘉燕，是豆是觞。"④
>
> 郝氏夜祠佛，鬼车乘烛光而下，翼广丈余，九首互相低昂。其家呼犬持杖逐之，坠一羽，长三尺许，广八九寸，色类鹅雁。⑤

---

① （宋）李石撰，燕永成整理：《续博物志》卷十，上海师范大学古籍整理研究所：《全宋笔记》第四编第四册，郑州：大象出版社，2008年，第182页。

② （宋）李石撰，燕永成整理：《续博物志》卷六，上海师范大学古籍整理研究所：《全宋笔记》第四编第四册，郑州：大象出版社，2008年，第196页。

③ （南朝·梁）宗懔撰，宋金龙校注：《荆楚岁时记》，太原：山西人民出版社，1987年，第2—3页。

④ （宋）李石撰，燕永成整理：《续博物志》卷八，上海师范大学古籍整理研究所：《全宋笔记》第四编第四册，郑州：大象出版社，2008年，第207—208页。

⑤ （宋）李石撰，燕永成整理：《续博物志》卷八，上海师范大学古籍整理研究所：《全宋笔记》第四编第四册，郑州：大象出版社，2008年，第210页。

江浙间有鸟名飞生，狐首肉翅，四足如兽，飞而生子，即随母后。人有难产，以其爪安胸腹间，立验。亦有得其皮者。①

“髯蛇”一则记述，刻画了岭南的一种大蛇，巨大无比，传说中可食犬吞鹿。第二则描述中国古代神话传说中的九头鸟，由于形貌骇人，被人们用狗和棍子驱逐，其落下的羽毛颜色和鹅、雁相似。“飞生”一则记述，记载了江浙的一种鸟类，属于鼯鼠类动物，狐首肉翅，传说在妇人难产时，用其爪子放在胸腹间便可安产。

还如《续博物志》卷九云：

汉明帝永平五年，长安迎取飞廉并铜马，置上西门外。晋灼曰：“飞廉鹿身，头如雀，有角而蛇尾，豹文。”应劭曰：“飞廉神禽，能致风气。”②

“飞廉”是中国神话中的一种神兽，亦作“蜚廉”，掌管风，被称为风神，其形象为鸟头鹿身，是秦人的先祖之一。

《续博物志》对于植物的记载颇多。如卷二云：

萐莆者，其状如蓬，枝多叶少，根如丝，叶如扇，不摇自动风生。主庖厨清凉，驱杀虫蝇，以助供养。尧时生于庖厨，为帝王去恶。孙柔、王充、《白虎通》皆云。太平时萐生于庖厨中，熯一炬火，爨一镬水，终日不能热。倚一尺冰，置之热厨，终夜不能寒。③

“萐莆”一条，描述了其形态、功效，以及历史上与之出现的相关逸史。“萐莆”是古代传说中一种表示吉祥的神异之草，相传尧时生于庖厨之中，可以用来驱赶蚊虫。

《续博物志》卷六载：

杞菊、山芋、牛蒡，道家以为嘉蔬。江淮百合，根大而味甘，南地微苦。其次决明、合欢、槐芽亦可食。孙思邈以合欢为萱草，嵇叔夜“合欢蠲忿，

① （宋）李石撰，燕永成整理：《续博物志》卷八，上海师范大学古籍整理研究所：《全宋笔记》第四编第四册，郑州：大象出版社，2008年，第210页。

② （宋）李石撰，燕永成整理：《续博物志》卷九，上海师范大学古籍整理研究所：《全宋笔记》第四编第四册，郑州：大象出版社，2008年，第212页。

③ （宋）李石撰，燕永成整理：《续博物志》卷二，上海师范大学古籍整理研究所：《全宋笔记》第四编第四册，郑州：大象出版社，2008年，第173页。

萱草忘忧”。两物也。[①]

记载了杞菊、山芋、牛蒡、百合、决明、合欢、槐芽等植物的外观与功效。

《续博物志》卷七曰：

> 蓂荚，一名历荚，圣王以是占日月之数。[②]
>
> 朱草状如小桑，栽长三四尺，枝叶皆丹，汁如血，朔望生落如蓂荚，周而复始。可以染绛，成黼黻之章。金银投其汁，可使成圆泥，投水为金浆。以投酒为玉醴，饮之令人长生。出《抱朴子》。[③]

“蓂荚”是我国古代传说的一种瑞草，据说只有在君主贤明的太平盛世才会生长出来，象征着国运祥瑞。

《续博物志》卷十载：

> 良常山有荧火芝，大如豆，夜视有光。得食一枚，心中一孔明，食七枚，七孔明，可夜书。华阳洞亦有五种夜光芝，包山有白芝。[④]

“荧火芝”是生长于江苏良常山山洞的一种植物，叶子长得像茅草，会开出紫色的小花，果实如豆粒般，晚上会散发出微光。相传吃下七颗萤火芝的果实，会拥有七窍玲珑心，在黑夜中不借助灯火就可以读书。

《续博物志》中许多关于香料的记载都极具神秘色彩，如“芸香”“返魂香”“龙脑香”“麝香”“沉香”等。例如，《续博物志》卷二云：

> 南方木凝，其大如概，类鼻涕。闻人气则闪闪而动，堕人体成疮，以麝香朱砂涂之愈。[⑤]

《续博物志》卷三载：

---

①（宋）李石撰，燕永成整理：《续博物志》卷六，上海师范大学古籍整理研究所：《全宋笔记》第四编第四册，郑州：大象出版社，2008年，第196页。

②（宋）李石撰，燕永成整理：《续博物志》卷七，上海师范大学古籍整理研究所：《全宋笔记》第四编第四册，郑州：大象出版社，2008年，第201页。

③（宋）李石撰，燕永成整理：《续博物志》卷七，上海师范大学古籍整理研究所：《全宋笔记》第四编第四册，郑州：大象出版社，2008年，第201页。

④（宋）李石撰，燕永成整理：《续博物志》卷十，上海师范大学古籍整理研究所：《全宋笔记》第四编第四册，郑州：大象出版社，2008年，第221页。

⑤（宋）李石撰，燕永成整理：《续博物志》卷二，上海师范大学古籍整理研究所：《全宋笔记》第四编第四册，郑州：大象出版社，2008年，第176页。

《仓颉解诂》云："芸蒿似邪蒿，可食。"鱼豢《典略》云："芸香辟纸鱼蠹，故藏书台亦称芸台。"①

返魂香，东方朔曰：月氏国使者献香，曰："东风入律，百旬不休。青云干吕，连月不散。"意中国将有好道之君，故搜奇蕴异而贡神香，乘沉牛以济弱渊，策骥足以度流沙，今十三年矣。香能起夭残之死疾，长生之神药也。疾疫夭死者，将能起之，以薰牙及闻气者即活。明日，失使者所在。后元元年，长安疫死者大半，帝分香烧之，死未三日皆活，芳气三月不歇。余香一旦失亡。②

龙脑香，段成式云：出波律国，树高八九丈，可六七尺围。干脂为香，清脂为膏子，主内外障眼。又有苍龙脑，不可点眼，经火为熟龙脑。③

《香谱》云："麝以一子真香糅作三四子，刮取血膜，杂以余糁，皮毛不辨也。"黎香有二色，蕃香、蛮香，又杂以黎人撰作。官市动至数千计，何以塞科取之责？所谓真有三说：鹿群行山中，自然有麝气，不见其形为真香；入春以脚剔入水泥中，藏之不使人见为真香；杀之取其脐，一鹿一脐为真香。此余所目击也。④

海药，《本草》云降真香，主天行时气，烧之或引鹤降。⑤

太学同官有曾官广中者云：沉香，杂木也，朽蠹浸沙水，岁久得之。如儋崖海道居民，桥梁皆香材。如海桂、橘柚之木沉于水多年，得之为沉水香。《本草》谓为"似橘"是矣。然生采之即不香也。⑥

上述引文对于各种香料的记载都十分生动。例如，"芸香"一条，芸香又称"芸香草"，具有香气，可以用来驱虫、通经、祛风。古人将芸香草放在书籍周围，用其散发的气味来驱赶害虫，而夹有这种芸香草的书，打开之后，清

① （宋）李石撰，燕永成整理：《续博物志》卷三，上海师范大学古籍整理研究所：《全宋笔记》第四编第四册，郑州：大象出版社，2008 年，第 181 页。

② （宋）李石撰，燕永成整理：《续博物志》卷三，上海师范大学古籍整理研究所：《全宋笔记》第四编第四册，郑州：大象出版社，2008 年，第 179 页。

③ （宋）李石撰，燕永成整理：《续博物志》卷三，上海师范大学古籍整理研究所：《全宋笔记》第四编第四册，郑州：大象出版社，2008 年，第 180 页。

④ （宋）李石撰，燕永成整理：《续博物志》卷三，上海师范大学古籍整理研究所：《全宋笔记》第四编第四册，郑州：大象出版社，2008 年，第 180 页。

⑤ （宋）李石撰，燕永成整理：《续博物志》卷三，上海师范大学古籍整理研究所：《全宋笔记》第四编第四册，郑州：大象出版社，2008 年，第 181 页。

⑥ （宋）李石撰，燕永成整理：《续博物志》卷三，上海师范大学古籍整理研究所：《全宋笔记》第四编第四册，郑州：大象出版社，2008 年，第 181 页。

香袭人，所以称之为“书香”；“返魂香”一条，描述了返魂香在汉朝存在的意义，赋予其起死回生的魅力；“麝香”一条，鉴真过程也描述得非常神秘，颇具故事感；“降真香”一条，古人认为降真香是能降真神的香，古代道教祭祀头香，头香乃尊，方可祭天；此外，“龙脑香”“沉香”的制作过程也令人心驰神往。文中对于香料的描写颇有一些小说异闻的趣旨，让其显得非常神秘，这正是《续博物志》等博物类书籍所追求的。

此外，《续博物志》中也不乏对于“怪石”“美玉”等矿物的记载，例如，《续博物志》卷八记载了“田父得玉”的故事：

魏田父耕于野而得玉，弗识也。邻人阴欲得之，绐曰：“此怪石也。”田父置玉于室，其光烛夜，果以为怪，弃之于野。邻人从而盗之，以献魏王，玉工望而拜曰：“此无价之宝。”①

又如，《续博物志》卷九曰：

南昌县出燃石。《异物志》云：“色黄而理疏。以水灌之便热，以鼎炊物可熟，置之则冷，如此无穷。元康中，雷孔章入洛，赍以示张公。张公曰：‘此谓燃石。’”②

《砚谱》载天下之砚四十余品，以青州红丝石砚为第一，端州斧柯山石为第二，歙州龙尾石为第三。③

“燃石”一条记载这种石头呈黄白色，质地疏松，浇水就会发热，把锅子搁在上面，就可以把东西烧熟。放着不动它就冷，浇水就热，可以无穷无尽地用下去。另一条所载“红丝石”，《砚谱》中记载用这种石头做成的砚天下第一，是“四大名砚”之一。

此外，《续博物志》中还有一些关于地方特产的记载。例如，《续博物志》卷四载：

---

①（宋）李石撰，燕永成整理：《续博物志》卷八，上海师范大学古籍整理研究所：《全宋笔记》第四编第四册，郑州：大象出版社，2008 年，第 209—210 页。

②（宋）李石撰，燕永成整理：《续博物志》卷九，上海师范大学古籍整理研究所：《全宋笔记》第四编第四册，郑州：大象出版社，2008 年，第 211 页。

③（宋）李石撰，燕永成整理：《续博物志》卷九，上海师范大学古籍整理研究所：《全宋笔记》第四编第四册，郑州：大象出版社，2008 年，第 213 页。

冈山有穴通大句曲山，有石脑在方山下。石脑故如石，但小，斑色而软，形状圆小如甂，色似钟乳。李整昔有风疾，先多房事，服此乃愈。①

再如，《续博物志》卷九云：

铎销，状如刀戈残刃，有孔旁达，出丽水。饰以金，所指无不洞，夷人尤宝，月以血祭之。俗谓天降，非人铸。郁刃，铸以毒药冶，取跃如星者，淬以马血成之，伤人即死。刀剑以柔铁为茎干，不可纯用钢，纯钢不折则缺。②

《续博物志》卷四记载了句曲山下特有的一种名为“石脑”的中药，像甂一样是圆形的，可以治愈风疾。《续博物志》卷九中的“铎鞘”出自唐代西南方的少数民族，这种刀形状如同废铁，破烂不堪，却异常锋利、无坚不摧，传说中每月都要以人血来祭，是一种十分诡异的兵器。

透过《续博物志》对这些异物的详尽描述，可以发现古人对异于正常用途之物的好奇与重视。

五、方技术数

传统博物类著作的一个重要特征就是包含了方士之间秘传的知识，如观星象、识剑气等。在《续博物志》中也保留了相当数量的方技、术数知识，例如，《续博物志》卷二云：

陈希夷先生一睡或半岁，或三数月，近亦不下月余，留藏真息，饮纳玉液。“吾睡，真睡也。”曾与毛女游。③

海蟾子姓刘，名昭远，华山陈抟馆之道院，与种放往来。④

《续博物志》卷三载：

---

① （宋）李石撰，燕永成整理：《续博物志》卷四，上海师范大学古籍整理研究所：《全宋笔记》第四编第四册，郑州：大象出版社，2008年，第187页。

② （宋）李石撰，燕永成整理：《续博物志》卷九，上海师范大学古籍整理研究所：《全宋笔记》第四编第四册，郑州：大象出版社，2008年，第211页。

③ （宋）李石撰，燕永成整理：《续博物志》卷二，上海师范大学古籍整理研究所：《全宋笔记》第四编第四册，郑州：大象出版社，2008年，第175页。

④ （宋）李石撰，燕永成整理：《续博物志》卷二，上海师范大学古籍整理研究所：《全宋笔记》第四编第四册，郑州：大象出版社，2008年，第174页。

李德裕好饵雄朱，有道士自云李终南笑曰："此是世间凡火，服之反促寿。"因出一玉象子，状如拳，曰："此可求勾漏莹澈者。燃香致象鼻下，勿令妇人、鸡犬见之，三五日，象自服之，即复吐出，乃可服。此火玉太阳之精，凝结已三万年。以相公好道，因以奉借，唯忠孝是念，无自贻咎。"又出金象云："此是雌者，贵其相伴，不尔玉象飞去。"德裕服之，有异，乃于都下采聘名姝，至百数不止，象砂不复吐。后南迁，再遇道士，怒甚，索二象。是夕，风雨涛濑并作，玉象如团火飞出船，德裕死于朱崖。①

《续博物志》卷六曰：

道士尸解，谓之身经太阴。②
段成式云：主夜神咒，可辟恶梦。咒曰婆珊婆演帝。③

又，《续博物志》卷七云：

道士谭紫霄有观灯之术，说人祸福必中。④
李泌绝粒五六载，身轻能行于屏风上。引指使气，可以吹烛至灭。导引，骨珊然有声，号鏁子骨。⑤

第一则记述中提及的陈希夷先生即中国道教的代表人物陈抟，相传他在武当山修炼的二十多年创造了"睡仙功"，据说修炼此功后人可以精神焕发，为养生之道。关于"曾与毛女游"一事，《续博物志》卷七提到："毛女在华山，山客猎师世世见之。形体生毛，自言秦始皇宫人。陈抟在华山，或谤以与毛女往来。"⑥可见大概只是世人的幻想。

第二则记述讲李德裕喜欢服用雄黄，古人认为烧炼后服用可以延年益寿。

---

① （宋）李石撰，燕永成整理：《续博物志》卷三，上海师范大学古籍整理研究所：《全宋笔记》第四编第四册，郑州：大象出版社，2008 年，第 178 页。

② （宋）李石撰，燕永成整理：《续博物志》卷六，上海师范大学古籍整理研究所：《全宋笔记》第四编第四册，郑州：大象出版社，2008 年，第 198 页。

③ （宋）李石撰，燕永成整理：《续博物志》卷六，上海师范大学古籍整理研究所：《全宋笔记》第四编第四册，郑州：大象出版社，2008 年，第 197 页。

④ （宋）李石撰，燕永成整理：《续博物志》卷七，上海师范大学古籍整理研究所：《全宋笔记》第四编第四册，郑州：大象出版社，2008 年，第 201 页。

⑤ （宋）李石撰，燕永成整理：《续博物志》卷七，上海师范大学古籍整理研究所：《全宋笔记》第四编第四册，郑州：大象出版社，2008 年，第 203 页。

⑥ （宋）李石撰，燕永成整理：《续博物志》卷七，上海师范大学古籍整理研究所：《全宋笔记》第四编第四册，郑州：大象出版社，2008 年，第 203 页。

道教自古以来追求长生不老，为实现这一目标采用了许多方法，这些方法在中国文化中被称为方术，服食就是其中之一。有道士自称李终南，告诉李德裕经常服用此物反而会折寿，并赠他雌雄两个玉象，借助此物服用雄黄才能有效，且持有此物需秉持忠孝。然而李德裕在此之后大肆纳妾，玉象不再吐丹砂。最终玉象飞走，金象也落入水中不见，李德裕死于崖州。

第三则记述为道家的尸解大法。道教认为道士得道后可遗弃肉体而仙去，或不留遗体，只假托一物遗世而升天，谓之尸解。其实所谓的尸解就是用于粉饰神仙人物或方士的逝世，但道家赋予了其神秘色彩。

第四则记述出自《酉阳杂俎·怪术卷》，是讲唐朝的一种巫术，相传只要对主夜神念出一种神奇的咒语，就会具有功德，在夜晚行走和睡觉时可以让自己不恐怖和不做噩梦。

第五则记述普及道士谭紫霄。相传谭紫霄有观灯之术，能说中人的祸福。

第六则记述讲道教的辟谷术。辟谷的方法有多种，如服气、丹药、祈愿、胎息、食蔬、诵咒、观想、导引等。《续博物志》中提及的李泌为服气辟谷法，“咽津纳气是入行”，一般辟谷都以此法为基础。

书中还有一些对于道士飞升事件的描写，正所谓“求道者多如牛毛，得道者凤毛麟角”，对于这类事件的记载也体现了古人对于得道成仙的渴望之情。例如，《续博物志》卷二云：

> 天宝中，河南缑氏县太子陵仙鹤观，每年九月三日夜，有道士一人得仙，已有旧例。至日，具姓名申府。张竭忠为令，不之信，阴令二勇士执兵觇之。至三更，有一黑虎入观来，衔一道士。射之不中，弃道士而去。令于是申府请弓矢，大猎石穴中，格杀数虎，或金简玉录，冠帔发骨甚多。其观遂废为陵使之居。①
>
> 河水东北有石室，室中若有积卷，因谓之积书岩。每见神人往还，世人不悟其为仙者，又谓之神鬼。彼土目鬼曰唐述，因名其山曰唐述山，堂曰唐述窟。道术之士多往栖焉。②

① （宋）李石撰，燕永成整理：《续博物志》卷二，上海师范大学古籍整理研究所：《全宋笔记》第四编第四册，郑州：大象出版社，2008年，第175页。

② （宋）李石撰，燕永成整理：《续博物志》卷二，上海师范大学古籍整理研究所：《全宋笔记》第四编第四册，郑州：大象出版社，2008年，第172页。

又，《续博物志》卷四载：

绛州碧落观天尊像高丈余，唐龙朔中，刺史李谌为母氏太妃追荐所造，上有篆文。老黄冠云，李使君高宗之子，有二道士求篆此文，闭户篆毕，化为二白鸽飞去，余一“及”字，欠一画。李阳冰于此学篆凡十二年，终不得其妙。①

再如，《续博物志》卷七曰：

刘少翁曾数入太华山，礼拜向山。如此二十年，遂忽一旦得见西岳丈人，授其仙道。②

丹水有石穴，蝙蝠大者多倒悬。百岁者倒悬，得而服之，使人神仙。③

除此之外，《续博物志》中还记载了一些方士的轶事。例如，《续博物志》卷三云：

南唐女冠耿先生，鸟爪玉貌，获宠于元宗。将诞之夕，震雷绕室，大雨河倾。半夜雷止，耿身不复孕。大食国进龙脑油，上所秘惜。先生见之曰：“此非佳者，当为大家致之。”乃缝夹绢囊，贮白龙脑一斤，垂于栋上，以胡饼盛之，有顷如注。上骇叹不已，命酒泛之，味逾于大食国进者。又于元宗前搦雪为银铤，投红炉淬之，成中金，指痕犹在。又取宫妓箕中粪壤炒为银。开宝末，内库尚有先生粪银。炒小麦于银釜，成真珠。④

巫山道士黄万护，以符药救人，蜀王建召之，铺草席水面，泝流而上，一日至成都。省郎曹图鄙其人。⑤

又，《续博物志》卷六载：

---

①（宋）李石撰，燕永成整理：《续博物志》卷四，上海师范大学古籍整理研究所：《全宋笔记》第四编第四册，郑州：大象出版社，2008 年，第 185 页。

②（宋）李石撰，燕永成整理：《续博物志》卷七，上海师范大学古籍整理研究所：《全宋笔记》第四编第四册，郑州：大象出版社，2008 年，第 204 页。

③（宋）李石撰，燕永成整理：《续博物志》卷七，上海师范大学古籍整理研究所：《全宋笔记》第四编第四册，郑州：大象出版社，2008 年，第 202 页。

④（宋）李石撰，燕永成整理：《续博物志》卷三，上海师范大学古籍整理研究所：《全宋笔记》第四编第四册，郑州：大象出版社，2008 年，第 181 页。

⑤（宋）李石撰，燕永成整理：《续博物志》卷三，上海师范大学古籍整理研究所：《全宋笔记》第四编第四册，郑州：大象出版社，2008 年，第 178 页。

世传费长房得符于壶公，以是制服百鬼，其后鬼窃其符，因以杀长房。①

第一则记述描述南唐元宗李璟所宠幸的女道士耿先生，生产当日天降异象，其子不见，之后不再怀孕，而后有奇人向元宗进献秘方之事。第二则记述介绍巫山道士黄万护，能用符药救人，铺草于水面而一日至成都，却为他人所鄙视。第三则记述提及费长房能用符咒惩治各种鬼怪，后来失去了符咒，终于被鬼怪杀死。

这些方技知识辗转于文籍之间，《续博物志》虽没有进行系统性的整理，但其抄录与传播，反映出当时人们对此类知识的兴趣与认可的态度。

六、服食炼药

服食炼药最早源自带有巫书色彩的《山海经》诸书，例如“不死树”一则记述同见于《山海经》之《海内西经》与《大荒南经》，《海外南经》言：“不死民在其（按：交胫国）东，其为人黑色，寿，不死。”②即因不死国之民食不死树，故能不死。这类不死的想象，到了《博物志》汇聚成更完整的“乐园”想象，如《博物志》卷一载：“员丘山上有不死树，食之乃寿。有赤泉，饮之不老。多大蛇，为人害，不得居也。”③在遥远异域，生有使人不死长生之物。因为凡人难以抵达，更显不死药的珍贵。因而到了《续博物志》更多拂去“长生”一事的神秘面纱，记述更加贴近现实，也愈加让人信服。例如，《续博物志》卷五曰：

《月令》曰：“椒是玉衡星精，服之身轻能老，柏是仙药。”又云：“进酒次第，当从小起，以年少者起先。”④

又，《续博物志》卷七云：

昔有一人好道，而不知求道之方，惟朝夕拜跪向一枯树，辄云“乞长

① （宋）李石撰，燕永成整理：《续博物志》卷六，上海师范大学古籍整理研究所：《全宋笔记》第四编第四册，郑州：大象出版社，2008 年，第 198 页。

② 袁珂校注：《山海经校注》，上海：上海古籍出版社，1980 年，第 196 页。

③ （晋）张华撰，范宁校证：《博物志校证》卷一，北京：中华书局，1980 年，第 13 页。

④ （宋）李石撰，燕永成整理：《续博物志》卷五，上海师范大学古籍整理研究所：《全宋笔记》第四编第四册，郑州：大象出版社，2008 年，第 191 页。

生”，如此二十八年不倦。枯木一旦忽然生华，华又有汁，甜如蜜。有人教令食之，遂取此华及汁并食之，食讫即仙。①

第一则记述出自南朝梁宗懔所撰的《荆楚岁时记》，言古人在正月初一有饮用椒柏酒的习俗。椒是玉衡星的精灵，相传吃了能使人年轻耐老。柏是一种仙药，相传吃了它能免除百病。第二则记述讲一好道之人食枯木的果实而长生不老之事。不死药是否真有，难以确认，但在擅长服食炼药的方士手中，众多服食修炼的秘法纷纷出笼，教人如何延年益寿，使人们的长生愿望看似得以实现。

《续博物志》除了延续对长生不老的关注，还有多处关于饮食的叙述，例如，《续博物志》卷二云：

蛇蜕塞两耳治疟疾。覆盆子是莓子，笮取汁，合成膏涂发，不白。獐鹿非八卦辰属，不荤膻，能温补于人，生死无尤，道家听用为脯。②

又，《续博物志》卷四载：

牧靡县因草得名，生牧靡，可以解毒。鸟多误食乌喙口中毒，必急飞往牧靡山，啄牧靡以解毒。③

又，《续博物志》卷六曰：

二广有草，名胡蔓，以急水吞之即死，慢水即缓死。取毒蛇杀之，以此草覆之，洒水，菌生其上，末为毒药杀人。④

北人淫南妇，辞归，以毒置食，约以年月复还，解以他药，不尔毒发死矣，谓之定年药。南游者宜志之。⑤

宋刘亮合仙丹，须白蟾蜍、白蝙蝠，得而服之，立死。唐人陈子真，得

---

① （宋）李石撰，燕永成整理：《续博物志》卷七，上海师范大学古籍整理研究所：《全宋笔记》第四编第四册，郑州：大象出版社，2008年，第203页。

② （宋）李石撰，燕永成整理：《续博物志》卷二，上海师范大学古籍整理研究所：《全宋笔记》第四编第四册，郑州：大象出版社，2008年，第175页。

③ （宋）李石撰，燕永成整理：《续博物志》卷四，上海师范大学古籍整理研究所：《全宋笔记》第四编第四册，郑州：大象出版社，2008年，第187页。

④ （宋）李石撰，燕永成整理：《续博物志》卷六，上海师范大学古籍整理研究所：《全宋笔记》第四编第四册，郑州：大象出版社，2008年，第196页。

⑤ （宋）李石撰，燕永成整理：《续博物志》卷六，上海师范大学古籍整理研究所：《全宋笔记》第四编第四册，郑州：大象出版社，2008年，第196页。

蝙蝠大如鸦，食之，一夕大泻而死。①

再如，《续博物志》卷十曰：

苦参为齿药，使人伤肾腰重。②

松脂、杏仁、枣肉、茯苓等分，食后服五十粒，可不饥。③

有黄连、桔梗，勿食猪肉。有茯苓，勿食酢物。有细辛，勿食生菜。④

第一则记述记载了蛇、覆盆子、獐鹿等物的功效，蛇的器官可以治疟疾，覆盆子能使人头发乌黑，獐鹿具有温补的功效。第二则记述出自《水经注》卷三十六，讲建宁郡的牧靡县因牧靡草而得名，这种草可以解毒。鸟类如果误食，必定会飞往牧靡山，啄食牧靡草以解毒。第三则记述提到了名为“断肠草”的毒药，食后会致死。第四则记述出自《本草纲目》，引用了两个人的案例：宋人刘亮、唐人陈子真都在食用蝙蝠后死亡，可见蝙蝠不能随意食用。第五则记述所载苦参是一种中药，味苦且性寒，脾胃虚寒者忌用之。说明药不但有其功效，还有一些副作用，必须对症下药，否则无法药到病除。第六则记述有一些神秘色彩，更像是方士所出的方子。最后一则记述点出了饮食之间的禁忌，提示我们要在日常饮食搭配的时候注意食材之间的禁忌。

七、人物

人物的特殊言行事迹，在宋代受到极大的瞩目，成为谈资乃至于品鉴要务。在此风气下，《续博物志》也有不少以人物为主的记述。例如，《续博物志》卷三云：

颜真卿遇道人陶八，八授以碧霞丹饵之，曰：“七十上有厄。如有，即吉。”后为卢杞所陷，缢死。希烈败，返葬，状貌如生，遍身金色，爪甲出

---

①（宋）李石撰，燕永成整理：《续博物志》卷六，上海师范大学古籍整理研究所：《全宋笔记》第四编第四册，郑州：大象出版社，2008年，第196页。

②（宋）李石撰，燕永成整理：《续博物志》卷十，上海师范大学古籍整理研究所：《全宋笔记》第四编第四册，郑州：大象出版社，2008年，第224页。

③（宋）李石撰，燕永成整理：《续博物志》卷十，上海师范大学古籍整理研究所：《全宋笔记》第四编第四册，郑州：大象出版社，2008年，第224页。

④（宋）李石撰，燕永成整理：《续博物志》卷十，上海师范大学古籍整理研究所：《全宋笔记》第四编第四册，郑州：大象出版社，2008年，第224页。

手背，鬓发皆长数尺，人咸异之。后有商人遇之于罗浮山，寄书至偃师。颜氏守茔者曰："此先太师亲翰，书法蚕头马尾，真得仙也。"①

又，《续博物志》卷二载：

尔朱先生，伪蜀广政中，饮酒食猪脏，渝州刺史谓其幻惑，以竹笼沉之江，至夔为渔人所得，上升。②

再如，《续博物志》卷七曰：

高座道人不肯作汉语，或问此意，简文曰："此简应对之烦。"和尚一名尸梨密，宋云高座，西域人，傅三国王子，以让弟遂为沙门，永嘉中到中国。

顺帝时，琅琊宫崇上其师于吉，于曲阳泉水上得神书百七十卷，号《太平清领书》。其言以阴阳五行为家，而多巫觋杂语。后张角颇有其书。按《江表传》："道士于吉，东来吴会，立精舍，烧香读书。孙策斩之，曰：'昔南阳张津为交州刺史，常著绛帕头，鼓琴焚香，读邪俗道书，为蛮夷所杀。此甚无益。'"③

第一则记述讲尔朱先生，名洞，字通微，号归元子，唐末五代孟蜀时人，蜀之八仙之一。尔朱为复姓，其先祖为契丹胡人部落，世居尔朱川，因以为姓。此人曾遇异人得道，卖丹药于市，每粒要钱十二万。当时的太守非常想要，尔朱洞说："太守金多，非百二十万不卖。"将太守激怒，太守令人将尔朱洞装进竹笼，投入岷江。在绵州（今四川绵阳）河边被渔人救起，后来他便在绵州西山修道。第二则记述出自《世说新语》，高座和尚从来不说汉语。有人问起他这么做的用意，简文帝司马昱说："就是为了减少跟别人应酬的麻烦。"

写作中以寥寥数语介绍生活年限、特长以及官职，对人物进行简单却首尾完整的速写就点出人物值得记忆的特殊之处，乃是古代人物品鉴惯用的手法。例如，《续博物志》卷四云：

---

①（宋）李石撰，燕永成整理：《续博物志》卷三，上海师范大学古籍整理研究所：《全宋笔记》第四编第四册，郑州：大象出版社，2008 年，第 178 页。

②（宋）李石撰，燕永成整理：《续博物志》卷二，上海师范大学古籍整理研究所：《全宋笔记》第四编第四册，郑州：大象出版社，2008 年，第 174 页。

③（宋）李石撰，燕永成整理：《续博物志》卷七，上海师范大学古籍整理研究所：《全宋笔记》第四编第四册，郑州：大象出版社，2008 年，第 204 页。

宣父因祷尼山得名丘，字仲尼。子名鲤，字伯鱼。史鳝亦字子鱼。冉耕字伯牛。如斗谷、于菟之类、黑臀、杵臼之类甚多。①

宋齐丘乃字超回，不自量如此。孟轲、庄周，其字不传。或云轲字子舆，周字子休，皆后人以意取之耳。②

书中还通过人物的言行举止说明一些道理。例如，《续博物志》卷七载：

王充曰："雷公有神，雷声有器，安得谓之神？正月阳动，故始雷。五月阳盛，故雷迅。秋冬阳衰，故雷潜。太阳用事，阴气乘之。阴阳分争，则相激射为毒，中人则死，中木则折。人以震死，试以斗水沃冶铸之火，火气激烈，则为雷声。"或曰："雷火之及，金石焦镕，而漆器不坏，何也？道家以雷烧石投井中，石焦水寒，激声大鸣。"③

又，《续博物志》卷八云：

黄公好谦。女有国色，而谦其美以为丑也，女至难嫁。有鳏夫冒娶之，乃国色，果信黄公之谦。④

第一则记述出自《论衡·雷虚篇》，王充驳斥了把打雷说成是上天发怒、有意惩罚暗中犯有过错之人的说法，他认为打雷只是一种自然现象，是阴阳二气互相碰撞、冲击而形成的，所谓雷击死人是上天惩罚"阴过"的说法，是没有事实根据的"虚妄之言"。第二则记述出自《尹文子》，齐国有位黄公，生性谦虚，他的女儿都是美女，但黄公常用谦辞贬低她们，说她们丑陋不堪，导致其女难嫁。说明谦虚是美德，但过分的谦虚却会脱离实际，是不可取的。

此外，家世谱系记载了一个家族的世系繁衍，包括其来源、迁徙轨迹和内部成员情况，在《续博物志》中诸如此类的描写也很多。例如，《续博物志》

① （宋）李石撰，燕永成整理：《续博物志》卷四，上海师范大学古籍整理研究所：《全宋笔记》第四编第四册，郑州：大象出版社，2008年，第185页。

② （宋）李石撰，燕永成整理：《续博物志》卷四，上海师范大学古籍整理研究所：《全宋笔记》第四编第四册，郑州：大象出版社，2008年，第185页。

③ （宋）李石撰，燕永成整理：《续博物志》卷七，上海师范大学古籍整理研究所：《全宋笔记》第四编第四册，郑州：大象出版社，2008年，第200页。

④ （宋）李石撰，燕永成整理：《续博物志》卷八，上海师范大学古籍整理研究所：《全宋笔记》第四编第四册，郑州：大象出版社，2008年，第209页。

卷四云：

孔子生鲤，字伯鱼。鲤生伋，字子思。伋生白，字子上。白生求，字子家。求生箕，字子京。箕生穿，字子高。穿生子顺，相魏。自叔梁纥至子顺九世，徙居大梁。[①]

又，《续博物志》卷六载：

少典产黄帝，黄帝产玄嚣，玄嚣产蟜极，蟜极产高辛，是为帝喾。帝喾产放勋，是为帝尧。

黄帝产昌意，昌意产高阳，是为颛帝。昌意，玄嚣弟，黄帝次子也。颛帝产穷蝉，穷蝉产敬康，敬康产勾芒，勾芒产蟜牛，蟜牛产瞽瞍，瞽瞍产重华，是为帝舜及象。

颛帝产鲧，鲧产文命，是为禹。[②]

再如，《续博物志》卷八载：

王会稽七子，凝、操、徽、涣、献五人，书迹传世，惟玄、肃二人未见，而五子书各不同，盖善学父书者。[③]

除此之外，书中对于人物的描述还添加了一些艺术色彩，更富有可读性。例如，《续博物志》卷二曰：

老君其母曾见日精下落如流星，飞入口中，有娠。七十二岁而生于陈国涡水李树下。剖左腋而生，长一十二尺。[④]

佛者本号释迦文，即天竺释迦卫国王之子，于四月八日夜从母右胁而生，有三十二相。当周庄王九年、鲁庄公七年夏四月，常星不见，夜明是也。[⑤]

---

① （宋）李石撰，燕永成整理：《续博物志》卷四，上海师范大学古籍整理研究所：《全宋笔记》第四编第四册，郑州：大象出版社，2008年，第183页。

② （宋）李石撰，燕永成整理：《续博物志》卷六，上海师范大学古籍整理研究所：《全宋笔记》第四编第四册，郑州：大象出版社，2008年，第194页。

③ （宋）李石撰，燕永成整理：《续博物志》卷八，上海师范大学古籍整理研究所：《全宋笔记》第四编第四册，郑州：大象出版社，2008年，第210页。

④ （宋）李石撰，燕永成整理：《续博物志》卷二，上海师范大学古籍整理研究所：《全宋笔记》第四编第四册，郑州：大象出版社，2008年，第171页。

⑤ （宋）李石撰，燕永成整理：《续博物志》卷二，上海师范大学古籍整理研究所：《全宋笔记》第四编第四册，郑州：大象出版社，2008年，第171页。

又，《续博物志》卷三云：

> 禹长九尺九寸，汤长九尺，孔子长十尺，文王长十尺，伍子胥长一丈，眉间一尺，韩王信八尺九寸，金日磾八尺二寸，东方朔九尺三寸。王莽时，奇士巨毋霸长一丈，大十围，本出于蓬莱。魏咸熙，大人见襄武，长二丈，脚迹三尺二寸。①

第一则记述对人物出生的描述，给太上老君、释迦牟尼等本就神秘的人物之出生更添神话色彩。第二则记述对于古人的身高进行探讨，揭示了古人身高之谜，十分有趣。

除此之外，《续博物志》中还有对古人谥号评定准则的记载。如《续博物志》卷三云：

> 仁善盛明曰舜，残民多衅曰桀，残义损善曰纣，慈惠爱亲曰孝，爱民好与曰惠，圣善周闻曰宣，声闻宣远曰昭，克定祸乱曰武，聪明睿知曰献，温柔圣善曰懿，布德执义曰穆，仁义说民曰元，布纲治纪曰平，乱而不损曰灵，保民耆艾曰明，辟土有德曰襄，贞心大度曰匡，大虑慈民曰定，既过能正曰恭，不生其国曰声，一德不解曰简，夙兴夜寐曰敬，清白自守曰贞，柔德好聚曰靖，安乐治民曰康，小心畏忌曰僖，中身早折曰悼，慈仁和民曰顺，好勇致力曰庄，恭仁短折曰哀，在国逢难曰愍，名实过爽曰缪，壅遏不通曰幽，暴虐无亲曰厉，致志立图曰景，辟土兼国曰桓，经纬天地曰文，执义扬善曰怀，短折不成曰殇，去礼远众曰炀，怠政外交曰携，治典不敷曰震。②

此文出自《逸周书·谥法解》，其中提到了周公制谥。谥号始于西周，是指人死之后，后人按其生平事迹进行评定并给予或褒或贬评价的文字，谥法则是追谥的准则。

总而言之，此种以人物为主的记述，目的在于突出人物特性，如专长、德行、言行或家世谱系，为后人提供记忆点。

---

① （宋）李石撰，燕永成整理：《续博物志》卷三，上海师范大学古籍整理研究所：《全宋笔记》第四编第四册，郑州：大象出版社，2008 年，第 177 页。

② （宋）李石撰，燕永成整理：《续博物志》卷三，上海师范大学古籍整理研究所：《全宋笔记》第四编第四册，郑州：大象出版社，2008 年，第 180—181 页。

八、史补与轶闻

志怪小说本有广搜轶闻、补充史书缺漏的功能，故《续博物志》大量抄录古籍，或自民间、有关人士获取轶闻，填补知识罅隙。

书中有诸多关于神话传说的逸闻记述。例如，《续博物志》卷三云：

> 禹治水土，至北海之北，有国曰终北。国之中有山，山名壶领，状若甗甀，项有口，状若负环，名曰滋穴。有水涌出，名曰神瀵，臭过椒兰，味逾醪醴。一源分为四埒，注于山下。民饮于神瀵，浴于神瀵。此《列子》寓言也。①

又，《续博物志》卷五载：

> 女娲之功烈，上际九天，下契黄垆，名声被后世，光辉重万物。乘雷车，服应龙，骖青虬，席萝图，震黄璐，援绝瑞，前白螭，后奔虵。②
>
> 禹治洪水，观于河，见白面长人鱼身，出曰："吾河精也。"授禹《河图》，而返于渊。又曰："尧修河、洛，有五老相谓：'《河图》将来，告帝以期。知我者重瞳也。'五老乃翻为流星而升于昴。"③

这几则记述可归属于人物的描写，但因涉及创世神话人物女娲、大禹，以神话解释女娲、大禹的功劳，又带有史补与轶闻的性质。

除了神话故事以外，书中还有民间的逸闻记载。例如，《续博物志》卷二载：

> 晋元康中，梁国女子许嫁，而夫戍经年不归，女家更强以适人，寻病亡。夫还，问女所在，夫径至墓开棺，女遂活，因与俱归。后婿闻知，诣官争之。王导曰："此非常事，不可以常理断之，宜还前夫。"④

---

①（宋）李石撰，燕永成整理：《续博物志》卷三，上海师范大学古籍整理研究所：《全宋笔记》第四编第四册，郑州：大象出版社，2008 年，第 181 页。

②（宋）李石撰，燕永成整理：《续博物志》卷五，上海师范大学古籍整理研究所：《全宋笔记》第四编第四册，郑州：大象出版社，2008 年，第 189 页。

③（宋）李石撰，燕永成整理：《续博物志》卷五，上海师范大学古籍整理研究所：《全宋笔记》第四编第四册，郑州：大象出版社，2008 年，第 190 页。

④（宋）李石撰，燕永成整理：《续博物志》卷二，上海师范大学古籍整理研究所：《全宋笔记》第四编第四册，郑州：大象出版社，2008 年，第 175 页。

又，《续博物志》卷五云：

蜀蛮邛部川都王蒙备死，气未绝，其妻子以锦数匹相续，系死者，曳之于地，置十数里外高山上，令气绝，乃复以锦被裹而埋之，会其族哭之，名作“鬼亲守”。近州蛮人说其事。①

两则逸闻都讲述夫妻关系。第一则讲一女子因夫婿久久不归而被迫嫁给他人，后因病而死，其夫归来，女子死而复生，两人重归于好。第二则讲女子杀夫，将其尸首裹以锦被而埋，又到她丈夫的家族哭泣，被称作“鬼亲守”。

《续博物志》中还有关于殉葬一事的记载。例如，《续博物志》卷二云：

太和中，有开周世冢，得殉葬女子，数日而有气，数日而能言，郭太后爱养之。又太原人破棺，得一生妇人。视其墓木，可三十岁。②

又，《续博物志》卷八载：

广川王去疾发魏王子且渠冢，甚浅狭，无棺柩，有石床，床下悉是云母。床上两尸，一男一女，皆年二十许，东首裸卧，颜色如生人，鬓发齿牙亦如生人。王畏惧不敢近。③

自殷商起，君王死后就盛行以活人殉葬，以人殉葬是古代丧葬常有的习俗。第一则记述讲太和年间，一殉葬的女子尚有气息，被盗墓者所发现。第二则记述出自《西京杂记》，讲魏王儿子且渠的墓中只有一张石床，床上有一男一女两具尸体，其肤色与常人无异，鬓发、牙齿和手指都看不出和活人有什么区别，令前来盗墓的广川王刘去疾非常恐惧。除了对于这些轶闻的惊叹，其内容也体现了古代人殉现象的冷血与残酷。

除此之外，《续博物志》中还有一些趣闻记载。例如，《续博物志》卷五云：

---

①（宋）李石撰，燕永成整理：《续博物志》卷五，上海师范大学古籍整理研究所：《全宋笔记》第四编第四册，郑州：大象出版社，2008年，第189页。

②（宋）李石撰，燕永成整理：《续博物志》卷二，上海师范大学古籍整理研究所：《全宋笔记》第四编第四册，郑州：大象出版社，2008年，第176页。

③（宋）李石撰，燕永成整理：《续博物志》卷八，上海师范大学古籍整理研究所：《全宋笔记》第四编第四册，郑州：大象出版社，2008年，第207页。

蜥蜴求雨法：以土实巨瓮，作木蜥蜴，小童操青竹、衣青衣以舞，歌曰：“蜥蜴蜥蜴，兴云吐雾。雨若滂沱，放汝归去。”①

《续博物志》卷十载：

贵妃以假鬓为首饰，曰义髻。僖宗内人束发甚急，为囚髻。唐末，妇人梳发，以两鬓抱面，为抛家髻。②

萧史与穆公炼飞雪丹，第一转与弄玉涂之，今之女银腻粉也。三代以降，涂紫草为胭脂，周以红花为之。或曰出于阏氏。③

第一则记述为古人有趣的蜥蜴求雨法。首先，捕几十条成年蜥蜴丢入瓮里。其次，选十岁至十三岁的二十八个童男童女，对应空中的二十八星宿。再次，将其分成两拨，围在祈雨官两侧，中间的祈雨官身着青色衣服，用青色的原料涂在脸和手足上。最后，小童们拿柳枝沾水，洒在装着蜥蜴的瓮中，环绕着瓮来回转圈以求雨。

第二则记述出自《唐五行志》，记载了一种古代女子流行的发髻。抛家髻，亦称“鬅鬓”“凤头”，其梳编法为在头顶挽椎成髻，两鬓缓长，以泽胶贴而抱面，是唐代后期较为流行的一种发式。

第三则记述描写春秋时期萧史和弄玉的故事。相传萧史善吹箫，弄玉为秦穆公的爱女，善吹笙。一天夜里，弄玉用玉笙表达自己对爱情的神往，这时一阵箫声和着公主笙乐响起，声音十分动听。第二天秦穆公找到了萧史，并将弄玉公主嫁给了他，夫妻两人婚后如同神仙眷侣。“龙凤呈祥”这一成语就出自两人的爱情故事。

除了一些精彩的逸闻记述，也有较为平实的史事补充，例如，《续博物志》卷六云：

野王县东南有孔子庙，有碑。魏太和元年，孔灵度以旧宇毁址求修复。野王令范众爱、河内太守元真、刺史高允表闻，立碑于庙。治中刘明、别驾

① （宋）李石撰，燕永成整理：《续博物志》卷五，上海师范大学古籍整理研究所：《全宋笔记》第四编第四册，郑州：大象出版社，2008年，第192页。

② （宋）李石撰，燕永成整理：《续博物志》卷十，上海师范大学古籍整理研究所：《全宋笔记》第四编第四册，郑州：大象出版社，2008年，第220—221页。

③ （宋）李石撰，燕永成整理：《续博物志》卷十，上海师范大学古籍整理研究所：《全宋笔记》第四编第四册，郑州：大象出版社，2008年，第221页。

吕次文、主簿向班虎、荀灵龟以宣尼大圣，非碑颂所称，宜立记焉。仲尼闻杀鸣犊，旋车而反。晋思之，为立庙碑云："孔氏官于洛阳下，追思圣祖，故立庙。"亦犹刘累迁鲁，立尧祠于山矣。①

此条补充野王县孔子庙历史，符合《续博物志》吸纳地理和传承《博物志》地理博物志怪小说的特征。

《续博物志》卷六载：

汉孝和时，南海献龙眼荔枝，十里一置，五里一候。《交州记》曰："龙眼高五六丈，似荔枝而圆小。"谢承书曰："唐羌字伯游，上书谏以龙眼荔枝及生鲜献之，驿马昼夜传送，至有死者。二物升殿，未必延年益寿。帝从之。"②

这则故事有具体的人物、地点，是小说惯用的征实笔法，借此取信读者。与女娲的一条相较，并无多少神秘性，成为值得书写的奇特轶闻。

这些条文的来源或转抄他书，或来自耳目闻见，因为逸乎青册，弥加珍异。可知轶闻本身即具备异于常闻的"非常"性质，故为博物书写所收纳。

九、日用杂说

这类题材计有日用常物的特殊影响，包括医药、星占、胎教等类型。既有古老的巫术来源，也有民间方技衍生出的新方法，因而带有些许日用类书的性质，作为生活的参考手册。

民以食为天，文中对于食物的作用和功效有诸多记载。例如，《续博物志》卷五云：

一升粱米，以纯苦酒一斗渍之，三日出，百蒸百曝，远行，一餐十日不饥，重餐四百九十日不饥。又方，米一斗，赤石脂三斤，水渍之二三日，捣

① （宋）李石撰，燕永成整理：《续博物志》卷六，上海师范大学古籍整理研究所：《全宋笔记》第四编第四册，郑州：大象出版社，2008年，第195页。

② （宋）李石撰，燕永成整理：《续博物志》卷六，上海师范大学古籍整理研究所：《全宋笔记》第四编第四册，郑州：大象出版社，2008年，第197页。

为圆，如李大，可辟谷。[①]

又，《续博物志》卷七载：

新生艾作干菜，妙作馄饨，吞三五枚，以饭压之，良疗一切鬼气。[②]

第一则记述讲解青粱米的功效。青粱米味甘、微寒、无毒，可以益气补中，轻身长年。第二则记述讲艾叶的功效，有温经止血、散寒止痛、外用祛湿止痒等效用。古人多讲味道刺激的物品，可以用来驱鬼，艾叶就是一例。

此外，古人注重养生之道，饮食规矩和禁忌也有很多，《续博物志》中也有不少相关记载。例如，《续博物志》卷二云：

真菊可以延龄，野菊可以泻人。张华云"黄精益寿，钩吻杀人"是矣。[③]

又，《续博物志》卷五载：

南人好饮茶，孙皓以茶与韦昭代酒，谢安诣陆纳，设茶果而已。北人初不识，开元中，泰山灵岩寺有降魔师，教禅者以不寐，人多作茶饮，因以成俗。[④]

楚人陆鸿渐为《茶论》，并煎炙之法，造茶具二十四事，以都统笼贮之。常伯熊者，因广鸿渐之法。伯熊饮茶过度，遂患风气。或云北人未有茶，多黄病，后饮，病多腰疾偏死。[⑤]

又，《续博物志》卷七曰：

正月不食生葱，三月勿食小蒜，四月勿食大蒜，五月勿食薤，六月、七月勿食茱萸，成血痢。八、九月勿食姜，并肝心肺。十月勿食椒，十一月、

① （宋）李石撰，燕永成整理：《续博物志》卷五，上海师范大学古籍整理研究所：《全宋笔记》第四编第四册，郑州：大象出版社，2008 年，第 190 页。

② （宋）李石撰，燕永成整理：《续博物志》卷七，上海师范大学古籍整理研究所：《全宋笔记》第四编第四册，郑州：大象出版社，2008 年，第 204 页。

③ （宋）李石撰，燕永成整理：《续博物志》卷二，上海师范大学古籍整理研究所：《全宋笔记》第四编第四册，郑州：大象出版社，2008 年，第 173 页。

④ （宋）李石撰，燕永成整理：《续博物志》卷五，上海师范大学古籍整理研究所：《全宋笔记》第四编第四册，郑州：大象出版社，2008 年，第 190 页。

⑤ （宋）李石撰，燕永成整理：《续博物志》卷五，上海师范大学古籍整理研究所：《全宋笔记》第四编第四册，郑州：大象出版社，2008 年，第 190 页。

十二月勿食戴甲之物，并脾肾。[①]

再如，《续博物志》卷十说：

《陵阳子明经》云："春食朝霞，日欲出时黄气也。秋食沦阴，日没以后赤黄气也。冬食沆瀣，夜半气也。夏食正阳，南方日中气也。并天黄、地黄为六气。"[②]

第一则记述介绍真菊可轻身延年，具有长寿效益，野菊却非但不能长寿，还会对人体产生副作用。

第二则记述是关于饮茶的理论。南方人喜欢喝茶，北方人并不多喝茶。饮茶需掌握尺度和火候，过度会造成风寒伤病。

第三则记述取材于《食忌》，向人们描述每个月应该在食材中注意的小禁忌，做到就可以过更健康的生活，如卷七"食黄颡鱼后饮荆芥汤，即死"[③]，同样反映食材之间的禁忌。

第四则记述探讨养生之道，介绍了吸食六气之法，六气即朝霞、沦阴、沆瀣、正阳、天玄、地黄之气。所谓吸食六气，就是面向东西南北上下六方，吸食日出、日中、日没、夜半及天地之气，换言之，即是吸食天地日月之精华。

除了饮食以外，书中还有关于受孕、胎教方面的记载。例如，《续博物志》卷二云：

日月食而私者，生儿则多疾。日月晦朔弦望而私者，生儿则愚痴喑哑、钩绞丫戾。逐阵而私者，生儿多凶暴无礼。亦犹木日造曲而酸，水日造酱则生虫，九焦日种谷则不生芽，六合日遣鬼鬼不去，火日安蜂则蜜苦，土日种麻则不生。[④]

又，《续博物志》卷九载：

---

① （宋）李石撰，燕永成整理：《续博物志》卷七，上海师范大学古籍整理研究所：《全宋笔记》第四编第四册，郑州：大象出版社，2008年，第199页。

② （宋）李石撰，燕永成整理：《续博物志》卷十，上海师范大学古籍整理研究所：《全宋笔记》第四编第四册，郑州：大象出版社，2008年，第221—222页。

③ （宋）李石撰，燕永成整理：《续博物志》卷七，上海师范大学古籍整理研究所：《全宋笔记》第四编第四册，郑州：大象出版社，2008年，第200页。

④ （宋）李石撰，燕永成整理：《续博物志》卷二，上海师范大学古籍整理研究所：《全宋笔记》第四编第四册，郑州：大象出版社，2008年，第171—172页。

计然云："人受命于天地变化而生，一月而膏，二月而脉，三月而胚，谓如水泡之状。四月而胎，谓如水中虾蟆胎也。五月而筋，六月而骨，谓血气变为肉，肉为脂，脂为骨也。七月而成形，八月而动，九月而躁，十月而生。"①

第一则记述讲述古人对于受孕的一些禁忌。在古代，受孕是一件非常严肃的事情，所以其间禁忌也有很多。古人交合受孕一般都要选择黄道吉日，他们认为如果在日食或月食之时交媾受孕，必生六指儿、缺嘴婴。现在来看这些没有什么科学依据，更多的是古人一种择吉的心态。第二则记述是胎儿在母亲肚子里的发育过程，与现代医学的观点有一些类似，却也带有一些巫术思维的遗风。

《续博物志》中还记载了我国古代诸多民风民俗。例如，《续博物志》卷二云：

正月上辰，出水边盥濯，食蓬饵以祓邪，汉仪也。②

又，《续博物志》卷五载：

正月望祭门，先以杨枝插门，随杨枝所指，以酒脯、饮食及豆粥插箸祭之。③

山东风俗，遇正月，取五姓女，年十余岁，共卧一榻，覆之以衾，以箕扇之。良久，如梦寐，或欲刺文绣、事笔砚、理管弦，俄顷乃寤，谓之扇天卜以乞巧。④

再如，《续博物志》卷六云：

俗讳五月上屋，言五月人蜕，上屋见影，魂当去。⑤

① （宋）李石撰，燕永成整理：《续博物志》卷九，上海师范大学古籍整理研究所：《全宋笔记》第四编第四册，郑州：大象出版社，2008年，第215页。

② （宋）李石撰，燕永成整理：《续博物志》卷二，上海师范大学古籍整理研究所：《全宋笔记》第四编第四册，郑州：大象出版社，2008年，第173页。

③ （宋）李石撰，燕永成整理：《续博物志》卷五，上海师范大学古籍整理研究所：《全宋笔记》第四编第四册，郑州：大象出版社，2008年，第191页。

④ （宋）李石撰，燕永成整理：《续博物志》卷五，上海师范大学古籍整理研究所：《全宋笔记》第四编第四册，郑州：大象出版社，2008年，第190页。

⑤ （宋）李石撰，燕永成整理：《续博物志》卷六，上海师范大学古籍整理研究所：《全宋笔记》第四编第四册，郑州：大象出版社，2008年，第196页。

清泰小字二十三，盖正月二十三日生也，以是日为千秋节。人臣奏对，但云“两旬三日”。或数物，则云“二十二更过二十四”。不敢斥尊也。①

第一则记述介绍了汉代的祓灾仪式。在端午节时，许多道观会举行驱鬼祈福仪式，其作用是祓除不祥，驱灾辟邪。

第二则记述追溯了正月十五祭蚕神的风俗。据传这种风俗出自隋代，是将祭门之俗同祭蚕神联系起来，古人在正月十五用白米粥加一些肉来祭祀蚕神，祈祷年年养蚕丰收。

第三则记述是关于宋代在山东流行的一种习俗，古人用箕来进行占卜，箕被认为具备一定的法力。

第四则记述提到了古人有五月不能上屋顶的忌讳，如若违背其灵魂会脱离肉体，是一种迷信的说法。

第五则记述重现了我国古代的千秋节。这个节日始自唐玄宗开元十七年（729），唐玄宗把自己的生日八月初五定为“千秋节”，每到这天会举行盛大宴会和乐舞表演，唐玄宗与文武百官以及百姓同乐。

除日常生活以外，《续博物志》中还有一些对于哲理性问题的探讨。例如《续博物志》卷九介绍了古代的九章算术、性命学说等内容：

九章算法，方田一，粟米二，差分三，少广四，均输五，方程六，傍要七，盈足八，钩股九。②

《易》之生物奇偶，三才之数，三三而九。九九八十一，主日，日数十，故人十月而生。八九七十二，偶以承奇，奇主辰，辰主月，月主马，马十二月而生。七九六十三，三主斗，斗主狗，狗三月而生。六九五十四，四主时，时主豕，豕四月而生。五九四十五，五主音，音主猿，猿五月而生。四九三十六，六主律，律主禽兽，故禽鹿六月而生。三九二十七，七主星，星主虎，虎七月而生。二九一十八，八主风，故虫八月而化。③

---

①（宋）李石撰，燕永成整理：《续博物志》卷六，上海师范大学古籍整理研究所：《全宋笔记》第四编第四册，郑州：大象出版社，2008年，第197页。

②（宋）李石撰，燕永成整理：《续博物志》卷九，上海师范大学古籍整理研究所：《全宋笔记》第四编第四册，郑州：大象出版社，2008年，第215页。

③（宋）李石撰，燕永成整理：《续博物志》卷九，上海师范大学古籍整理研究所：《全宋笔记》第四编第四册，郑州：大象出版社，2008年，第215页。

这些与日常生活息息相关的题材，不同于古代之神话仙乡或远国异人传说，是《续博物志》与汉晋地理博物作品的差异之处，甚至影响后起的志怪小说、笔记乃至于类书的题材，值得重视。

上述九类，乃笔者根据今可见之《续博物志》文字加以分析。由于《续博物志》并非像《博物志》那样已有明确分类，笔者只好根据文本知识进行大致分类。如此分类有助于我们分析全书的内容，但并非能化整出完全适用全书的分类，特此说明。经过分类论析，可知《续博物志》的博物书写之大概，其叙述方式脱离《山海经》《博物志》的制式编写，转化为更自由的知识载记，同时对我们了解作者的编纂意图也有较大帮助。

第三章 《续博物志》出现的契机：宋代博物学的发展

在中国古代，“博物”一词最早见于《左传·昭公元年》：“晋侯闻子产之言，曰：‘博物君子也。’重贿之”[①]，泛指一个人的博物洽闻、知识渊博。于翠玲认为：“中国古代‘博物’一词，是与古代‘通识’（广博的知识结构）教育相联系的一种观念，而不是指具体的学科门类。广义的‘博物’观念，泛指一个人‘博物洽闻’，包括学问广博（书面知识）和见多识广（阅历经验）的意思”[②]，笔者赞同此观点。中国古代并未有“博物学”这个专门的概念，但是自先秦时期的《诗》《尔雅》以来一直到清代，中国的博物学著作不断涌现，并且很明显呈现出一种较其他类型的著作更为独特的发展脉络。现代通常语境下的所谓“博物学”一词一般指的是西方传入的博物学，学者们认为对应的英语词组是“Natural History”，也译作“自然史”（或者“自然

① （晋）杜预注，（唐）孔颖达等正义：《春秋左传正义》卷四十一《昭公元年》，上海：上海古籍出版社，1990年，第708页。

② 于翠玲：《从“博物”观念到“博物”学科》，《华中科技大学学报》（社会科学版）2006年第3期，第107页。

志”）①。而本章拟探讨的宋代博物学的发展脉络则是依附于“中国传统博物学”这一整体当中的一个部分，与西方博物学既有联系又有区别，并不能完全等同。刘立佳在撰写《中古博物著作与博物观念研究》时说：“纵观中国古代博物之学……但其包含范围过于宽泛，实际不利于相关问题的探讨，也非一篇文章所能涵盖。”②诚然，在宋代博物学领域也存在着这样的问题。因此，凸显出宋代博物学的特征对于本章的写作来讲兹事体大。中国传统博物学虽然需要从整体着眼③，但研究却需要从中国传统博物学的具体要素入手④。本章所要探讨的宋代博物学限制在“鸟兽草木之名”内，将从经学类博物学著作、谱录类博物学著作和志异志怪笔记著作三个方面梳理宋代博物学的发展脉络，以求通过对宋代博物学具体要素的探讨，为进一步讨论《续博物志》在宋代博物学中的地位和影响作铺垫。

第一节 传统博物学视域下的宋代经学

儒家十三经中，《诗》和《尔雅》中蕴含着大量有关“草木鸟兽”的博物

① 有关英文词组“Nature History ”的翻译问题，吴国盛曾与胡翌霖进行过探讨。胡翌霖着眼于“Nature History”一词的内涵和翻译困境等角度，认为应将其译作“自然史”；吴国盛则认为“Natural History”一词应当翻译为“自然志”。他指出，将“Natural History”对应“博物学”这一译名是有缺陷的，其一是“博物学”中既看不到原文中的Natural，也看不到原文History，没有体现Natural History是与Natural Philosophy 相对的知识类型这个基本含义；其二是“博物学”容易使人联想到中国传统的博物观念，使人误以为中国古代也有类似西方博物学的这门学科，从而抹杀了中西文化的差异。以上参见胡翌霖：《Natural History 应译为“自然史”》，《中国科技术语》2012 年第 6 期，第 19—25 页；吴国盛：《自然史还是博物学？》，《读书》2016 年第 1 期，第 89—95 页。

② 刘立佳：《中古博物著作与博物观念研究》，陕西师范大学 2014 年硕士学位论文，第 3 页。

③ 目前，学界从宏观层面对博物学所进行探讨较为充分，尤以刘华杰、吴国盛、江晓原三位先生的有关研究最具有代表性。参见刘华杰：《博物学论纲》，《广西民族大学学报》（哲学社会科学版）2011 年第 6 期，第 2—11 页；吴国盛：《博物学：传统中国的科学》，《学术月刊》2016 年第 4 期，第 11—19 页；江晓原：《中国文化中的博物学传统》，《广西民族大学学报》（哲学社会科学）2011 年第6期，第22—24 页等。

④ 有关中国传统博物学的构成要素，主要有以下几种观点：刘华杰以《古今图书集成》为例，将中国传统博物学分为三个层面，中间层面包括《博物汇编》中去除“艺术”“神异”的部分，《古今图书集成·方舆汇编》中的坤舆、职方、山川、边裔，《古今图书集成·历象汇编》中的乾象、岁功、历法等；于萃玲认为博物学有广义、狭义之分，普遍皆用狭义，指的是动物学、植物学、矿物学和生理学；孔令伟认为中国传统博物学的构成要素应包括金石、古物学与鸟兽草木之学等几个方面。以上参见刘华杰：《博物人生》，北京：北京大学出版社，2012 年，第 58—59 页；于翠玲：《从“博物”观念到“博物”学科》，《华中科技大学学报》（社会科学版）2006 年第3期，第107—112 页；孔令伟：《博物学与博物馆在中国的源起》，《新美术》2008 年第1期，第64页。

学知识，战国末年毛亨为《诗经》作注解，即《毛诗故训传》，三国时期陆机作《毛诗草木鸟兽虫鱼疏》；而《尔雅》，亦有晋代郭璞作的《尔雅注》等。对《诗》和《尔雅》中所载“鸟兽草木之名”的训诂构成了中国传统博物学的渊薮。到了宋代，受陆玑、郭璞等前代学者的影响，出现了一些解释《诗》与《尔雅》的博物类著作。但与前代有所不同的是，受儒学发展的影响，宋代经学发展呈现出质疑汉唐、以己意解经的特点，四库馆臣言：“《诗》有四家，毛氏独传，唐以前无异论，宋以后则众说争矣。”①从《四库全书》中可以看到，宋代注解《诗》者众多，注解《尔雅》者较少。然总的算来，宋代名物之作较中古时期少，究其原因，石云孙在《尔雅翼》的前言中解释道：“宋代理学盛行，理学家以为格物穷理之学为存心养性之累，因为‘玩物丧志’之说起，于是学者详于心性之谈，略于名物之辨”②，并引郑樵之言以证之：“学者操穷理尽性之说，而以虚无为宗，实学置而不问”③，此外，南宋永嘉学派陈傅良亦言：“古者重小学，《尔雅》所为作也。汉兴，除秦之禁，尝置博士，列于学官。至今汉儒书行于世，如毛氏《诗训》、许氏《说文》、扬氏《方言》之类，盖皆有所本云。隋唐以来，以科目取士，此书不课于举子，由是浸废。韩退之以古文名世，尚以注虫鱼为不切，则知诵习者寡矣。国初，诸儒独追古，依郭氏注为之疏，《尔雅》稍稍出。比于熙、丰，三经行，学者非《字说》不学，自先儒注疏皆罢绌，而《尔雅》益废。”④

故笔者以《埤雅》《毛诗名物解》《尔雅翼》这三部著作为例，择其要点，简要介绍传统博物学视域下宋代经学的发展状况。

一、陆佃《埤雅》

陆佃，字农师，号陶山，北宋越州山阴人，《宋史》有传。少时家贫，好读书，尝“夜无灯，映月光读书”⑤。据《宋史》本传记载，陆佃曾经“蹑屩从师，不远千里。过金陵，受经于王安石。”⑥由此可见，陆佃在学术上曾经

① （清）永瑢等：《四库全书总目》卷十五《经部·诗类一》，北京：中华书局，1965年，第119页。
② （宋）罗原撰，石云孙校点：《尔雅翼》前言，合肥：黄山书社，2013年，第2页。
③ （宋）郑樵：《通志》卷七十五《昆虫草木略第一》，杭州：浙江古籍出版社，1988年，第865页。
④ 曾枣庄主编：《宋代序跋全编》卷一六一《题跋六五》，济南：齐鲁书社，2015年，第4595页。
⑤ （元）脱脱等：《宋史》卷三百四十三《陆佃传》，北京：中华书局，1977年，第10917页。
⑥ （元）脱脱等：《宋史》卷三百四十三《陆佃传》，北京：中华书局，1977年，第10917页。

授业于王安石。陆佃一生刚正不阿，不媚权贵，虽为“安石客”[①]，但有“盖佃以不附安石行新法，故后入元祐党籍。其学问渊源则实出安石”[②]。他花了四十余年的时间写成了《埤雅》一书，对宋代博物学的发展产生了重要的影响。

《埤雅》一书共二十卷，是在陆佃早年所作《物性门类》的基础之上扩充而成的。著作仿《尔雅》体例，共有《释鱼》二卷、《释兽》三卷、《释鸟》四卷、《释虫》二卷、《释马》一卷、《释木》二卷、《释草》四卷、《释天》二卷。《埤雅》专为增补、注释《尔雅》而作，其中“埤”字取发展、充实之意。

二、蔡卞《毛诗名物解》

蔡卞，字元度，北宋兴化仙游人，《宋史》有传。蔡卞出身官宦家庭，父亲蔡准，宋仁宗景祐元年（1034）进士，“徽宗朝，累擢知枢密院，加观文殿学士，拜昭庆军节度使”[③]。蔡卞兄蔡京，字元长，宋徽宗时四任宰相。蔡卞于“熙宁三年与兄京同举进士第”[④]，时年十三岁。蔡卞为王安石女婿，深得王安石器重，至有“荆公尝谓：‘元度为千载人物，卓有宰辅之器，不因某归以女凭借而然’”[⑤]。同时，蔡卞也成为王安石的忠实追随者，所以宋代吴曾评价：“崇宁以来，专意王氏之学，士非三经、字说不用。”[⑥]蔡卞在学术上有一定的建树，“自王安石《新义》及《字说》行，而宋之士风一变。其为名物训诂之学者，仅卞与陆佃二家”[⑦]，其所作《毛诗名物解》是我国历史上第一部直接以“名物”命名的名物训诂著作，有其独到之处，故《四库全书总目》评价其“征引发明，亦有出于孔颖达《正义》，陆玑《草木虫鱼疏》外者”[⑧]。但蔡卞为人奸恶，至于“犯天下之公恶，因其人以及其书，群相排斥”[⑨]，乃至《宋史》将蔡卞与其兄蔡京一起归入“奸臣”之列，这也成为蔡

① （清）永瑢等：《四库全书总目》卷十五《经部·诗类一》，北京：中华书局，1965年，第122页。
② （清）永瑢等：《四库全书总目》卷四十《经部·小学类一》，北京：中华书局，1965年，第342页。
③ （清）厉鹗辑撰：《宋诗纪事》卷二十五《蔡卞》，上海：上海古籍出版社，1983年，第639页。
④ （清）永瑢等：《四库全书总目》卷十五《经部·诗类一》，北京：中华书局，1965年，第122页。
⑤ （宋）周辉撰，刘永翔校注：《清波杂志校注》卷三《七夫人》，北京：中华书局，1994年，第130页。
⑥ （宋）吴曾：《能改斋漫录》卷十二《记事·罢史学》，上海：上海古籍出版社，1960年，第371页。
⑦ （清）永瑢等：《四库全书总目》卷十五《经部·诗类一》，北京：中华书局，1965年，第122页。
⑧ （清）永瑢等：《四库全书总目》卷十五《经部·诗类一》，北京：中华书局，1965年，第122页。
⑨ （清）永瑢等：《四库全书总目》卷十五《经部·诗类一》，北京：中华书局，1965年，第122页。

卞之书历来不为世人所重的原因。由于《毛诗名物解》与陆佃《埤雅》当中有大量内容雷同，故而被历代学者指称为抄袭。但近年来有学者指出，蔡书与陆书同受王安石“荆公新学”影响至深，当中雷同内容当属两人在经筵共事期间的集体创作，虽然其中的主导者极有可能是陆佃，但蔡书系绝非全然抄袭之作。[①]

《毛诗名物解》全书共计二十卷，在分类上模仿《尔雅》的编排体例，分成释天、释百谷、释草、释木、释鸟、释兽、释虫、释鱼、释马、杂释和杂解等十一类。《毛诗名物解》比《尔雅》多了《释百谷》，并把《尔雅》当中的《释畜》简化为《释马》。

三、罗愿《尔雅翼》

罗愿，字端良，号存斋，南宋初年徽州歙县人，其事迹附于《宋史·罗汝楫传》后，罗汝楫即其父。罗愿幼时博古好学，《宋史》载其“法秦、汉为词章，高雅精炼”[②]。七岁能作《青草赋》，人颇推重，尝“以荫补承务郎。乾道二年登进士第，通判赣州。淳熙中知南剑州事，迁知鄂州，卒于官”[③]。罗愿一生著述颇丰，留下了不少传世之作，主要有《新安志》《鄂州小集》等，《尔雅翼》是其在传统博物学方面的代表作。此书成于南宋淳熙元年（1174），罗愿时年39岁，但未立即刊行此书，等到96年后王应麟知徽州时才“以其书未传，知之者少，于是始刊”[④]。该书是继陆佃《埤雅》之后又一部补充、增益《尔雅》的重要著作，诚如作者在自序中所言：“此书之成，为《雅》羽翰。”[⑤]王应麟曾评价此书云：“为《雅》忠臣，翼之以飞。”[⑥]《四库全书总目》亦给予其很高的赞赏，称其“考据精博，而体例严谨，在陆佃《埤雅》之上”[⑦]。

《尔雅翼》在分类体例上仍然沿袭《尔雅》，但以专释“草木鸟兽虫鱼”

① 沈伟：《蔡卞〈毛诗名物解〉抄袭说考论》，虞万里主编：《经学文献研究集刊》第二十四辑，上海：上海书店出版社，2020年，第187页。
② （元）脱脱等：《宋史》卷三百八十《罗汝楫传》，北京：中华书局，1977年，第11724页。
③ （清）永瑢等：《四库全书总目》卷四十《经部·小学类一》，北京：中华书局，1965年，第342页。
④ （宋）罗原撰，石云孙校点：《尔雅翼》前言，合肥：黄山书社，2013年，第1页。
⑤ （宋）罗原撰，石云孙校点：《尔雅翼》自序，合肥：黄山书社，2013年，第5页。
⑥ （宋）罗原撰，石云孙校点：《尔雅翼》王序，合肥：黄山书社，2013年，第16页。
⑦ （清）永瑢等：《四库全书总目》卷四十《经部·小学类一》，北京：中华书局，1965年，第342页。

为主，一共三十二卷，其中包括《释草》八卷、《释木》四卷、《释鸟》五卷、《释兽》六卷、《释虫》四卷、《释鱼》五卷，总共记载各种动植物 400 余种。与前人所作训诂学著作相比，《尔雅翼》在追求多识广博的同时，亦能够最大限度地兼顾所论对象的实用性。

宋人在经学上虽不重视对“鸟兽草木之名”的注疏，但《诗》和《尔雅》“多识于鸟兽草木之名”的精神却在宋代谱录著作和笔记中得到继承和发扬。宋人钱易所作《南部新书》一书虽不是有关经学的著作，但其子钱明逸在序言中说自己刊刻此书的原因是念及先君“博闻强记，研深覃精”，著述广博且不易。他十分认同他父亲“志难知而广多闻”的精神，在序文中特意提到“《尔雅》为六艺钤键，而采谣志、考方语；周《诗》形四方，风雅比兴，多虫鱼草木之类”①以比附，说明宋人将前代经学训诂的精神延展到了其他领域。

第二节 宋代博物学走向精致化与专门化的代表——谱录

宋代是中国历史文化发展的重要时期，陈寅恪先生曾有言“华夏民族之文化，历数千载之演进，造极于赵宋之世”②。从公元960年的“陈桥兵变”开始直至公元1279年南宋灭亡，有宋一代享国320年的历史虽国势不为最盛，但确为文化昌盛之时期。同时，宋代又是中华文明产生巨大变革的时代，在诸多领域都具有开创性的建树。就传统博物学而言，虽然科举制度的不断完善曾对其发展产生过一定程度上的限制，但正是因此塑造了较中古时期更多的文人学士，再加上手工业生产和经济水平的进步、物质文明的发展，还有较元明清时期更为宽松的文化环境，使得谱录类著作数量大量增长，宋代博物学著作展现出精致化和专业化的特点。亦正如温志拔在讨论宋代类书中的博物学世界时写道：“唯独科举应试知识兴盛、强调个体成德的两宋时代，既无奇物异产所激发的知识兴趣，也无西学东渐下的科学探索活动，其博物学研究明显相对较为寂寥。但正因为如此，在一个方术与异域想象渐渐落幕，近代科学尚未涉足，

① （宋）钱易、黄休复撰，尚成、李梦生校点：《南部新书 茅亭客话》，上海：上海古籍出版社，2012年，第7页。

② 陈寅恪：《邓广铭宋史职官志考证序》，《金明馆丛稿二编》，北京：生活·读书·新知三联书店，2001年，第277页。

固有传统创新复苏的特殊时期，应更能展现出博物学在自身文化语境影响下，如何吐故纳新、承袭转化的进程”①。谱录和类书都是凸显宋代博物学走向精致化和专门化的现象之一，但相较于类书，笔者认为谱录更能体现宋代博物学的精致化和专门化。

宋代的谱录类著作到底有多少？据王莹的研究成果，在《四库全书》中，“在总数145部848卷中，先秦至唐，只有6部8卷；宋代谱录书目猛增，达到48部260卷，拓展了谱录学的巨大空间”②。据汪涌豪的调查，“尤袤《遂初堂书目》能专设‘谱录’一门，是与宋代谱录繁兴有关的。该书目所收谱录，出于宋人之手的就占了62种。《四库全书》收55部，宋代也占了37部，且除《宣和博古图录》为官修，其余均属私家著述。当然，实际数量远不止于此，大概有百种之多”③。董岑仕《论宋代谱录著述的历史变迁》一文亦对宋代谱录著作做了简单整理，虽然文中未对宋代谱录著作的数量进行统计分析，但其文后附录的“宋代谱录年代简表”共收录宋代谱录著作158种④。其实很难算清宋代谱录类著作的真实数目，但可以清晰地看到，就目前的研究成果来看，宋代的谱录学著作较前代呈现出一种井喷式的增长现象。并且，这些谱录著作涉及面十分广泛，囊括了农业、手工业、艺术、考古等众多方面的内容。笔者今以《四库全书》和《遂初堂书目》为主，并参考前人研究成果，尽量详尽整理宋代谱录类著作，将各种谱录著作以物分类，分为金石古玩类、文房书画类、花木类、茶酒类、果木类、香锦类、粮食蔬菜类、鱼虫鸟兽类八类，来梳理宋代谱录类博物学著作的发展脉络和演变情况。

一、金石古玩类

关于金石古玩，近代学者马衡先生曾给出这样的定义：“金石者，往占人类之遗文，或一切有意识之作品，赖金石或其他物质以直接流传至于今日者，皆是也。以此种材料作客观的研究以贡献于史学者，谓之金石学。古代人类所

① 温志拔：《宋代类书中的博物学世界》，《社会科学研究》2017年第1期，第181页。

② 王莹：《宋代谱录的勃兴与名物审美的新境界》，《郑州大学学报》（哲学社会科学版）2014年第5期，第113页。

③ 汪涌豪：《谱录中的文明》，《文汇报·文汇学人》2020年11月20日，第7版。

④ 董岑仕：《论宋代谱录著述的历史变迁》，王水照，朱刚主编：《新宋学》第7辑，上海：复旦大学出版社，2018年，第39—66页。

遗留之材料，凡与中国史有关者，谓之中国金石学。”①今查录宋代金石古玩类谱录有《金石录》《啸堂集古录》《宣和博古图》《考古图》《皇祐三馆古器图》《胡俛古器图》《李伯时古器图》《李伯时周鉴图》《晏氏辨古图》《晏氏鼎彝谱》《石鼓文谱》《石鼓文考》《玉玺记》《董彦远钱谱》《李孝美钱谱》《洪氏泉志》《陶岳货泉录》等。以下列举的书籍仅选择存世书籍或史载详细的书籍。

1.《宣和博古图》

由宋徽宗敕命王黼编纂，因而所述器物众多，体例较为完善。全书共 30 卷，著录了当时“宣和殿”内从先秦至唐的青铜器共 20 类 839 件，每类前有总说，每一器物都配有图形，着重记载其大小尺寸、重量、容量、释文及铭文等数据，质量远胜于之前《考古图》等著作。《四库全书总目》认为：“其书考证虽疏，而形模未失；音释虽谬，而字画俱存。读者尚可因其所绘，以识三代鼎彝之制，款识之文，以重为之核订。当时裒集之功，亦不可没。”②

2.《考古图》

宋代现存最早系统著录古器物的专谱当属吕大临所著《考古图》，成书于北宋元祐七年（1092）。《考古图》全书共计 10 卷，另有《释文》1 卷。其所记载器物的数量历来看法不一，由廖莲婷整理点校的《考古图（外五种）》统计《考古图》所载公、私所藏器物一共 234 件，按器型进行分类，有商周铜器 143 件，钟、磬等乐器 9 件，玉器 67 件③，每件器物皆配插图、摹纹，介绍其容积、尺寸、铭文等，体例严谨，有疑则阙，所绘之图，一笔不苟。

3.《李伯时古器图》

此书已亡佚，除《遂初堂书目》有相关记载外，《籀史》则介绍了书的主要内容和成书过程，并有评价。“李伯时考古图五卷。李公麟，字伯时，舒城人也。著《考古图》，每卷每器各为图，叙其释、制作、镂文、款字义训及所

---

① 马衡：《凡将斋金石丛稿》，北京：中华书局，1977 年，第 1 页。

② （清）永瑢等：《四库全书总目》卷一百十五《子部·谱录类》，北京：中华书局，1965年，第983页。

③ （宋）吕大临等著，廖莲婷整理点校：《考古图（外五种）》，上海：上海书店出版社，2016 年，第 1 页。

用，复总为前序后赞，天下传之”[①]，并且叙说了李伯时重视金石文字的思想，“发明圣人奥义微旨于数千百载之后，非寡见谀闻之所识知”，故而“闻一器，捐千金不少靳，既得，则刮磨探考，稽证诗书百氏，审禘若符契乃已”。后又述哲宗皇帝绍圣五年（1098）春得玉玺事，说明李伯时乃哲宗朝人。

4.《啸堂集古录》

宋王俅辑，王俅字子弁，又字夔玉，宋代任城人。成书时间约后于《宣和博古图》。全书共两卷，著录商周至汉唐青铜器、印、古镜等。序文中说王俅“留意于此久矣，自幼至今，每得一器款识，必摹本而投之箧。积三十余年，凡得数箧，则又芟荑剪截，独留善者编次之”[②]。

5.《皇祐三馆古器图》

此书已亡佚。据《籀史》记载，此书是皇祐三年（1051）宋仁宗皇帝下诏，命太乐所修秘阁及太常所藏三代钟鼎器时，又命将器款摹印赐给大臣的一本书。此书中释文由承奉郎知国子监书学杨元明所作，所收古器为夏商周三代青铜器。

6.《胡俛古器图》

此书已亡佚。据《籀史》，是书为皇祐初宋仁宗召宰执观书于太清楼时，看到地方进贡的三代旧器，于是模印款识送给大臣，并让翰林待诏李唐卿、翰林学士王原叔释文，其中王原叔释出最多，但胡俛将所赐古器图成书传世，却未载录王原叔释文。

7.《金石录》

作者赵明诚，字德甫，山东诸城人。全书共三十卷，记载自三代以来至隋唐五代时期的青铜器、碑石中的款识和铭文，并做考订。是书最终成书应在宋高宗建炎至绍兴年间，现有宋刊本存世。

---

① （宋）翟誉年：《籀史》，《景印文渊阁四库全书》第681册，台北：商务印书馆，1986年，第436页。

② （宋）王俅：《啸堂集古录·叙》，《景印文渊阁四库全书》第840册，台北：商务印书馆，1986年，第16页。

二、文房书画类

今查录宋代文房书画类谱录有《文房四谱》《续文房四谱》《砚谱》《墨说》《墨苑》《墨经》《墨记》《端溪砚谱》《砚史》《歙砚说》《辨砚石说》《砚笺》《桐谱》《益州名画录》《宣和画谱》《宣和印谱》《宣和书谱》《续书谱》《歙州砚谱》《墨谱法式》《墨经》《砚史》《文房图赞》等。

1.《文房四谱》

作者苏易简，字太简，梓州铜山人。天资聪颖，《宋史》本传载其少时“聪悟好学，风度奇秀，才思敏赡”①，举太平兴国五年（980）进士，年仅二十三岁。《文房四谱》共五卷，记述历代笔、墨、纸、砚故事并追溯其原委，分《笔谱》二卷，《纸谱》《墨谱》《砚谱》各一卷。在编纂体例上，除《笔谱》多“笔势”一门外，其余各门类皆按照“一之叙事、二之造、三之杂说、四之词赋”划分。

2.《益州名画录》

作者黄休复，据《益州名画录》李畋序中可知，黄休复乃江夏人，字归本。“暨摭百家之说，鬻丹养亲，行达于世，恬如也。加以游心顾陆之艺，深得厥趣，居常以魏晋之奇踪，隋唐之懿迹，盈缣溢帙，类而珍之”，后又说“博雅之士”前来求见，便拂榻相迎，“僧舍道居，靡不往而玩之”，故而所闻所见多矣。②最终汇集成篇，全书共叙自唐代乾元初到宋代乾德年间益州的画家及其画作，共五十八人，分为逸格、神格、妙格上品、妙格中品、妙格下品、能格上品、能格中品、能格下品，又附有画无名、无画有名两篇。

3.《宣和画谱》

是书乃北宋徽宗宣和年间，集中秘所藏魏晋以来名画，“凡二百三十一人，计六千三百九十六轴，析为十门，随其世次而品第之”③。

---

①（元）脱脱等：《宋史》卷二百六十六《苏易简传》，北京：中华书局，1977 年，第 9171 页。
②（宋）黄休复撰，何韫若、林孔翼注：《益州名画录》，成都：四川人民出版社，1982 年，第 1 页。
③ 俞剑华标点注译：《宣和画谱·序》，北京：人民美术出版社，2017 年，第 3 页。

4.《续书谱》

此书是续唐人孙过庭的《书谱》，作者姜夔，字尧章，鄱阳人，南宋人。今此书仍存世，按《四库全书》云："此本为王氏《书苑》补益，所载凡二十则。一曰总论，二曰真书，三曰用笔，四曰草书，五曰用笔，六曰用墨，七曰行书，八曰临摹，九曰书丹，十曰情性，十一曰血脉，十二曰燥润，十三曰劲媚，十四曰方圆，十五曰向背，十六曰位置，十七曰疏密，十八曰风神，十九曰迟速，二十曰笔锋。其燥润、劲媚二则，均有录无书。"①

三、花木类

宋代与花木园艺有关的谱录主要分为综合性谱录和专谱两类，现将收集到的宋代花木类谱录列表 3-1 示下：

表 3-1　宋代花木类谱录

序号	分类	谱录名称	作者	卷数	大致年代	大致内容
1	牡丹	《洛阳牡丹记》，一名《牡丹谱》	欧阳修	1	仁宗	分《花品叙》《花释名》《风俗记》三部分，其中《花品叙》列举 24 种花卉
2		《洛阳花木记》	周师厚	1	神宗	记洛阳牡丹 46 种
3		《洛阳花谱》	张峋	3	哲宗	记洛阳牡丹，附芍药
4		《牡丹记》	沈立	10	神宗	记载牡丹见于传记者，及栽植、接养、剥治之方，古今咏歌、诗赋，下至怪奇小说皆在
5		《范尚书牡丹谱》	范尚书			述牡丹 52 种
6		《越中牡丹花品》	僧仲林	1	太宗	记牡丹之绝丽者 32 种
7		《吴中花品》	李英	1	仁宗	所记皆出洛阳花品之外者
8		《冀王宫花品》		1	仁宗	记花 50 种
9		《陈州牡丹记》	张邦基	1	徽宗	记一次牡丹突变现象
10		《天彭牡丹谱》	陆游	1	孝宗	记成都牡丹，写法与欧阳修同
11		《彭门花圃》	任琦	1		记成都牡丹
12		《花品》	钱惟演		仁宗	记牡丹花名 90 余种
13		《洛阳贵尚录》	邱濬	10	仁宗	以诸花各分等级役属之，又一一详其宜忌，其体略李商隐《杂纂》

① （清）永瑢等：《四库全书总目》卷一百十二《子部·艺术类一》，北京：中华书局，1965 年，第 960 页。

续表

序号	分类	谱录名称	作者	卷数	大致年代	大致内容
14	芍药	《芍药谱》，后世别题《维扬芍药谱》	刘攽	1	神宗	记扬州芍药 31 种
15		《芍药谱》，一作《扬州芍药谱》	王观	1	神宗	依刘谱次序，另增 8 种
16		《芍药谱》	孔武仲	1	北宋中期	记芍药 33 种
17	菊	《菊谱》，一作《刘氏菊谱》	刘蒙	1	徽宗	记菊品 35 种
18		《菊谱》，一作《史老圃菊谱》、《史氏菊谱》	史正志	1	孝宗	记菊品 28 种
19		《菊谱》	文保雍			
20		《菊谱》	马楫		理宗	记菊品上百种
21		《菊谱》	沈荘可		孝宗	
22		《范村菊谱》，一名《石湖菊谱》	范成大	1	孝宗	记自家花园菊品 35 种
23		《图形菊谱》	胡融	2	光宗	
24		《菊名篇》	沈竞		宁宗	记菊花 90 余种
25		《百菊集谱》	史铸	6	理宗	为菊谱集大成之作，记菊 160 余种
26	兰	《金漳兰谱》	赵时庚	3	理宗	
27		《兰谱》，一作《王氏兰谱》	王贵学	1	理宗	分“品第”“灌溉”“分析”“泥沙”“爱养”“兰品”六条
28		《兰易》	鹿亭翁			仿《周易》作，主要讲述兰花栽培之法
29	海棠	《海棠谱》	陈思	3	理宗	有关叙事和诗赋
30		《海棠记》	沈立	1	仁宗	
31	梅	《范村梅谱》，亦名《梅谱》	范成大	1	孝宗	记自己花园中梅 12 种
32		《梅品》，一名《玉照堂梅品》	张镃		南宋中期	
33		《梅花喜神谱》	宋伯仁		理宗	收录梅花形态图一百幅
34	玉蕊	《唐昌玉蕊辨证》	周必大	1	孝宗	记长安城中唐昌观所植玉蕊花
35	竹	《续竹谱》				元人刘美之曾作《续竹谱》，但尤袤《遂初堂书目》收录《续竹谱》一书，绝非元人所作，可能宋人亦作《续竹谱》
36	桐	《桐谱》	陈翥	10	仁宗	共十篇，分别是叙源、类属、种植、所宜、所出、采斫、器用、杂说、记志、诗赋
37	综合类	《吴中花品》	李英		仁宗	
38		《四时栽接花果图》		1		

续表

序号	分类	谱录名称	作者	卷数	大致年代	大致内容
39	综合类	《花木录》	张宗海	7		
40		《洛阳花木记》	周师厚	1	神宗	记各种花的名色以及栽培方法
41		《郊居草木记》		1		
42		《桂海虞衡志》	范成大	1	孝宗	内容包括山、金石、香、酒、器、禽兽、虫鱼、花、果、草、木等
43		《全芳备祖》	陈景沂	58	理宗	集植物学之专类，分果部、卉部、草部、木部、农桑部、蔬部、药部七个部类

资料来源：（清）永瑢等：《四库全书总目》，北京：中华书局，1965 年；曾雄生：《中国农学史》修订本，福州：福建人民出版社，2012 年；邱志诚：《宋代农书考论》，《中国农史》2010 年第 3 期

1.《芍药花谱》

作者刘攽，刘攽于北宋熙宁六年（1073）来到扬州，感叹“天下名花，洛阳牡丹、广陵芍药为相侔埒”[①]，遂作《芍药花谱》并附有插图（图已佚）。全书分芍药为上之上、上之下、中之上、中之下、下之上、下之中、下之下 7 类，记载 31 个品种。

2.《刘氏菊谱》

作者刘蒙，刘蒙在其《谱序》中谈到作此书是源于崇宁甲申（1104）九月的一次“龙门之游”，期间在与友人刘元孙交流之时感叹“牡丹、荔枝、香笋、茶、竹、砚、墨之类有名数者，前人皆谱录”[②]，故以“今菊品之盛，至于三十余种，可以累聚而记之”[③]。该书以菊花品名为序，总共记载 35 个品种，内容包括所涉及品种的性状、颜色、产地、花期等。特别值得一提的是，刘蒙在创作此书时特设《说疑》一篇，敢于向古人观点提出质疑。

① （宋）祝穆：《古今事文类聚》后集卷三十《花卉部·芍药花谱·序》，《景印文渊阁四库全书》第 926 册，台北：商务印书馆，1986 年，第 475 页。

② （宋）刘蒙：《刘氏菊谱·谱序》，《景印文渊阁四库全书》第 845 册，台北：商务印书馆，1986 年，第 18 页。

③ （宋）刘蒙：《刘氏菊谱·谱序》，《景印文渊阁四库全书》第 845 册，台北：商务印书馆，1986 年，第 18 页。

3.《范村梅谱》

又名《梅谱》，作者范成大，此书记载了自家花园中栽种的江梅、早梅、官城梅、消梅、古梅、重叶梅、绿萼、百叶缃梅、红梅、鸳鸯梅、杏梅、蜡梅12种“梅”。内容包含“梅”的性状、姿态等特征，种植区域主要包括四川和江浙一带。此书对后世梅花专谱影响很大，《四库全书总目》言：“（梅花）六朝及唐，递相赋咏，至宋而遂为诗家所最贵。然其裒为谱者，则自成大是编始，其所品评，往往与后来小异。”①

4.《金漳兰谱》

作者赵时庚，全书共三卷五篇，包括《叙兰容质第一》《品兰高下第二》《天下爱养第三》《坚性耐植第四》《灌溉得宜第五》，前半部分记述兰属植物的21个品种及形态特征，后半部分主要是论述栽培技术、繁殖及保护方法。

四、茶酒类

宋代流行饮茶，宋人李觏言：“君子小人靡不嗜也，富贵贫贱靡不用也。”②而酒，苏轼在《望江南·超然台作》词中写道：“寒食后，酒醒却咨嗟。休对故人思故国，且将新火试新茶。诗酒趁年华。”③酒和茶在宋代文化中密不可分，故而将茶酒归为一类。查录宋代茶谱有《荈茗录》《述煮茶小品》《蔡氏茶录》《东溪试茶录》《本朝茶法》《品茶要录》《大观茶论》《北苑别录》《宣和贡茶经》《宣和北苑贡茶录》《张又新煎茶水记》《大观茶论》《斗茶记》等，宋代酒谱有《北山酒经》《续北山酒经》《酒谱》《酒名记》《桂海酒志》《酒尔雅》《新丰酒法》等。

1.《蔡氏茶录》

作者蔡襄，字君谟，仙游枫亭人。是书作于皇祐三年（1051），其在自序中曰：“昔陆羽《茶经》，不第建安之品；丁谓《茶图》，独论采造之本，至

① （清）永瑢等：《四库全书总目》卷一百十五《子部·谱录类》，北京：中华书局，1965年，第991页。

② （宋）李觏著，王国轩点校：《李觏集》卷十六《富国策第十》，北京：中华书局，1981年，第149页。

③ 邹同庆，王宗堂：《苏轼词编年校注》，北京：中华书局，2002年，第164页。

于烹试，曾未有闻。臣辄条数事，简而易明，勒成二篇，名曰《茶录》。”①他曾任福建转运使，对茶事多所了解，故能成此书。是书分上下两篇，上篇论茶，下篇论茶器。

2.《品茶要录》

宋人黄儒撰，《四库全书总目》称其：“儒字道辅……建安人，熙宁六年进士……书中皆论建茶，分为十篇。一采造过时，二白合盗叶，三入杂，四蒸不熟，五过熟，六焦釜，七压叶，八清膏，九伤焙，十辩壑源沙溪。前后各为总论一篇，大旨以茶之采制烹试，各有其法，低昂得失，所辨甚微。园民射利售欺，易以淆混，故特详著其病以示人。与他家《茶录》惟论地产品目及烹试器具者，用意稍别。”②

3.《宣和北苑贡茶录》

此书与《宣和贡茶经》《北苑别录》相同，都是写建州北苑茶的谱录。据夏亨廉、肖克之主编《中古农史辞典》记载，北苑茶为“建州（今福建建瓯）东凤凰山下北苑所产之茶。北苑本南唐内苑名，有北苑使，善制茶，率建州诸民采茶，于凤凰山官焙，制作极精，乃名北苑茶，人竟贵之。宋灭南唐，遣使至北苑造团茶，专作贡品。故宋代茶之佳品以建茶为首，建茶中最佳者为北苑茶，其最珍者为龙凤茶。以此为题著书者甚多：《宣和北苑贡茶录》一卷，宋熊蕃撰，详论从宋初到宣和时代建茶的采摘、焙制及进贡等事，后世有《说郛》本，《五朝小说》等本，据王毓瑚断定此书和《宣和贡茶经》为同一书。”③又言，《北苑茶录》作者赵汝砺是熊蕃的门生，曾做过建州新运使，认为熊蕃之书不全，所以增补之，书中详细记述了茶的加工过程。

4.《北山酒经》与《续北山酒经》

宋人朱翼中撰，续书《续北山酒经》乃宋人李保撰。朱翼中，名肱，字翼中。关于朱肱朝代，《四库全书总目》曰：“保自叙云，大隐先生朱翼中，著书酿酒，侨居湖上。朝廷大兴医学，起为博士。坐书东坡诗，贬达州。则大隐

---

① （宋）蔡襄等著，唐晓云整理校点：《茶录（外十种）》，上海：上海书店出版社，2015年，第11页。
② （清）永瑢等：《四库全书总目》卷一百十五《子部·谱录类》，北京：中华书局，1965年，第989页。
③ 夏亨廉，肖克之主编：《中国农史辞典》，北京：中国商业出版社，1994年，第94页。

固翼中之自号也。”[①]《北山酒经》共三卷，“是编首卷为总论，二、三卷载制曲造酒之法颇详”[②]。《北山酒经》则载其甚详，并言朱翼中乃元祐三年（1088）进士。[③]《北山酒经》与《续北山酒经》一并载入《说郛》中。

5.《酒谱》

宋人窦苹撰，《四库全书总目》载：“苹字子野，汶上人。”四库馆臣据晁公武《郡斋读书志》载有窦苹《新唐书音训》四卷，在吴缜、孙甫之前，而考其为仁宗时人。[④]全书分为酒之源一、酒之名二、酒之事三、酒之功四、温克五、乱德六、诫失七、神异八、异域九、性味十、饮器十一、酒令十二、酒之文十三、酒之诗十四共计十四篇，内容包括酒的起源、酒的名称、酒的故事文章、饮酒的礼仪、酒器等，最后一篇酒之诗十四则有目无文。

五、果木类

关于中国古代果树栽培专著，根据王毓瑚《中国农学书录》的统计一共有19种，其中绝大多数为明清时期，宋代的只有5部[⑤]，且多数已经佚失，流传至今的只有蔡襄的《荔枝谱》和韩彦直的《永嘉橘录》。

1.《荔枝谱》

蔡襄是福建人，他因为“是生荔枝，中国未始见之也……闽中惟四郡有之，福州最多，而兴化军最为奇特。泉、漳时亦知名，列品虽高，而寂寥无纪。将尤异之物，昔所未有乎？盖亦有之，而未始遇乎人也”[⑥]，遂作此谱，旨在向人们介绍有关福建荔枝的常识。全书一卷共七篇[⑦]，其一原本始，作者在对荔枝起源追溯之余阐释了写作该书的目的；其二标尤异，描述了宋代兴化

① （清）永瑢等：《四库全书总目》卷一百十五《子部·谱录类》，北京：中华书局，1965年，第990页。

② （清）永瑢等：《四库全书总目》卷一百十五《子部·谱录类》，北京：中华书局，1965年，第990页。

③ （宋）朱肱等著，任仁仁整理校点：《北山酒经（外十种）》，上海：上海书店出版社，2016年，第12页。

④ （清）永瑢等：《四库全书总目》卷一百十五《子部·谱录类》，北京：中华书局，1965年，第990页。

⑤ 王毓瑚：《中国农学书录》，北京：中华书局，2006年，第312页。

⑥ （宋）蔡襄：《荔枝谱》，《景印文渊阁四库全书》第845册，台北：商务印书馆，1986年，第155页。

⑦ 《四库全书总目》将其划分为“其一原本始，其二标尤异，其三志贾鬻，其四明服食，其五慎护养，其六时法制，其七别种类”。参见（清）永瑢等：《四库全书总目》卷一百十五《子部·谱录类》，北京：中华书局，1965年，第992页。

军“陈紫”品种荔枝的种植情况和色、香、味道等特点；其三志贾鬻，记载了福建种植荔枝的盛况和荔枝转运、销售地点等情况；其四明服食，讲述荔枝的药用价值及保健功效；其五慎护养，阐述荔枝“畏寒”的生长特点，说明其栽培护理方法；其六时法制，介绍了荔枝的储存方法，有“红盐”“白晒”“蜜煎”等；其七别种类，将荔枝的品种分为 32 种，即“陈紫已下十二品，有等次；虎皮已下二十品，无等次”①。

2. 《永嘉橘录》(一作《橘录》)

此书是一部叙述温州地区柑橘生产的专谱，为韩彦直在温州任职期间所作。他在《自序》中指出：“橘之美当不减荔子（枝），荔子（枝）今有谱，得与牡丹、芍药花谱并行，而独未有谱橘者。……予因为之谱，且妄欲自附于欧阳公、蔡公之后”②，于是作此书。《橘录》全书共三卷，篇幅不长。其中，卷上介绍了八种“柑”和一种橙子；卷中介绍了十五种“橘”和朱栾、香栾、香圆三种同橘相近的品种；卷下记载柑橘有关的栽培技术，包括“种治”“始栽”“培植”“去病”“浇灌”“采摘”“收藏”“制治”“入药”九个方面，论述尤详。《橘录》在世界柑橘栽培史上享有重要地位，李约瑟在评价其影响时指出：“直到 1500 年，即 3 个多世纪以后才出现了可以与韩彦直的著作相匹敌的著作。”③

六、香锦类

古代使用香的历史很悠久，宋代的博物君子、文人雅士对于香的使用及热爱程度较前代更甚。今查录宋代香谱类谱录有《沈氏香谱》《洪氏香谱》《天香传》《萱堂香谱》《陈氏香谱》《名香谱》《南蕃香录》等，并且作《沈氏香谱》的沈立还作有《锦谱》一书。

1. 《洪氏香谱》

洪刍，字驹父，南昌人，哲宗绍圣元年（1094）进士。《洪氏香谱》共二

① （宋）蔡襄：《荔枝谱》第七，《景印文渊阁四库全书》第 845 册，台北：商务印书馆，1986 年，第 157 页。

② （宋）韩彦直撰，彭世奖校注：《橘录校注》橘录序，北京：中国农业出版社，2010 年，第 2 页。

③ （英）李约瑟：《中国科学技术史》第六卷第一分册，北京、上海：科学出版社、上海古籍出版社，2006 年，第 320 页。

卷，分“香之品”“香之异”“香之事”“香之法”四门。此书广收各种资料，内容充实，“集古今香法，有郑康成汉宫香，《南史》小宗香，《真诰》婴香，戚夫人迫驾香，唐员半千香，所记甚该博”①。卷上载“香之品”一门，记香品四十三种；又载“香之异”一门，记香品三十八种。卷下载“香之事”一门，记载与香有关之事物四十三种；又载“香之法”一门，专述各类制香之法，共二十二种，征引广博。

2.《陈氏香谱》

作者陈敬，字子中，河南人。《四库全书总目》言其书“凡集沈立、洪刍以下十一家之香谱，汇为一书。征引既繁，不免以博为长，稍逾限制。若香名、香品、历代凝和制造之方，载之宜也。至于经传中字句偶涉而实非龙涎迷迭之比，如卷首引《左传》黍稷馨香，寥寥数则，以为溯源经传，殊属无谓”②。

七、粮食蔬菜类

宋代士人不仅对金石考古、文房雅器、花木园艺之类感兴趣，而且对农桑之事颇为关注。今将宋人所著粮食蔬菜之类谱录合为一类进行讨论，查得宋代粮食蔬菜类谱录有《禾谱》《糖霜谱》《玉食批》《本心斋蔬食谱》《笋谱》《菌谱》等。

1.《禾谱》

此书作者是北宋时期的曾安止，曾安止曾为北宋熙宁年间进士，做过彭泽县令，《禾谱》是其致仕时期的作品③。它的出现是宋代士人鄙农思想转变的结果，正如作者在《序》中所言：“近时士大夫之好事者，尝集牡丹、荔枝与茶之品，为经及谱，以夸于市肆。予以为农者，政之所先，而稻之品亦不一，惜其未能有集之者”④，表达出“农者，政之所先”的重农思想和对士大夫为

① （宋）晁公武撰，孙猛校证：《郡斋读书志校证》，上海：上海古籍出版社，1990年，第670页。

② （清）永瑢等：《四库全书总目》卷一百十五《子部·谱录类》，北京：上海古籍出版社，1965年，第987页。

③ （宋）贾似道等著，廖莲婷等整理校点：《促织经（外十三种）》，上海：上海书店出版社，2017年，第84—86页。

④ （宋）贾似道等著，廖莲婷等整理校点：《促织经（外十三种）》，上海：上海书店出版社，2017年，第164页。

“浮华”作经谱的不满情绪。《禾谱》原载七十余品种，现存五十余种，部分内容还涉及水稻的变异现象，不仅从时间上填补了中国历史上水稻品种资源记载上的一长段空白，而且从地域上把江西与江浙闽皖等几个水稻产区连成一个整体①，这既是其对于历史学的重要意义，也是其文献价值之所在。后曾安止的曾孙曾之谨续作《农器图谱》，补充了《禾谱》。

2.《菌谱》

陈仁玉是台州仙居人，因其家乡盛产菌菇，故作《菌谱》以向世人介绍家乡特产。此书成于南宋淳祐年间，全书共十一篇，详细介绍了台州所产的十一种菌类，包括每种菌类的生长环境、采摘时间、性状、色味等情况。②

3.《笋谱》

这部书仿陆羽《茶经》体例，分为五个部分：一之名、二之出、三之食、四之事、五之杂说，总共记载了九十八种“笋”，涉及范围较广。《笋谱》作为一部传统博物学著作，不仅总结了各种竹笋的植物学特征，还旁及竹笋在其他领域当中的作用，特别是在药用价值方面，这在“三之食”中多有体现。例如，“竹笋，味甘无毒，主消渴，利水道，益气，可久食”③；“若丹石热渴，煮淡竹根汁以疗之。笋汁亦可除丹砂毒。哕呕、逆气、鬼气，可取笋中酒服之，谓糟中笋节中水也，最止小儿呕吐”④，等等。此外，作者还指出了“凡食笋之要，譬若治药，修炼得门则益人，反是则损”⑤；“凡物过度而食，益少而损多，岂止笋耶？”⑥，即食笋对身体造成损害的原因或为食用过度，或为加工方法不当。随后，“杀笋之毒，吴蜀姜，麻油”⑦等内容指明了食

① 曹树基：《〈禾谱〉及其作者研究》，《中国农史》1984年第3期，第91页。

② （清）永瑢等：《四库全书总目》卷一百十五《子部·谱录类》，北京：中华书局，1965年，第993页。

③ （宋）释赞宁：《笋谱》三之食，《景印文渊阁四库全书》第845册，台北：商务印书馆，1986年，第195页。

④ （宋）释赞宁：《笋谱》三之食，《景印文渊阁四库全书》第845册，台北：商务印书馆，1986年，第196页。

⑤ （宋）释赞宁：《笋谱》三之食，《景印文渊阁四库全书》第845册，台北：商务印书馆，1986年，第196页。

⑥ （宋）释赞宁：《笋谱》三之食，《景印文渊阁四库全书》第845册，台北：商务印书馆，1986年，第196页。

⑦ （宋）释赞宁：《笋谱》三之食，《景印文渊阁四库全书》第845册，台北：商务印书馆，1986年，第196页。

笋的正确加工方法。

4. 《糖霜谱》

作者王灼，字晦叔，四川遂宁人。《四库全书总目》仅著录撰人姓名、字号和籍贯，未著录作者生卒年和所处时代，2018 年上海书店出版社出版的《糖霜谱（外九种）》言：“据考证可能生于北宋神宗元丰四年（1081），卒于南宋绍兴三十年（1160）前后，享年约八十岁。”[①]全书共七篇，主要内容为糖霜的制作起源，以及制作使用的器物和方法、食用方法、运输，还有种蔗的方法等。此外，洪迈也著有《糖霜谱》一篇，写糖霜的起源、产地、种蔗技术、制作方法、进贡等事。此篇收入《说郛》和《容斋随笔》中，《糖霜谱（外九种）》言其“乃归纳增删王灼之作而成”[②]，并整理收录在王灼《糖霜谱》之后。

八、鱼虫鸟兽类

“多识于草木鸟兽”本是古人对博物君子的要求，宋人谱录中，亦有许多关于鱼虫鸟兽类的谱录，有《禽经》《相鹤经（王安石）》《蟹谱》《蟹略》。

1. 《禽经》

《禽经》一书，旧题师旷撰、晋张华注，但四库馆臣以汉、隋、唐、宋诸志及《崇文总目》中皆不著录此书，以及书中引注多为张华后代之书，故而认为此书是宋人伪为师旷所作，又因其“观雕以周之诸语，全类《字说》，疑即传王氏学者所伪作”[③]。

2. 《蟹谱》和《蟹略》

《蟹谱》是我国第一部与蟹有关的专谱，作者为北宋时期的傅肱。傅肱，字子翼（一作自翼），自署“怪山”。此书前有“嘉祐四年（1059）”自序，宋人陈振孙《直斋书录解题》所载之序与之相同，亦署“嘉祐四年冬”。《四库全书总目》载：“下篇贪花一条，又引神宗时大臣赵姓者出镇近辅事，而讳

① （宋）洪迈等著，田渊整理校点：《糖霜谱（外九种）》，上海：上海书店出版社，2018 年，第 1 页。
② （宋）洪迈等著，田渊整理校点：《糖霜谱（外九种）》，上海：上海书店出版社，2018 年，第 9 页。
③ （清）永瑢等：《四库全书总目》卷一百十五《子部 · 谱录类》，北京：中华书局，1965 年，第 994 页。

其名，考《宋史》惟神宗熙宁初枢密使参知政事赵概尝出知徐州，似即其事，则嘉祐当为元祐之讹”[①]，研精致思，四库馆臣所述似为真实。《蟹谱》全书共二卷，分上、下两篇。前有自序，大致介绍了写作本书的原因及目的即“蟹为之物，虽非登俎之贵，然见于经，引于传，著于子史，志于隐逸，歌咏于诗人，杂出于小说，皆有意谓焉。故因益以今之所见闻，次而谱之”[②]。自序之后的总论介绍了蟹的各种品类、形状等特征，正文分上、下两篇。其中，上篇多是对以往典籍的征引，一共 42 个子目。例如，“蛸蠌”条载：“《尔雅·解鱼篇》云：‘蛸蠌，小者蟧。’蟧，螺属，见《埤仓》。或曰：即蛸也，似蟹而小。”[③]又如“介虫之孽”条载：“《月令章句》曰：‘介者，甲也，谓龟蟹之属。’”[④]下篇所载“孝报”“殊类”“贪化”等条目把人事的吉凶祸福与道德品行联系起来。此外，本书除介绍捕蟹和食蟹方法的同时还征引本草书目，说明了蟹的药用价值。如卷上“食证”条征引孟诜《食疗本草》云：“蟹虽消食，治胃气，理经络，然腹中有毒”[⑤]；“药证”条征引《海药本草》言：“石蟹……主消青盲眼浮翳，又主眼涩。皆细研水飞，入药相佐，用以点目。”[⑥]之后，南宋时期的高似孙又在《蟹谱》的基础上进行增补，创作出《蟹略》一书。

从以上对八类谱录类著作的梳理中，我们可以明显看出宋代博物学的发展越来越科学化和理性化，并且实用价值很大，具有很强的现实性和实用性。这是宋代士人在“多识”的博物观念影响下对宋代文化和宋代社会生产力发展的总结。

---

① （清）永瑢等：《四库全书总目》卷一百十五《子部·谱录类》，北京：中华书局，1965年，第994页。

② （宋）傅肱：《蟹谱》卷上，《景印文渊阁四库全书》第 847 册，台北：商务印书馆，1986 年，第691 页。

③ （宋）傅肱：《蟹谱》卷上，《景印文渊阁四库全书》第 847 册，台北：商务印书馆，1986 年，第692 页。

④ （宋）傅肱：《蟹谱》卷上，《景印文渊阁四库全书》第 847 册，台北：商务印书馆，1986 年，第694 页。

⑤ （宋）傅肱：《蟹谱》卷上，《景印文渊阁四库全书》第 847 册，台北：商务印书馆，1986 年，第694 页。

⑥ （宋）傅肱：《蟹谱》卷上，《景印文渊阁四库全书》第 847 册，台北：商务印书馆，1986 年，第697 页。

第三节 中古博物学的续章——志怪志异笔记在宋代的发展

自先秦时期博物君子“多识于鸟兽草木之名”以来，至中古时期，博物学十分繁荣。在中古博物学著作中，志怪志异著作占了很大一部分比重，“祯祥变怪之物”是中古博物学关注的重点。据刘立佳的论文《中古博物著作与博物观念研究》的研究可知，这一关注重点至唐五代以后逐渐附庸化和边缘化，宋人陆希声在《北户录序》中对前代博物观念中“资谈笑”与“求诞妄”的两种倾向提出了批评，“人们对博物的基本认识更趋于清晰和固定”①。但是宋代出现的一些志怪志异笔记对志怪志异博物知识的记述在笔风和内容上难以掩盖其对中古博物学这一关注点的效仿和继承。比如《续博物志》对张华《博物志》的续写，虽然在内容的择取类别上加以延展，并且体现出更科学化和理性化的倾向，但《续博物志》中仍存留很多志怪志异材料。其实，这一行为并非李石凭空产生，在上文中列举的彰显科学化和理性化倾向的宋代著作产生的同时，宋代仍有很多志怪志异的笔记产生，宋人章炳文甚至在其著作《搜神秘览·序》中称世间有神仙变怪存焉是自然之理，圣人亦不能“率异端而敦本末”：

> 人有贵贱、有贫富，颖然而秀者，混然而朴者，飘然而浮者，窒塞而愚者，为士、为农、为工、为商、为神、为圣，则天地、人物皆不可得而齐矣，此自然之理也。及乎神降于莘，石言于晋。耳目之间，莫不有变怪。有不可以智知明察，出入乎机微，不神而神，自然而然。或书之竹帛，传之丹青，非虚诞也。君子虽曰：有本凡所以徇末者，殊途同归而已，又何异哉？孔子不语怪、力、乱、神，非不识不知也，特以无补于教化耳。后之学者从而辟之，苟能率异端而敦本末，必不为圣人之所取矣。②

而恰恰是这种环境对李石的行为产生了影响。笔者将对宋代志怪志异笔记

① 刘立佳：《中古博物著作与博物观念研究》，陕西师范大学 2014 年硕士学位论文。

② （宋）章炳文撰，储玲玲整理：《搜神秘览》，上海师范大学古籍整理研究所：《全宋笔记》第三编第三册，郑州：大象出版社，2008 年，第 108 页。

进行梳理，并讨论宋代志怪志异博物学观念对中古博物学志怪志异观念的继承和改变。

查阅现存宋代笔记著作，凡涉及志怪志异者繁多，不仅有全书专论志怪志异的，还有书中专立一章讨论志怪志异的，很多书籍论事时都会或多或少言及“祯祥变怪”的物、事、人。

宋代笔记中全书专论志怪志异的有《稽神录》《江淮异人录》《陶朱新录》《睽车志》《夷坚支志》《投辖录》等。

1.《稽神录》

本书六卷，有篇名无卷名。作者徐铉，《宋史》有传。徐铉，字鼎臣，扬州广陵人。曾仕吴和南唐，后随南唐国主李煜降宋。《宋史》记载：“太平兴国初，李昉独直翰林，铉直学士院”，于“淳化二年，庐州女僧道安诬铉奸私事，道安坐不实抵罪，铉亦贬静难行军司马”①，后冻死在邠州。则徐铉乃北宋太祖、太宗时人也。《宋史》又评价徐铉曰：“铉性简淡寡欲，质直无矫饰，不喜释氏而好神怪，有以此献者，所求必如其请。”②而《稽神录》一书亦多载神怪之人、事、物，例如卷一“郑就”条记载郑就梦遇廉颇事，“寿春屠者郑就，家至贫。尝梦一人，自称廉颇，谓就曰：‘可于里东掘地，取吾宝剑，当令汝富。然不得改旧业。’就如其言，果获之。逾年遂富。后泄其事，于是失剑。”③卷二“犬吠石”条记：“婺源县有大黄石，自山坠于溪侧，莹彻可爱，群犬见而竞吠之。数日，村人不堪其喧，乃相与推致水中。犬又俯水而吠愈急。取而碎之，犬乃不吠。”④

2.《江淮异人录》

本书不分卷，有篇名。作者吴淑，《宋史》有传。《宋史·吴淑传》言：“吴淑字正仪，润州丹阳人。父文正，事吴，至太子中允。好学，多自缮写书。淑幼俊爽，属文敏速。韩熙载、潘佑以文章著名江左，一见淑，深加器

---

①（元）脱脱等：《宋史》卷四百四十一《徐铉传》，北京：中华书局，1977年，第13045页。

②（元）脱脱等：《宋史》卷四百四十一《徐铉传》，北京：中华书局，1977年，第13046页。

③（宋）徐铉、郭彖撰，傅成、李梦生校点：《稽神录 睽车志》，上海：上海古籍出版社，2012年，第11页。

④（宋）徐铉、郭彖撰，傅成、李梦生校点：《稽神录 睽车志》，上海：上海古籍出版社，2012年，第15页。

重。自是每有滞义，难于措词者，必命淑赋述。以校书郎直内史。”①南唐被灭后，吴淑在宋仕任亦主要为修书修史之职，曾参与修撰《太平御览》《太平广记》《文苑英华》，还曾预修太宗实录。吴淑此书则主要以记载唐代至南唐时期的异人为主，另外，值得注意的是，吴淑是徐铉的女婿，因此四库馆臣认为徐铉著《稽神录》是吴淑著此书的诱因之一。更重要的是，吴淑自幼好学并擅长书写，博闻积累，为著此书奠定了基础。

3.《陶朱新录》

本书一卷，无篇名。作者马纯，《宋史》无传。《四库全书总目》考其曰：“纯字子约，自号朴樕翁，单州武城人。绍兴中为江西漕使，隆兴初以太中大夫致仕。居越之陶朱乡，搜辑见闻，著是书，因名曰《陶朱新录》。”②则马纯即为南宋初年人。其书以志异人异事为主，例如“处州都监厅白直兵士，得牛肝一片，破之，觉有物坠刃下，视之，舍利满中，一一圆明如小石子，亦异矣”③；“大观间，有龙起于钱塘龙山石桥下，天宇澄霁，万目共睹。方起时，以后足挈一巨石俱升，至半空跳玩一食久，忽委石径去。巡检者亦出观，适至庭下，会石坠，遂震死之”④。

4.《睽车志》

本书六卷，无卷名无篇名。作者郭彖，《宋史》无传。《四库全书总目》言其“字伯象，和州人。由进士历官知兴国军”，并言其书“皆纪鬼怪神异之事，为当时耳目所见闻者。其名《睽车志》，盖取易睽卦，上六，载鬼一车之语也”⑤。今观传本即满篇神鬼之言。但是郭彖的生卒年《四库全书总目》却未提及，仅言其书所载多“建炎、绍兴、乾道、淳熙间事”。上海古籍出版社出版点校本《睽车志》在校点说明中考证其为南宋高宗、孝宗时人：“从本书

① （元）脱脱等：《宋史》卷四百四十一《吴淑传》，北京：中华书局，1977年，第13040页。

② （清）永瑢等：《四库全书总目》卷一百四十二《子部·小说家类三》，北京：中华书局，1965年，第1212页。

③ （宋）马纯撰，程郁整理：《陶朱新录》，上海师范大学古籍整理研究所：《全宋笔记》第五编第十册，郑州：大象出版社，2012年，第157页。

④ （宋）马纯撰，程郁整理：《陶朱新录》，上海师范大学古籍整理研究所：《全宋笔记》第五编第十册，郑州：大象出版社，2012年，第159页。

⑤ （清）永瑢等：《四库全书总目》卷一百四十二《子部·小说家类三》，北京：中华书局，1965年，第1213页。

卷六‘绍兴丁卯秋’条及《宋会要辑稿·选举》，知其绍兴十七年（1147）官浙江某县主簿，被漕檄考试括苍；淳熙间由监左藏南库任贡举点检试卷官，盖南宋高宗、孝宗时人。”[①]与书中所记载的内容时代并不相抵牾，故郭象应是南宋高宗、孝宗朝人。

5.《夷坚支志》

本书一百卷，无卷名有篇名。作者洪迈，字景卢，即《容斋随笔》的作者，《宋史》有其传，附于其父洪皓传后。《宋史》记载他：“幼读书日数千言，一过目辄不忘，博极载籍，虽稗官虞初，释老傍行，靡不涉猎。”[②]并且，他历仕南宋高宗、孝宗、光宗皇帝，见闻广博。其所著《容斋随笔》极为精博，但《夷坚支志》与《容斋随笔》不同，其中内容多志怪志异之说。四库馆臣考其书名由来出自《列子》，即“考《列子》谓大禹行而见之，伯益知而名之，夷坚闻而志之，正谓珍禽异兽，如《山海经》之类。迈杂录仙鬼诸事，而名取于斯”[③]。

6.《投辖录》

本书不分卷，有篇名。作者王明清，《宋史》无传。除此书外，王明清还著有《挥麈录》《玉照新志》等书，其生卒年不可考，《投辖录》的序中落款为“绍兴己卯十月旦日叙”[④]，说明王明清是南宋初年人，是书也约著成于此时。《投辖录》主要以记载异人异闻为主，其中有《毛女》一篇，言：“蔡元长自长安易镇四川，道出华山，旧闻毛女之异，一见向晚，从者见岳庙烧纸钱炉中有物甚异，以告元长，亟往视之，乃一妇人也。遍身皆毛，色如绀碧而发如漆，目光射人，顾元长曰：‘万不为有余，一不为不足。’言讫而去，其疾如飞。既至成都，命追写其像以祀之。元长亲语先太史如此，并橅其像见

① （宋）徐铉、郭彖撰，傅成、李梦生校点：《稽神录 睽车志》，上海：上海古籍出版社，2012 年，第 91 页。

② （元）脱脱等：《宋史》卷三百七十三《洪迈传》，北京：中华书局，1977 年，第 11570 页。

③ （清）永瑢等：《四库全书总目》卷一百四十二《子部·小说家类三》，上海：上海古籍出版社，1965 年，第 1213 页。

④ （宋）王明清撰，朱菊如、汪新森校点：《投辖录 玉照新志》，上海：上海古籍出版社，2012 年，第 7 页。

遗”[①]，而《续博物志》中亦有关于“毛女”的记载，即“陈希夷先生，一睡或半岁，或三数月，近亦不下月余，留藏真息，饮纳玉液。‘吾睡，真睡也。’曾与毛女游”[②]；“毛女在华山，山客、猎师世世见之，体生毛，自言秦始皇宫人。陈抟在华山，或谤以与毛女往来”[③]。

还有一些笔记记载博闻庞杂，将志怪志异作为其中的一章。

（1）宋人陶穀《清异录》。作者为五代末至北宋初人，此书分卷上和卷下两部分，按照记载内容分为三十七门，包括天文门、地理门、君道门、官志门、人事门、女行门、君子门、幺么门、释族门、仙宗门、草木门、竹木门、百花门、百果门、蔬菜门、药品门、禽名门、兽名门、百虫门、鱼门、肢体门、作用门、居室门、衣服门、装饰门、陈设门、器具门、文用门、武器门、酒浆门、茗荈门、馔羞门、薰燎门、丧葬门、鬼门、神门、妖门。

（2）宋人沈括《梦溪笔谈》。本书约成书于宋神宗时期，共二十六卷，无卷名，一类或分为数卷。还有《补笔谈》三卷，《续笔谈》十一篇。《梦溪笔谈》的二十六卷分为故事、辩证、乐律、象数、人事、官政、权智、艺文、书画、技艺、器用、神奇、异事、异疾、谬误、谲诈、讥谑、杂志、药议。其中亦专分“异事”一类。

（3）宋人吴曾《能改斋漫录》。本书约成书于宋高宗绍兴二十四至二十七年（1154—1157），共分为十八卷，以分类名为卷名，一类或一卷或数卷，有篇名。分为十三类，分别为事始、辨误、事实、沿袭、地理、议论、记诗、记事、记文、类对、方物、乐府、神仙鬼怪。

（4）宋人王得臣《麈史》。本书约成书于徽宗时期，共三卷，无卷名无篇名，将内容分为四十四门，分别是睿谟、国政、朝制、官制、国用、任人、礼仪、音乐、台议、忠说、惠政、利疚、贤德、志气、度量、知人、不遇、治家、场屋、神授、体分、学术、经义、诗话、论文、碑碣、书画、辨误、明义、姓氏、古器、风俗、奇异、盛事、戒杀、鉴戒、真伪、谗谤、占验、语

①（宋）王明清撰，朱菊如、汪新森校点：《投辖录 玉照新志》，上海：上海古籍出版社，2012 年，第 20 页。

②（宋）李石撰，燕永成整理：《续博物志》卷二，上海师范大学古籍整理研究所：《全宋笔记》第四编第四册，郑州：大象出版社，2008 年，第 175 页。

③（宋）李石撰，燕永成整理：《续博物志》卷七，上海师范大学古籍整理研究所：《全宋笔记》第四编第四册，郑州：大象出版社，2008 年，第 203 页。

谶、博弈、谐谑、杂志、乖谬。其中“奇异”“占验”“语谶”“谐谑”“乖谬”等门皆有志异志怪的记述。

（5）宋人叶廷珪《海录碎事》。本书约成书于南宋高宗时期，共二十二卷，有卷名，亦有篇名，内容分为十六部，以部名为卷名，分别为天部、地部、衣冠服用部、饮食器用部、圣贤人事部、帝王部、臣职部、鬼神道释部、百工医技部、商贾货财部、音乐部、农田部、文学部、武部、政事礼仪部、鸟兽草木部等，专列“鬼神道释部”。

以上书籍皆为志怪志异专立一门类，还有很多笔记述闻时间杂志怪志异事迹。宋代笔记繁多，且大都像《续博物志》一样分卷并不列卷名和篇名，每篇体裁短小，内容博杂，体现出明显的对“祯祥变怪之物”的兴趣。今从中撷取一二，罗列于下，以资明证。

（1）《洛阳搢绅旧闻记》（张齐贤撰，约成书于北宋真宗时期），无卷名，有篇名。卷一云：

> 苏揆，濮州人也。业进士，太宗皇帝御前第二等及第，由廷尉平知吉州泰和县。揆父殁十数年矣。有吉州衙将，押纲上京回，行次黄梅县，宿于逆旅中。昏晚后，忽有一老人，皂衣裹短脚幞头，策一驴，引一僮，年可十六七，来逆旅中，逡巡，于房中出揖吉州衙将。与之坐，因语及泰和看亲识。吉州将询之曰：“某吉州人，系职州衙，自京回，今往本州。与老父作伴同去，可乎？”且言：“泰和之亲识，何人也？”老父曰：“某姓苏，有男名揆，叨忝登第，在泰和知县，暂去相看伊彼，他更无别亲识。”……时向相任吉州通判，余为转运使，备详其事而书之，岂语怪之嫌乎？①

（2）《茅亭客话》（黄休复撰，约成书于北宋仁宗时期），无卷名，有篇名。卷五云：

> 伪蜀将季，延秋门内严真观前蚕市，有村夫鬻一白虾蟆。其质甚大，两目如丹，聚视者皆云肉芝也。有医工王姓，失其名，以一缗市之归。所止虑其走匿，因以一大臼合于地，至暝，石臼透明如烛笼。王骇愕，遂斋沐选日，负锸挈蟾辞家往青城山，杳绝音耗。洎明年，圣朝伐蜀，

① （宋）张齐贤撰，俞钢整理：《洛阳搢绅旧闻记》卷一《泰和苏揆父鬼灵》，朱易安，傅璇琮等主编：《全宋笔记》第一编第二册，郑州：大象出版社，2003年，第156—158页。

竟不知王之存亡也。①

（3）《杨公笔录》（杨彦龄撰，约成书于北宋神宗时期），不分卷，亦无篇名。

金陵有三大丑石甚古。吴仲庶作守日，夜梦三举子来，哀求救护，且曰："若不垂佑，明日当为煨烬矣。"公甚异之。诘旦徧问僚属，莫能原其意。已而，视词牒，首见兵马司状，申乞就烧三丑石为灰，供修造之用。公遂悟，敕寺僧爱护。元祐中，毛渐作漕，欲移置廨舍中，掘之极深而石根不断，竟不能动，遂罢。②

（4）《文昌杂录》（庞元英撰，约成书于北宋神宗至徽宗间），无卷名，无篇名。卷一云：

膳部鲁郎中言：昔知万州，南山甚秀，去城三十里，远望如妇人簪花之状，州中谓之真女石。登山视之，即一石觜上有紫荆一枝。州中女子，至七八十不嫁者，夫死义不再行，盖有真女之风焉。③

（5）《曲洧旧闻》（朱弁撰，约成书于北宋徽宗时期），无卷名，无篇名。卷三云：

中岳顶上松干如插笔，其间数株，上巨下细，枝柯似枯槎，皮或剥落，有半荣者。僧指云："此是岳神为珪禅师夜移，天将晓，其鬼兵惧，遽倒植之而去。"其言虽难信，而其树亦可怪也。④

（6）《墨庄漫录》（张邦基撰，约成书于南北宋之交），无卷名无篇名。卷一云：

姑苏士人家有玉蟾蜍一枚，皤腹中空，每焚香置炉边，烟尽归腹中，久

---

① （宋）黄休复：《茅亭客话》卷五，（宋）钱易、黄休复撰，尚成、李梦生校点：《南部新书 茅亭客话》，上海：上海古籍出版社，2012 年，第 121 页。

② （宋）杨彦龄撰，黄纯艳整理：《杨公笔录》，朱易安，傅璇琮等主编：《全宋笔记》第一编第十册，郑州：大象出版社，2003 年，第 150 页。

③ （宋）庞元英撰，金圆整理：《文昌杂录》卷一，朱易安，傅璇琮等主编：《全宋笔记》第二编第四册，郑州：大象出版社，2006 年，第 120 页。

④ （宋）朱弁撰，孔凡礼点校：《曲洧旧闻》卷三，北京：中华书局，2002 年，第 126 页。

之冉冉复自蟾口喷出。亦异物也。①

（7）《邵氏闻见录》（邵伯闻撰，约成书于南宋高宗时期），无卷名无篇名，卷二云：

仁宗朝，程文简公判大名府时，府兵有肉生于背，蜿蜒若龙伏者，文简收禁之，以其事闻。仁宗语宰辅曰："此何罪也？"令释之。后府兵以病死，呜呼!肉龙生于兵之背，妖也；帝释之，德足以胜妖矣。兵辄死，宜哉！②

（8）《默记》（王铚撰，约成书于南宋高宗时期）不分卷，无卷名无篇名。

晏元献守长安。有村中富民异财，云素事一玉髑髅，因大富。今弟兄异居，欲分为数段。元献取而观之，自额骨左右皆玉也，瑰异非常者可比。公见之，喟然叹曰："此岂得于华州蒲城县唐明皇泰陵乎?"民言其祖实于彼得之也。元献因为僚属言："唐小说：唐玄宗为上皇，迁西内，李辅国令刺客夜携铁锤击其脑。玄宗卧未起，中其脑，皆作磬声。上皇惊谓刺者曰：'我固知命尽于汝手，然叶法善曾劝我服玉，今我脑骨皆成玉；且法善劝我服金丹，今有丹在首：固自难死。汝可破脑取丹，我乃可死矣。'刺客如其言取丹，乃死。孙光宪《续通录》云：玄宗将死，云：'上帝命我作孔升真人。'爆然有声。视之，崩矣。亦微意也。然则，此乃真玄宗之髑髅骨也。"因潜命瘗于泰陵云。肃宗之罪著矣。或云，肃宗如武乙之死，可验其非虚也。③

（9）《寓简》（沈作喆撰，约成书于南宋孝宗时期），无卷名无篇名。卷三云：

齐、梁间，山阴隐者孔祐至行通神，尝于四明山谷中见积钱数百斛，视之如瓦石。樵人竞取，入手即成沙砾。观此事可以知命分之所当得者，不求而自至；其所不当得，一毫不可取也。不贪夜识金银气者，祐之谓耶？人言

① （宋）张邦基：《墨庄漫录》卷一，（宋）王栐、张邦基撰，孔一、丁如明校点：《燕翼诒谋录 墨庄漫录》，上海：上海古籍出版社，2012年，第72页。

② （宋）邵伯温、邵博撰，王根林校点：《邵氏闻见录 邵氏闻见后录》，上海：上海古籍出版社，2012年，第14页。

③ （宋）岳珂、王铚撰，黄益元、孔一校点：《桯史 默记》，上海：上海古籍出版社，2012年，第133页。

造物者好戏人，非也，盖以警世也。[①]

（10）《梁溪漫志》（费衮撰，约成书于南宋光宗时期），无卷名有篇名。卷六云：

绍兴末，江西一僧，忘其名，住饶州荐福寺。寺傍旧多隙地，寖为人侵渔，僧自度力不能制，乃谓其徒曰："寺有主者，所以主张是寺也。坐视地为他人有而不能直，焉用主者为？吾甚愧之，今当去矣。"即升座鸣鼓集众，高吟曰："江南江北水云乡，千顷芦花未著霜。好景不将零碎卖，一时分付谢三郎。"遂闭目不语。众愕眙，视之已逝矣。[②]

（11）《挥麈录》（王明清撰，最终成书于南宋宁宗时期），无卷名无篇名。《挥麈余话》卷二云：

政和建艮岳，异花奇石，来自东南，不可名状。忽灵璧县贡一巨石，高二十余丈，周围称是。舟载至京师，毁水门楼以入，千夫舁之不动。或启于上云："此神物也，宜表异之。"祐陵亲洒宸翰云："庆云万态奇峰。"仍以金带一条挂其上，石即遂可移。省夫之半，顷刻至苑中。[③]

（12）《野客丛书》（王楙撰，约成书南宋宁宗时期），无卷名有篇名。卷三十云：

南北朝多事蛊毒，有所谓猫鬼者。观《隋·独孤陁传》，其家每夜以子时祀猫鬼，言子者鬼也。其猫鬼每杀者，所死之家财物潜移于畜猫鬼家。故当时下诏禁之甚力，谓畜猫鬼之家投四裔。仆始不晓猫鬼为何物，因观巢氏《病源》，知猫鬼乃老狸野物之精，变而为鬼蜮，而依附于人，人畜之以毒害人。其病心腹刺痛，食人腑脏，吐血而死。乃知猫鬼如此。[④]

（13）《癸辛杂识》（周密撰，约成书于南宋末元初），无卷名有篇名。别集上云：

---

① （宋）沈作喆撰，俞钢、萧光伟整理：《寓简》卷三，上海师范大学古籍整理研究所：《全宋笔记》第四编第五册，郑州：大象出版社，2008 年，第 31 页。

② （宋）惠洪、费衮撰，李保民、金圆校点：《冷斋夜话 梁溪漫志》，上海：上海古籍出版社，2012 年，第 120 页。

③ （宋）王明清撰，王松清点校：《挥麈录》，上海：上海古籍出版社，2012 年，第 199 页。

④ （宋）王楙撰，郑明、王义耀校点：《野客丛书》，上海：上海古籍出版社，1991 年，第 434 页。

丙申十一月十七日冬至，是夜三鼓，有大声如发火炮，震动可畏，鸡犬皆鸣。次日，金一山自山中来，云："山中之声尤可畏，野雉皆鸣。"或云天狗坠故也。①

宋代笔记小说繁多，涉及志怪志异者不胜枚举。说明入宋以来，尽管宋人开始更加理性地看待"祯祥变怪之物"，但是对它的记述和兴趣依然不减。从上述所列举的著作文本中，也可以看到，很多笔记和《续博物志》一样，记载内容繁杂，多不列卷名和篇名，记述范围广博，杂抄各处汇集成书，并且和《续博物志》的文本体例相同，皆是由多篇篇幅短小的篇目汇集而成。这种环境应对李石产生了影响，其实李石的著书方式和思想与他们并无二致。这些宋代士人们著书的原因一般有两种，即出于喜爱或者闲居乡里。徐铉和吴淑著书可能出自对志怪志异的喜爱，周密也认为戏谑杂谈之文贤于信史，同样的，李石著书则是出于想要对张华《博物志》进行续补，也可能是出于对《博物志》的喜爱。同时，李石著书时正闲居乡里，这为李石著书提供了时间。正如马纯作《陶朱新录》，是因为"隆兴初以太中大夫致仕。居越之陶朱乡，搜辑见闻，著是书，因名曰《陶朱新录》"②。总之，在宋代，士人们的著述对中古博物学中的志怪志异精神进行了继承，而李石及其《续博物志》正是其中之一。

第四节　宋代博物学发展的特点和环境

通过上文对谱录著作以及志怪志异笔记的搜集整理，可以明显看到宋代博物学发展的特点：

（1）出现大部分由官方主导的谱录著作，使得博物学向专门化发展，甚至志怪志异也被划归为专门一门。

（2）随着宋代学术的进一步下移，博物学也从庙堂延展到乡村，士人们致仕归乡或闲居家中便将所见所闻裒辑成书。

---

①（宋）周密撰，王根林校点：《癸辛杂识》别集上《天狗坠》，上海：上海古籍出版社，2012 年，第 127 页。

②（清）永瑢等：《四库全书总目》卷一百四十二《子部·小说家类三》，北京：中华书局，1965 年，第 1212 页。

（3）士大夫的兴趣十分广泛，从经学训示到园林农事，无所不包，导致宋代博物学的著作类型和收集内容较前代更为广泛。从《续博物志》内容对张华书内容更加广泛来看，李石也是受这种时代发展的影响。

（4）宋代士人对“祯祥变怪之物”的兴趣并未改变，从这一点来说，宋人的志怪志异著述可谓是中古博物学的续章。

此外，从上文对宋代经学、谱录以及笔记的探讨中也可以看出，宋代文人有着极强的博物意识和博物精神。宋代文人的博物意识强烈在宋代出现的数量繁多的谱录著作这一现象中就能发其端绪，并且从他们笔下传达出来的思想更能直接体现出其博物意识之强烈。而宋代文人的博物精神则发端自传统的儒家经学，宋代文人存在的博物意识和博物精神为宋代博物学的发展营造出一种适宜的环境。

一、“一物不识，君子所耻”——宋代文人的博物意识

《诸蕃志》的作者宋人赵汝适在自己的书前自序中写道：“山海有经，博物有志。一物不识，君子所耻。”[①]赵汝适的这句话直接道出了宋代文人的博物意识，不仅仅是赵汝适，我们从很多宋代文人笔下都能发现他们的博物意识。

《近事会元》的作者李上交曰：“儒家者流，诚资博洽；天下之事，故有本原。”[②]陆宰叙述自己的父亲陆佃作《埤雅》一书时说：“先公作此书，自初迨终，仅四十年，不独博极群书，而农父牧夫，百工技艺，下至舆台皂隶，莫不诹询，苟有所闻，必加试验，然后记录，则其深微渊懿，宜穷天下之理矣。后有博雅君子览之，当自知其美焉。”[③]王得臣在《麈史·序》中称：“予年甫成童，亲命从学于京师，凡十阅寒暑，始窃一第；已而宦牒奔走，辙环南北，而逮历三纪，故自师友之余论，宾僚之燕谈与耳目之所及，苟有所得，辄皆记之。晚逾耳顺，自大农致为臣而归。阖扉养疴，日益无事，发取所记，积稿猥多，于是重加刊定，得二百八十四事。其间自朝廷至州里，有可训、可法、可

---

① （宋）赵汝适撰，钟翀整理：《诸蕃志》，上海师范大学古籍整理研究所：《全宋笔记》第七编第一册，郑州：大象出版社，2015 年，第 175 页。

② （宋）李上交撰，虞云国、吴爱芬整理：《近事会元》，朱易安，傅璇琮等主编：《全宋笔记》第一编第四册，郑州：大象出版社，2003 年，第 138 页。

③ （宋）陆佃著，王敏红校点：《埤雅》，杭州：浙江大学出版社，2008 年，陆宰序。

鉴、可诫者无不载。……虽小道必有可观者焉”[①]。王得臣十分重视对各种事、物闻见的收集，在为官时和与师友交谈之时有所得便记录下来。而《癸辛杂识》的作者周密则不满于洪景卢《夷坚志》收录过多关于鬼的故事，他在序言中说：“坡翁喜客谈，其不能者，强之说鬼。或辞‘无有’，则曰：‘姑妄言之。’闻者绝倒。洪景卢志《夷坚》，贪多务得，不免妄诞，此皆好奇之过也。”他认为自己的书无所不有，优于《夷坚志》，“余卧病荒闲，来者率野人畸士，放言善谑，醉谈笑语，靡所不有。可喜可噩，以警以惧，或献一时之笑，或起千古之悲，其见给者固不少，然求一二于千百，当亦有之”。并且，他认为自己的著作贤于信史，认为“信史以来，去取不谬、好恶不私者几人，而舛伪欺世者总总也。虽然，一时之闻见，本于无心；千载之予夺，狃于私意”，而他的书“暇日萃之成编，其或独夜遐想，旧朋不来，展卷对之，何异平生之友相与抵掌剧谈哉”，又在序中感叹：“是非真诞之辨，岂惟是哉？”[②]另外，叶梦得也在《避暑录话》自序中说：“间质疑请益，时为酬酢，亦或泛语古今杂事，耳目所接，论说平生出处，及道老交亲戚之言，以为欢笑，皆后生所未知。三子云：‘幸有闻，不敢不识，以备遗忘。’”[③]

从上述宋代文人的言论中可以发现，他们都很注重对平生事物闻见的收集整理，对所闻所见十分重视，认为有识有闻是一种幸事，甚至以不识为耻。还有很多谱录、笔记著作记载博杂，虽然从现存的文本中不能直接看到他们著作的意图，但书中内容无不显示其博物意识之强烈。

二、经学鼓舞下的宋代博物精神

中国古代博物学的渊薮《诗》和《尔雅》中的博物精神在宋代得到极大的发扬。宋代经学的发展虽不重视草木虫鱼之类，但宋代士子们却很受经学中这种博物精神的鼓舞，除了上文提到的钱易之子整理《南部新书》时用《诗》和《尔雅》比附自己父亲的著书行为外，邵伯闻在《邵氏闻见录·序》中说：“《易》曰：‘君子多识前言往行，以畜其德。’《孟子》曰：‘则闻而知之，

① （宋）王得臣撰，黄纯艳整理：《麈史》，朱易安，傅璇琮等主编：《全宋笔记》第一编第十册，郑州：大象出版社，2003年，第5页。

② （宋）周密撰，王根林校点：《癸辛杂识》癸辛杂识序，上海：上海古籍出版社，2012年，第1页。

③ （宋）叶梦得撰，徐时仪整理：《避暑录话》，朱易安，傅璇琮等主编：《全宋笔记》第二编第十册，郑州：大象出版社，2006年，第223页。

则见而知之。’伯温蚤以先君子之故，亲接前辈，与夫侍家庭，居乡党，游宦学，得前言往行为多。以畜其德则不敢当，而老景侵寻，偶负后死者之责，类之为书，曰《闻见录》，尚庶几焉。”[①] 从邵氏的序言中可以看到，他搜集“前言往行”的行为是受到《易》中“君子多识前言往行”和《孟子》中“闻见而知之”精神的鼓舞。而《续博物志》后附录的黄公泰跋也说：“司马子长叙孔子所以圣者，而记其辨商羊、专车之骨等事，或者谓此特子产之俦，不宜以此累夫子。迂则陋矣，而或者未之察也。夫道固绝学，然岂必漫不省识一物而颓然以独造耶！《诗》识鸟兽草木之名，《易》知鬼神之情状，于道与有力焉。”[②]李石的学生黄公泰认为记述“鸟兽草木之名”与“鬼神之情状”是有利于求道的，他用从《诗》和《易》中发源出来的精神来解释李石的著述行为，并说：“子在川上所见者水，而所取者道也。具此见以观此书，则几矣。”可见将经学中发源出来的这种博物精神延展到笔记笔录中的这种行为，是被很多宋代士子认可的。

因此，李石为《博物志》作续书的思想绝非偶然产生，而是在宋代博物学发展的环境中自然萌生的。

① （宋）邵伯温、邵博撰，王根林校点：《邵氏闻见录 邵氏闻见后录》，上海：上海古籍出版社，2012年，第7页。

② （宋）李石撰，（清）陈逢衡疏证，唐子恒点校：《续博物志疏证》，南京：凤凰出版社，2017年，第253页。

第四章　《续博物志》对中国传统博物学的继承与发展

《续博物志·序》称其创作以张华《博物志》为蓝本，针对“张华述地理，自以禹所未志，且天官所遗多矣，经所不载，以天包地象纬之学，亦华所甚惜也”①。可见，《续博物志》乃有意识的补充型作品。《博物志》作为中国传统博物学的奠基之作，成功塑造了传统博物学的基本面貌，并随着历史的发展使这一传统不断得到完善。《续博物志》作为《博物志》的续书，继承了“‘博物志’体”的特点，与连江叶氏刻本的《博物志》体例相类似，但全书不像《博物志》其他版本那样已经对其内容进行了分类。②同样，《续博物志》亦不像《博物志》那样更偏向于《山海经》那般的殊方异物书写，也不同于《禹贡》之流的古地理书。《续博物志》虽然在书写中还有一些关于山川地理、异国远民和异物的描写，但并不是像《山海经》《博物志》那样选择以山川地理的走向作为书写骨干，以广纳万物之轶闻。可以说，《续博物志》希望纳入的事物，已经溢出《山海经》与《博物志》所示范的地理框架，故《续博物志》不再亦步亦趋地效仿，而是放任空间概念的外延。对远国异人的想象，便继承《山海经》《神异经》等古书的说法，尊重经典；至于近世闻见所及

① （宋）李石撰，燕永成整理：《续博物志·序》，上海师范大学古籍整理研究所：《全宋笔记》第四编第四册，郑州：大象出版社，2008 年，第 161 页。

② 参见李剑国：《唐前志怪小说史》，天津：南开大学出版社，1984 年。

者，便采用今人著作。这种灵活的书写策略，配合以补述的方便之门，使得《续博物志》既能够承袭经典之作留下来的宝贵遗产，又能避免其“影响的焦虑”。与前人相比，《续博物志》已经发展出了新题材，其内容已经从严格的地理框架下抽离出来，从较多的关于山川地理、异国远民的描写转向了更为世俗化的事物，如胎教、方术、人物、名物等方面的描写。《续博物志》在宋代博物学当中的历史地位是十分重要的，其中既有对于其所处时代博物思想等方面的传承，同时《续博物志》对于“‘博物志’体”的承袭与发展又处在同类博物著作内容分类结构模式的“拐点”之上，在一定程度上影响了后世传统博物学的发展。

第一节 《续博物志》对中国传统博物学的继承

一、物质观

英国科学史学家李约瑟（Joseph Needham）曾说：“中国人的科学或原始科学的思想包含着宇宙间的两种基本原理或力量，即阴和阳（这是人类自身两性经验中阴性和阳性的反映），以及构成一切过程和一切物质的五‘行’。”①诚如李约瑟所言：“阴阳在自然界中是处于更深的一个层次，并且是古代中国人能够构想的最终理想。”②亦有学者认为：“‘五四’以前的中国固有文化，是以阴阳五行作为骨架的。阴阳消长，五行生克的思想，弥漫于意识的各个领域，深嵌到生活的一切方面。如果不明白阴阳五行图式，几乎就无法理解中国的文化体系。”③阴阳五行理论放之传统博物学当中的确十分重要，《续博物志》同样将这套理论贯穿于整部著作的各个方面，用以解释自然现象以及各要素之间的相互关系。例如，《续博物志》卷一当中征引《庄子·外物》篇曰：

木与木相摩则燃，金与火相守则流。阴阳错行，则天地大乱，于是乎有

① （英）李约瑟：《中国科学技术史》第二卷，北京、上海：科学出版社、上海古籍出版社，1990 年，第 302—303 页。

② （英）李约瑟：《中国科学技术史》第二卷，北京、上海：科学出版社、上海古籍出版社，1990 年，第 254 页。

③ 庞朴：《阴阳五行探源》，《中国社会科学》1984 年第 3 期，第 75 页。

雷有霆。水中有火，乃焚大槐。[①]

这是认为“木生火”则“木与木相摩则燃”；“火胜金”则“金与火相守则流”。古人认为产生暴雨雷霆的原因是阴阳失调扰乱天地间的秩序所致。《续博物志疏证》援引《释文》当中司马彪所言：“水中有火，谓电也。焚，谓霹雳时烧大树也。”[②]即用“水”和“火”的概念来指代“雷霆”，用“水中有火”来解释雷雨天“老槐生火”的原因。

在中国古代传统科技思想当中，“气”被看作是构成天地万物的基本材料，它通常是物质的概念。“气”是与“阴阳五行”相配套的哲学范畴，前者表示物质基础，后者用来阐述事物之间的相互作用及其发展演变过程。宋代学者在学术思想上的贡献之一是建立了一套“太极—阴阳—五行—万物”的宇宙生成演化模式[③]，即“太极”是宇宙的本源，由“太极”产生出“阴阳”两仪，再由“阴阳”推衍至“五行”，最后生成万事万物。正如胡瑗所说：“夫有天地然后有阴阳，有阴阳然后有五行，有五行然后有万物。是则五行者，天地之子，万物之母也”[④]，而这一切过程当中的物质载体就是“气”。在《续博物志》当中亦有对于综上所述古代朴素唯物主义思想的传承，例如，《续博物志》卷一所述：

阳之专气为雹，阴之专气为霰。[⑤]

此条系作者征引《大戴礼记·曾子天园》云：“阳气胜则散为雨露，阴气胜则凝为霜雪。阳之专气为雹，阴之专气为霰，霰雹者，一气之化也。”[⑥]雹即冰雹，《说文解字》云：“霰，稷雪也。从雨，散声”[⑦]，即人们俗称的

---

① （宋）李石撰，燕永成整理：《续博物志》卷一，上海师范大学古籍整理研究所：《全宋笔记》第四编第四册，郑州：大象出版社，2008 年，第 168 页。

② （宋）李石撰，（清）陈逢衡疏证，唐子恒点校：《续博物志疏证》，南京：凤凰出版社，2017 年，第 43 页。

③ 胡化凯：《中国古代科学思想二十讲》，合肥：中国科学技术大学出版社，2013 年，第 69 页。

④ （宋）胡瑗：《洪范口义》卷上，《景印文渊阁四库全书》第 54 册，台北：商务印书馆，1986 年，第 454 页。

⑤ （宋）李石撰，燕永成整理：《续博物志》卷一，上海师范大学古籍整理研究所：《全宋笔记》第四编第四册，郑州：大象出版社，2008 年，第 168 页。

⑥ （清）王聘珍撰，王文锦点校：《大戴礼记解诂》卷五《曾子天园》，北京：中华书局，1983 年，第 99 页。

⑦ （汉）许慎撰、（宋）徐铉等校：《说文解字》，上海：上海古籍出版社，2007 年，第 577 页。

“小冰珠”。“雹”与“霰”同出于阴阳“两仪”，为一“气”化生而成，“阳气在雨，温暖如汤，阴气薄之，不相入，转而为雹。阴气在雨，凝滞为雪，阳气薄之，不相入，散而为霰”[①]，遂有“雹”与“霰”之别。再如，《续博物志》卷七当中征引王充《论衡》中的篇章云：

王充曰：“雷公有神，雷声有器，安得谓之神？正月阳动，故始雷。五月阳盛，故雷迅。秋冬阳衰，故雷潜。太阳用事，阴气乘之，阴阳分争，则相激射为毒，中人则死，中木则折。人以震死，试以斗水沃冶铸之火，火气激烈，则为雷声。”或曰：“雷火之及，金石焦镕，而漆器不坏，何也？道家以雷烧石投井中，石焦水寒，激声大鸣。”[②]

此条同样运用朴素唯物主义的观点来解释自然现象。正月阳气开始发散，故“雷”在这时产生。随着阳气的发展达到峰值然后衰落，“雷”亦随之发生变化。另外，“雷电”现象对于人类社会造成的破坏，亦是由于“阴阳纷争”所导致的“相激射为毒”而产生的后果。

二、天人观

在人类文明发展演变的过程中，人与自然的关系是一个不可回避的话题。在中华文明当中，“天”一般指的是“自然之天”，“天人关系”亦是历代学者绕不开的重点，在他们的作品当中总能流露出一些“天人观”方面的观点。诚如钱穆先生所言：“中国文化过去最伟大的贡献，在于对‘天’‘人’关系的研究……‘天人合一’论是中国文化对人类最大的贡献”[③]，与西方“天人相分”的主流观念所不同的是，古代中国长期占据主导地位的是“天人合一”的观念。古代中国各个时期的思想家们从不同方面提出了自己对“天人合一”观念的不同理解，宋代亦有很多，如张载认为：“天地之塞吾其体，天地之帅吾其性”[④]，即以天地之体、性为人之体、性；朱熹也说：“‘天人本只一理。若

① （清）王聘珍撰，王文锦点校：《大戴礼记解诂》卷五《曾子天园》，北京：中华书局，1983 年，第 99 页。

② （宋）李石撰，燕永成整理：《续博物志》卷七，上海师范大学古籍整理研究所：《全宋笔记》第四编第四册，郑州：大象出版社，2008 年，第 200 页。

③ 钱穆：《中国文化对人类未来可有的贡献》，《中国文化》1991 年第 1 期，第 93 页。

④ （元）脱脱等：《宋史》卷四百二十七《张载传》，北京：中华书局，1977 年，第 12724 页。

理会得此意，则天何尝大，人何尝小也。’……天即人，人即天。”①

首先，《续博物志》一书对于宋代天人观念的承袭体现在其知识结构上。整部著作的知识分类体系以天人合一为背景，从全书来看，其分类模式可以简单地归结为：地—人—事—物。其次，体现在内容之上。例如，《续博物志》卷五载：

> 蜥蜴求雨法：以土实巨瓮，作木蜥蜴，小童操青竹、衣青衣以舞，歌曰：“蜥蜴蜥蜴，与云吐雾。雨若滂沱，放汝归去。”②

“求雨”是我国古代常见的一种文化现象。在古代农耕社会中，人们靠天吃饭，衣食温饱和雨雪丰歉息息相关。囿于古代生产力相对落后的缘故，人们在改造自然的过程当中暂时还没有能力对自然产生足够的影响，并使其满足自己的物质需求，这时人们便会在一定程度上把希望寄托于一种超自然的力量。于是人们根据自己对大自然和神灵的认识，创造出各种各样的祈雨方法，希望在特定的行为之下可以感化自然，达到祈雨的目的。再如，《续博物志》卷十所记：

> 犀出越睒，以陷阱取之，每杀，天震雷暴雨。③

同样是和“雨”有关，但表达出的意象却是不同的。此条反映出人类活动会对自然现象产生影响，通过“雨”这种具体特征表达出来。

另外，《续博物志》卷十当中征引《陵阳子明经》曰：“春食朝霞，日欲出时黄气也。秋食沦阴，日没以后赤黄气也。冬食沆瀣，夜半气也。夏食正阳，南方日中气也。并天黄、地黄为六气。”④此条中所述“食六气”的观点系根据季节的不同，以“食气”的方式来调节体内平衡，达到保健的目的，体现出人与自然之间的和谐。

---

① （宋）黄士毅编，徐时仪、杨艳汇校：《朱子语类汇校》卷十七《大学或问上》，上海：上海古籍出版社，2014年，第411页。

② （宋）李石撰，燕永成整理：《续博物志》卷五，上海师范大学古籍整理研究所：《全宋笔记》第四编第四册，郑州：大象出版社，2008年，第192页。

③ （宋）李石撰，燕永成整理：《续博物志》卷十，上海师范大学古籍整理研究所：《全宋笔记》第四编第四册，郑州：大象出版社，2008年，第218页。

④ （宋）李石撰，燕永成整理：《续博物志》卷十，上海师范大学古籍整理研究所：《全宋笔记》第四编第四册，郑州：大象出版社，2008年，第221—222页。

三、生化观

“化”是中国古代科学认识活动中的一个重要概念，古人用其描述宇宙万物的演变过程，说明一些生物变化现象，也用其描述金属及矿物的转变过程。[①]如《续博物志》卷九当中描述了胎儿发育的过程，“人受命于天地变化而生，一月而膏，二月而脉，三月而胚，谓如水泡之状。四月而胎，谓如水中虾蟆胎也。五月而筋，六月而骨，谓血气变为肉，肉为脂，脂为骨也。七月而成形，八月而动，九月而躁，十月而生”[②]。正如张载所说的“变，言其著；化，言其渐”[③]，“化”是“进行时”而非“完成时”，这体现了天地万物之间的有机联系，代表了我国古代自然观的基本特点。

在我国古代的自然生化观中，“化”亦表示化生、产生之意。古人常用“化生说”来对自然界当中的物候变化、生物产生与转化等现象加以解释。[④]这种现象在《续博物志》一书当中也有多处体现，如《续博物志》卷三载：“泥壁未干，挥涕其上，阴雨中化为虫，状如蚓”[⑤]，这是站在“生化观”的角度解释了生物的产生。

《续博物志》卷二亦载：“白蚁闻竹鸡之声化为水，竹鸡自呼‘泥滑滑’是也。或曰白鸡之雄亦能化白蚁”[⑥]；《续博物志》卷二又载：“蛆化为蝇，蝇又自生蛆，蛆又生蝇，岂有穷乎”[⑦]；《续博物志》卷九载：“两头蛇，马鳖食牛血所化”[⑧]。这些条目用“生化观”解释了生物之间的相互转化现象，也正是由于这种“相生相化”关系的存在，使得各种生物之间的转化得以生生

---

① 胡化凯：《中国古代科学思想二十讲》，合肥：中国科学技术大学出版社，2013 年，第 128 页。

② （宋）李石撰，燕永成整理：《续博物志》卷九，上海师范大学古籍整理研究所：《全宋笔记》第四编第四册，郑州：大象出版社，2008 年，第 215 页。

③ （宋）张载：《横渠易说》卷一《上经》，《景印文渊阁四库全书》第 8 册，台北：商务印书馆，1986 年，第 661 页。

④ 赵鲜云：《化生说与中国传统生命观》，《自然科学史研究》1995 年第 4 期，第 366—373 页。

⑤ （宋）李石撰，燕永成整理：《续博物志》卷三，上海师范大学古籍整理研究所：《全宋笔记》第四编第四册，郑州：大象出版社，2008 年，第 182 页。

⑥ （宋）李石撰，燕永成整理：《续博物志》卷二，上海师范大学古籍整理研究所：《全宋笔记》第四编第四册，郑州：大象出版社，2008 年，第 170 页。

⑦ （宋）李石撰，燕永成整理：《续博物志》卷二，上海师范大学古籍整理研究所：《全宋笔记》第四编第四册，郑州：大象出版社，2008 年，第 171 页。

⑧ （宋）李石撰，燕永成整理：《续博物志》卷九，上海师范大学古籍整理研究所：《全宋笔记》第四编第四册，郑州：大象出版社，2008 年，第 212 页。

不息、循环不已，即所谓天运物象的“周而复始”之象。

第二节 《续博物志》对宋代博物学的继承

按照前文对《续博物志》内容的分类方法统计，《续博物志》共有条文约464条，其中天文历法类约36条、山川地理类约19条、远国异人类约15条、异物类约120条、方技术数类约24条、服食炼药类约40条、人物类约39条、史补与轶闻类约115条、日用杂说类约56条。与张华的《博物志》相比，除多出天文历法类外，还有许多不同之处：第一，史补轶闻类内容大为增加。在《博物志》中，张华著述的史补类约24条、异闻类约24条，《续博物志》中史补与轶闻类约 115 条，可见李石《续博物志》的内容远远多于张华的记述。第二，日用杂说类内容增多。张华书中虽有食忌类10条，与李石书中颇为相似，但在数量上却远远低于李石书中记述的内容。第三，李石收录的异物类内容多于张华书中的同类内容。第四，李石书中记载的远国异人类要少于张华的记载，但李石书中记载的各类人物却比张华书中多，而且张华书中多记载异人或三皇五帝等传说人物，而李石书中记载了较多的儒家人物、佛教人物、道家人物，以及唐代历史人物。究其原因，与两位作者所处的年代不同有很大的关系。李石生活的宋代，经学、谱录、志异、志怪、笔记、笔录的发展以及历史时代的发展，博物知识积累更加深厚，因此李石的著述在史补和逸闻、异物等方面比张华的记录丰富得多。此外，由于人类认识水平的提高和疆域的扩大，人们对远国异人的认识更加科学、理性，再加上宋代博物学发展的现实性和实用性，李石书中也更多了一些现实性和实用性的内容。从李石著述内容对张华著述内容的更新来看，《续博物志》体现了宋代博物学的发展特征。

一、对《诗》和《尔雅》“多识于鸟兽草木之名”的继承

如前所述，在孔子言学《诗》可以“多识于鸟兽草木之名”的观点和郭璞“若乃可以博物不惑，多识于鸟兽草木之名者，莫近于《尔雅》”的评价下，《诗》与《尔雅》共同构成了我国传统博物学的渊薮。从此历代对于这两部典籍的传注不断，较为重要的有陆玑的《毛诗草木虫鱼疏》、郭璞的《尔雅注》与《尔雅音图》等。宋代经学在继承前人成果的基础上继续发展，但与前代有

所不同的是，受新儒学发展的影响，宋代经学发展呈现出质疑汉唐、以己意解经的特点。宋学兴盛之后，格物之学为博物学转向提供了思想学术指导①，宋代博物学因而凸显出文献化和考证化的特质。在《诗》学领域当中，“多识于鸟兽草木之名”仍然是文人们所追求的理想境界，正是在这样的背景之下催生出了陆佃《埤雅》、罗愿《尔雅翼》等《诗》学名物训诂之作。《续博物志》同样注重对《诗》学的传承，从其所征引的部分文献当中即可看出端倪，如表 4-1 所示：

表 4-1 《续博物志》所征引的《诗》学著作②

书名	卷一	卷二	卷三	卷四	卷五	卷六	卷七	卷八	卷九	卷十	合计
《尔雅》								8.29			1
《尔雅注》	1.8; 1.37					6.12					3
《尔雅疏》	1.2; 1.3; 1.4; 1.5; 1.6; 1.7; 1.24				5.3						8
《埤雅》	1.34; 1.35; 1.38	2.5; 2.33; 2.35; 2.48; 2.53	3.28						9.25; 9.49	10.2; 10.38; 10.48	14
《广雅》	1.13										1
《陆雅》		2.36				6.23			9.47		3
	13	6	1		1	2		1	3	3	30

从表 4-1 中可知，《续博物志》征引《诗》学训诂著作的频数达 30 次，其中在卷一和卷二当中所占的比重最大，分别占据总量的 43.33%和 20%。李石曾自诩“余所志，视华岁时绵历，其有取于天而首以冠其篇”，为了弥补《博物志》的遗憾，他以第一章为专述天文而作，以完善博物学体系，包含了天文、历法、五行、星象、节气等内容。李石是邢昺以后人，在开篇描述天文时，多从《尔雅疏》中征引。陆佃所作《埤雅》中所蕴含的大量博物学知识对我国古

① 温志拔：《宋代类书中的博物学世界》，《社会科学研究》2017 年第 1 期，第 185 页。

② 表格系根据（清）陈逢衡疏证，唐子恒点校：《续博物志疏证》整理，表中序号指代此书中的条目。例如：“1.8”表示卷一第 8 条，“1.37”表示卷一第 37 条。

代科学技术的发展做出了重要贡献，《四库全书总目》评价《埤雅》曰：“其所援引，多今所未见之书。其推阐名理，亦往往精凿。谓之驳杂则可，要不能不谓之博奥也。”[①]《续博物志》中用《埤雅》说最多，总共征引 14 次，达到了征引《诗》学著作总次数的 46.67%。此外，除直接引用外，李石还间接利用《埤雅》当中的内容，如《续博物志》卷二云：“鲤鱼大小并三十六鳞”[②]，系出自《埤雅》“龙，八十一鳞，具九九之数；九，阳也。鲤，三十六鳞，具六六之数”[③]之说，由此可见《埤雅》一书在当时士人心目中的地位，以及李石对其的重视程度。

二、对宋代博物学科学化和理性化倾向的继承

《续博物志》的内容较《博物志》来说，呈现出一种科学化和理性化的倾向，这是宋代博物学发展的特征之一。

由于唐代以后疆域的扩大以及民族融合的加深，宋人对边域的了解更多，对远国异人的了解也在加深，远国异人对宋人来说不再是那么邈远怪异的事物，因此《续博物志》中对远国异人的记述减少。《续博物志》中记载有大人之国、中容之国、鹤国、东方介氏之国、条支国、环王国、倭辰余国（高丽）、骠国、佛楼沙国、月支国、阇婆国、拨拔力国、勒毕国等，取材自《山海经》《水经注》《汉武故事》《汉书》《后汉书》《列子》《广志》《酉阳杂俎》《洞冥记》等。而《博物志》则记载了轩辕国、白民国、君子国、三苗国、驩兜国、大人国、厌火国、结胸国、羽民国、穿胸国、交趾、孟舒国、龙伯国、大秦国、中秦国、大人国、柔利国等，多取材于《山海经》。一方面，《续博物志》记载的远国异人少了许多；另一方面，《续博物志》的选材也更加科学化和理性化，像条支国、倭辰余国（高丽）、佛楼沙国、月支国、阇婆国等都是史书记载曾与中国有过往来的国家，而不像《山海经》中记载的穿胸国、羽民国等那样荒诞不经，不知来源。此外，《续博物志》中记载的各类人物，虽然其中不乏怪异神鬼的例子，但增添了许多佛道人物以及唐代历史人物，并且对这些人物的记载，已

① （清）永瑢等：《四库全书总目》卷四十《经部·小学类一》，北京：中华书局，1965 年，第 342 页。

② （宋）李石撰，燕永成整理：《续博物志》卷二，上海师范大学古籍整理研究所：《全宋笔记》第四编第四册，郑州：大象出版社，2008 年，第 175 页。

③ （宋）陆佃著，王敏红校点：《埤雅》，杭州：浙江大学出版社，2008 年，第 1 页。

渐渐脱离神秘荒诞的色彩。例如，《续博物志》卷二云："海蟾子姓刘，名昭远，华山陈抟馆之道院，与种放往来"①；《续博物志》卷二云："广德先生杜光庭，处州人，仕唐为内供奉。避乱入蜀，王氏爵为师臣"②；《续博物志》卷六云："李泌在衡山事明瓒禅师，瓒云：'欲学者先将笔砚碎却。'明瓒，北宗大照之门人，性懒，群僧令看盐，雨至，流于池，群僧驱之，不怒。冬月，卧于灶前不起，以粥洒其头，因就头取吃，号'懒瓒'，作《明心论》"③；《续博物志》卷九云："汉长安巧工丁缓，作卧褥香炉，炉体常平。又作七轮扇，连七轮，大皆径尺，一人运之，满堂寒战。今二法并存"④等。

除了远国异人以及人物类外，《续博物志》中"蛇蜕塞两耳治疟疾"⑤、天文历法中的"天围圜三百六十五度四分度之一"⑥等都具有科学化的色彩。特别是《续博物志》中记载了一则故事，言某道观中每年九月三日夜有一名道士升仙，而当地县令不信，最终查明其实是被一黑虎所伤。这则故事具有极强的反封建迷信色彩。

> 天宝中，河南缑氏县太子陵仙鹤观，每年九月三日夜，有道士一人得仙，已有旧例。至日，具姓名申府。张竭忠为令，不之信，阴令二勇士执兵觇之。至三更，有一黑虎入观来，衔一道士，射之不中，弃道士而去。令于是申府请弓矢，大猎石穴中，格杀数虎，或金简玉录、冠帔发骨甚多。其观遂废为陵使之居。⑦

因此，虽然《续博物志》中依然留存着许多天人感应、怪异荒诞的内容，

① （宋）李石撰，燕永成整理：《续博物志》卷二，上海师范大学古籍整理研究所：《全宋笔记》第四编第四册，郑州：大象出版社，2008 年，第 174 页。

② （宋）李石撰，燕永成整理：《续博物志》卷二，上海师范大学古籍整理研究所：《全宋笔记》第四编第四册，郑州：大象出版社，2008 年，第 174 页。

③ （宋）李石撰，燕永成整理：《续博物志》卷六，上海师范大学古籍整理研究所：《全宋笔记》第四编第四册，郑州：大象出版社，2008 年，第 198 页。

④ （宋）李石撰，燕永成整理：《续博物志》卷九，上海师范大学古籍整理研究所：《全宋笔记》第四编第四册，郑州：大象出版社，2008 年，第 214 页。

⑤ （宋）李石撰，燕永成整理：《续博物志》卷二，上海师范大学古籍整理研究所：《全宋笔记》第四编第四册，郑州：大象出版社，2008 年，第 175 页。

⑥ （宋）李石撰，燕永成整理：《续博物志》卷一，上海师范大学古籍整理研究所：《全宋笔记》第四编第四册，郑州：大象出版社，2008 年，第 162 页。

⑦ （宋）李石撰，燕永成整理：《续博物志》卷二，上海师范大学古籍整理研究所：《全宋笔记》第四编第四册，郑州：大象出版社，2008 年，第 175 页。

不能说是科学和理性的，但其部分内容显现出一些科学化和理性化的倾向，是对宋代博物学发展特征的继承。

三、对宋代博物学现实性和实用性的继承

《续博物志》在内容方面所表现出的另一大特征在于其博物知识的现实性和实用性，这也是宋代博物学发展的特点之一。

宋代是崇文抑武、市民阶层崛起的时期，《续博物志》的实用化倾向中透露出一股浓郁的生活化气息。谱录在宋代大行其道，获得了空前的发展。《续博物志》征引宋人洪刍《香谱》云："麝以一子真香糅作三四子，刮取血膜，杂以余糁，皮毛不辨也"[①]，描述了麝香的制作过程；言欧阳修"《砚谱》载天下之砚四十余品，以青州红丝石砚为第一，端州斧柯山石为第二，歙州龙尾石为第三"[②]，分类之细致，体现出"精致典雅"的宋代文人风尚。《续博物志》中对于其他诸如"水果""酒类""茶"等物的描述亦与当时的社会生活息息相关。例如，《续博物志》卷五云："菊花舒时采茎叶，杂黍米酿之，至来年九月九日始熟，谓之菊花酒"[③]；《续博物志》卷五载："孟诜云：葡萄不问土地但收之，酿酒皆得美好"[④]；《续博物志》卷七云："茶出银生诸山，采无时，杂椒姜烹而饮之。"[⑤]

此外，本草"惟人命之所系"，实用性自然不言而喻，本草亦为传统博物学的重要组成部分。《续博物志》中保存有大量有关本草的内容，除对苏颂《本草图经》等时人著作进行征引外，另如《续博物志》卷六云："牡丹初不载文字，惟以药见《本草》"[⑥]，这里的《本草》当指《神农本草经》。此

---

① （宋）李石撰，燕永成整理：《续博物志》卷三，上海师范大学古籍整理研究所：《全宋笔记》第四编第四册，郑州：大象出版社，2008年，第180页。

② （宋）李石撰，燕永成整理：《续博物志》卷九，上海师范大学古籍整理研究所：《全宋笔记》第四编第四册，郑州：大象出版社，2008年，第213页。

③ （宋）李石撰，燕永成整理：《续博物志》卷五，上海师范大学古籍整理研究所：《全宋笔记》第四编第四册，郑州：大象出版社，2008年，第191页。

④ （宋）李石撰，燕永成整理：《续博物志》卷五，上海师范大学古籍整理研究所：《全宋笔记》第四编第四册，郑州：大象出版社，2008年，第191页。

⑤ （宋）李石撰，燕永成整理：《续博物志》卷七，上海师范大学古籍整理研究所：《全宋笔记》第四编第四册，郑州：大象出版社，2008年，第201页。

⑥ （宋）李石撰，燕永成整理：《续博物志》卷六，上海师范大学古籍整理研究所：《全宋笔记》第四编第四册，郑州：大象出版社，2008年，第195页。

外，《续博物志》卷七、卷九当中也有关于《神农本草经》的引述。再如，《续博物志》卷七有“陶隐居云：“学道之士居山，宜养白犬、白鸡，可以辟邪”[①]；《续博物志》卷十载：“陈藏器云：‘蟹脚中髓及脑壳中黄，并能续断绝筋骨，碎之微熬，内创中，筋即连。’”[②]亦有未说明出处的，如《续博物志》卷六载：“秦龟即山中龟，不入水”[③]，但《续博物志疏证》案出自《名医别录》[④]，《续博物志》卷七“作干姜法”[⑤]，《续博物志疏证》又案为“陶弘景曰”[⑥]。

四、对宋代博物学著述志怪志异兴趣取向的继承

中古博物学中有很多“祯祥变怪之物”的内容，宋人虽然在著述中逐渐减少志怪志异的色彩，例如宋代数量众多的谱录类作品，其中蕴含着明显的科学化和理性化倾向。但是，在一些笔记中，仍能看到中古时期志怪志异兴趣取向的余续。而在《续博物志》中，能够很明显地看到作者对宋代博物学这种兴趣取向的继承。例如，《续博物志》卷二云：“有人为山魈所祟，或教以爆竹如除夕可弭，人用其言，获安。问之则曰：‘此《荆楚岁时记》以辟山魈。’鬼阴冷之气胜，则声阳以攻之”[⑦]；《续博物志》卷二云：“相家说人臣得龙之一体，当至公相。曾公亮得龙之脊，王安石得龙之睛”[⑧]；《续博物志》卷六云：“世传费长房得符于壶公，以是制服百鬼，其后鬼窃其符，因以

① （宋）李石撰，燕永成整理：《续博物志》卷七，上海师范大学古籍整理研究所：《全宋笔记》第四编第四册，郑州：大象出版社，2008 年，第 202 页。

② （宋）李石撰，燕永成整理：《续博物志》卷十，上海师范大学古籍整理研究所：《全宋笔记》第四编第四册，郑州：大象出版社，2008 年，第 222 页。

③ （宋）李石撰，燕永成整理：《续博物志》卷六，上海师范大学古籍整理研究所：《全宋笔记》第四编第四册，郑州：大象出版社，2008 年，第 194 页。

④ （宋）李石撰，（清）陈逢衡疏证，唐子恒点校：《续博物志疏证》，南京：凤凰出版社，2017 年，第 136 页。

⑤ （宋）李石撰，燕永成整理：《续博物志》卷七，上海师范大学古籍整理研究所：《全宋笔记》第四编第四册，郑州：大象出版社，2008 年，第 204 页。

⑥ （宋）李石撰，（清）陈逢衡疏证，唐子恒点校：《续博物志疏证》，南京：凤凰出版社，2017 年，第 175 页。

⑦ （宋）李石撰，燕永成整理：《续博物志》卷二，上海师范大学古籍整理研究所：《全宋笔记》第四编第四册，郑州：大象出版社，2008 年，第 173 页。

⑧ （宋）李石撰，燕永成整理：《续博物志》卷二，上海师范大学古籍整理研究所：《全宋笔记》第四编第四册，郑州：大象出版社，2008 年，第 173 页。

杀长房。”①

此外，《续博物志》当中的条文大多系抄录前人书籍而成，且所征引的书籍大部分已经定型，甚至已经广为流传，所引宋人书目又在其中占据很大比重，故而这既是《续博物志》对于宋代博物学的传承，又可使后人通过《续博物志》一书来反观宋代博物学之面貌。

第三节　《续博物志》对后世的影响

作为张华《博物志》的续作，《续博物志》对后世的影响主要体现在以下几个方面：

一、内容构成的扩大与完善

作为博物学著作的《续博物志》并非盲目追随前辈的脚步，其在遵循传统的同时，还注意到《博物志》天文星象方面的缺失。故《续博物志》改以《尔雅·释天》开始，专辟一章用来弥补前人著作中的缺憾之处，使内容不断完善。除了增加天文星象的内容，宋代儒释道三教逐步融合的趋势在《续博物志》中也有反映，其中不但继承了前人对于道教“炼丹服食”行为的描写，同样也增加了一些与佛教有关的内容。如《续博物志》卷二记：“佛者本号释迦文，即天竺释迦卫国王之子”②，等等。《续博物志》中体现儒释道三教合一的内容对后世传统博物学的发展有很大的促进作用，后世以此为蓝本，同样注重对于佛、道两教的书写。

二、内容分类结构模式的继承和发展

从内容分类结构模式来看，《续博物志》继承和完善了张华所开创的天人合一的分类结构模式，即地—人—事—物。虽然《续博物志》对其内容没有进行分类，但是其内容还是大致按照《博物志》的分类来进行排序的。《续博物

① （宋）李石撰，燕永成整理：《续博物志》卷六，上海师范大学古籍整理研究所：《全宋笔记》第四编第四册，郑州：大象出版社，2008 年，第 198 页。

② （宋）李石撰，燕永成整理：《续博物志》卷二，上海师范大学古籍整理研究所：《全宋笔记》第四编第四册，郑州：大象出版社，2008 年，第 171 页。

志》在《博物志》的基础上把分类模式变成：天—地—人—事—物。这一分类模式亦被后续的传统博物学著作所继承和发展，具体体现在《博物志补》《广博物志》《物理小识》《格致镜原》等著作中。如果对其进行比较的话就会发现：它们基本都沿用了《续博物志》的分类模式，并结合实际需求而加以不同程度的改造、变通，使分类目录名称及其所反映的内容更加贴近当时人的生活与思想，使之更加实用化、生活化。

三、《续博物志》是博物志体著作向类书体转变的一个过渡阶段

《博物志》的书写大多源于前人书籍或是口耳相传。《博物志》网罗群书，多方抄录经典，意在补充前书所乏的知识。虽然因为大量抄录内容而获“殆同书抄”之讥。但是，通过口耳相传，借权威人士之口、亲友闻见或是众人肯认的叙述，以保障记述条目的来源，这种写法影响了唐人段成式《酉阳杂俎》的书写。宋代李石《续博物志》的书写方式，其内容大多为抄录前人书籍，有的注明出处，而更多的没有注明出处。李石在《续博物志》卷一中提到：“次第仿华，说一事，续一事，不苟于搜索，与世之类书者小异，而比华所志加详”[①]，在李石眼里也认为其书写方式与类书相似，不同的是类书每条都注明出处，这体现出逐步向类书靠拢的趋势。明代游潜《博物志补》的编纂思想与分类体系，明显又向类书靠拢了一步，其同样采取了分类编排的模式，同于通行本的《博物志》。《博物志补》延续了李石《续博物志》的分类体系：天—地—人—事—物，在其卷首增加了天文星象的内容，并且在条目的后面加上了所引书籍的名字或者直接注明“出于某书”，看上去更加符合今天人们对于“类书”的定义。到了晚明董斯张《广博物志》，无论从撰述方式、内容来源、选材范围、分类体系、内容出处等方面来看，都与所谓“类书”无异。因此，从外在编排形式的层面来看，《千顷堂书目》和《四库全书总目》将《广博物志》归隶于类书并无不妥。[②]可以说，《续博物志》是博物志体小说到类书的过渡阶段，为传统博物志著作的发展奠定了基础。

---

① （宋）李石撰，燕永成整理：《续博物志》卷一，上海师范大学古籍整理研究所：《全宋笔记》第四编第四册，郑州：大象出版社，2008 年，第 162 页。

② 刘天振：《明代类书体小说集研究》，北京：中国社会科学出版社，2014 年，第 197 页。

结　　语

本书以传统博物学著作《续博物志》为研究对象，从文献学、传统博物学两个角度，采用文献考辨和博物学的方法，在对《续博物志》各个版本进行文献考辨的基础上，聚焦《续博物志》在后世的流传情况、其书在四部分类中的归属和此书性质，以及其作为传统博物学著作的历史地位和深远影响，并对其展开细致深入的研究。现将结论总结如下：

首先，本书对作者李石一生的经历进行简述，并对其主要作品进行介绍。通过对其版本的考证，发现不同版本对于李石所处时期的记述有所不同，主要有晋人、唐人、宋人之说。在前人研究的基础之上，本书结合文献记载与考证得出李石为宋代人的结论。由于版本众多，故对其在各个时代的版本进行梳理，发现明代共有七个版本，清代有五个刻本、一个抄本，以及一些其海外流传的情况。以后世书籍中被征引的情况为考察中心，考察了《续博物志》一书在后世的流传情况，发现此书从明代开始被征引，到清代已经是蔚为大观。

其次，本书对《续博物志》在历代书目中的归属在小说家和杂家之间徘徊的情况进行考察。通过对其内容、形制方面的考证，认为应该将其归入子部小说家之中。历代对《博物志》《续博物志》这样的作品并不是很重视，对其性质历代学者并无一个统一的说法，笔者认为应将《续博物志》这类作品独立成一类，称为“‘博物志’体”小说。由于《续博物志》对内容并无分类，为了便于研究，笔者将其内容分成九类，详加分析。

再次，本书将宋代博物学限制在“鸟兽草木之名”内，从经学类博物学著作、谱录类博物学著作和志异志怪笔记著作三个方面梳理宋代博物学的发展脉络。在传统博物学视域下，宋人在经学上虽不重视对“鸟兽草木之名”的注疏，但《诗》和《尔雅》“多识于鸟兽草木之名”的精神却在宋代谱录和笔记中得到继承和发扬；谱录是宋代博物学走向精致化与专门化的代表，本书以《四库全书》和《遂初堂书目》为主，尽量详尽整理宋代谱录类著作，并归纳为金石古玩类、文房书画类、花木类、茶酒类、果木类、香锦类、粮食蔬菜类和鱼虫鸟兽类八类；宋代志怪志异笔记的发展可视作中古博物学的续章，中古博物学著作中“祯祥变怪之物”所占比重很大，宋代出现的志怪志异笔记对志怪志异博物知识的记述，在笔风和内容上难以掩盖其对中古博物学这一关注点的效仿和继承。比如《续博物志》对张华《博物志》的续写，虽然在内容的择取类别上加以延展，并且体现出更科学化和理性化的倾向，但《续博物志》中仍存留很多志怪志异材料。

最后，《续博物志》作为一部“‘博物志’体”小说，继承了中国传统博物学的发展理念和宋代博物学的发展成就。《续博物志》在思想上仍然以“天人合一”为精神之要，继承了朴素唯物主义的物质观和物质循环不灭的“生化”观。《续博物志》与之前博物著作相比，既表现了对志怪志异兴趣取向的继承，又体现了科学化和理性化的倾向，多了生活化和现实化的理性色彩，这恰好是与宋代传统博物学的发展脉络相契合的。《续博物志》对于后世的影响主要体现在分类体例上，其历史地位正好处在博物志体小说向类书的过渡阶段，在经历对前代传统博物学著作内容分类结构模式的继承发展完善、吐故纳新之后，为后世“‘博物志’体”著作的发展奠定了基础。

附录 《续博物志》校勘

校勘说明

一、本次校勘所用的底本为吴琯所校的《古今逸史》本（下文简称逸史本）为底本，以贺志同本、《唐宋丛书》本（以下简称唐宋本）、商濬的《稗海》本、汪士汉《秘书廿一种》本（以下简称秘书本）、《文渊阁四库全书》本（以下简称四库本）、子书百家本、百子全书本为参校本，又参考了李之亮和燕永成对《续博物志》的点校成果，以及唐子恒点校的清人陈逢衡著作《续博物志疏证》。唐子恒点校的《续博物志疏证》（下文称陈逢衡疏证），是据陈逢衡手稿为底本整理，因陈逢衡疏证为抄一条证一条的形式，又对内容出处进行疏证，因此对校勘多有助益。然陈逢衡疏证也有抄误和附会之处，抄误之处如卷十“梵僧菩萨胜言阇婆国中有飞头”一条，疏证“国中”二字下无“有”字；附会之处如卷六李德曰：“扬雄《蜀王本纪》言：‘张仪筑城，依龟行迹筑之’。到此，闻龟壳藏酒库。宇文遇曰：‘比尝为主库小吏，见龟壳，长六尺。’元和初，高崇文截以为带胯。”一条，陈逢衡因引《孔六帖》文并据上下文意以及宇文遇为主库小吏等，附会宇文遇为“酒库官”，笔者查《太平广记》《蜀中广记》《天中记》等书，言明李德裕见龟壳时宇文遇为“军资库官”而非“酒库官”。此外，此书校勘虽较为精审，然亦有些许纰漏之处，例如卷十“元封二年，大秦献花蹄牛……”一条，其脚注言古今逸史本和四库本“秦”字前无“大”字，其实两本均有“大”字。另有几处标点之处亦尚待斟酌。且陈逢衡疏证之时，所抄原书内容也多有变动之处，如卷一“天围圜三百六十五度四分度之一。案《考灵曜》云：‘一度二千九百三十二里千四百六十一分里之三百四十八。周天百七万一千里者，是天圆周之里数也……’”，“是天圆周之里数也”句陈逢衡疏证作“是天圜周之里数也”。故而有必要与之对照校勘。在校勘中，对二者不同之处加以说明，但为保存古籍原貌计，全书行文顺序据《续博物志》原书编排，不按陈逢衡疏证的分段调整。

二、校勘过程中，对一些突出问题的处理如下：

（1）对异体字、古今字、通假字等进行简化，原本繁体字存在多个字形的问题，特殊的人名等出现多种字形的，保留并在注解中说明，一般字体均改为简体字。

（2）文中因避讳而阙笔的文字，直接补正。避宋人讳而改字的，在注解中指出。

（3）对脱字、讹字、衍字进行补充、改正、删减时，有据者进行改动。依据不够充分或无法判断孰是孰非者，则在注解中注明以存疑。

续博物志卷第一

晋 李 石 撰[①]

明 吴 琯 校

张华述地理，自以禹所未志，且天官所遗多矣。经所不载，以天包地，象纬之学，亦华所甚惜也。虽然华仿《山海经》而作，故略。或曰：“武帝以华志繁，俾芟而略之。”余所志，视华岁时绵历，其有取于天，而首以冠其篇。次第仿华，说一事，续一事，不苟于搜索，与世之类书者小异，而比华所志加详。

《尔雅》既曰“释天”，不得不略言其趣。凡有六等：一曰“盖天”，文见《周髀》，如盖在上；二曰“浑天”，形如弹丸，地在其中，天包其外，犹

① 晋李石。朝代题误，当为“宋李石”。

如鸡卵，白之绕黄，扬雄、桓谭、张衡、蔡邕、陆绩、王肃、郑玄之徒，并所依用；三曰“宣夜”，旧说云殷代之制；四曰“昕天”，昕读为轩，言天北高南下，若车之轩，吴时姚信所说；五曰“穹天”，云穹隆在上，虞氏所说；六曰“安天”，晋时虞喜所论。郑注《考灵曜》云：“天者纯阳，清明无形，圣人则之，制璇玑玉衡以度其象。”如郑此言，则天是太虚，本无形体，但指诸星运转以为天耳。

天围圜三百六十五度四分度之一。案《考灵曜》云：“一度二千九百三十二里千四百六十一分里之三百四十八。周天百七万一千里者，是天圆[①]周之里数也。以围三径一言之，则直径三十五万七千里，此为二十八宿周回直径之数也。然二十八宿之外，上下东西各有万五千里，是为四游之极，谓之四表。四表之内，并星宿内，总有三十八万七千里。然则天之中央，上下正半之处，则一十九万三千五百里，地在于中，是地去天之数也。”

日有九道，故《考灵曜》云：“万世[②]不失九道。”郑注引《河图帝览嬉》云：“黄道一，青道二出黄道东，赤道二出黄道南，白道二出黄道西，黑道二出黄道北。日春东从青道，夏南从赤道，秋西从白道，冬北从黑道。”

《律历志》云：角一十二度，亢九，氐十五，房五，心五，尾十八，箕十一，斗二十六，牛八，女十二，虚十，危十七，营室十六，壁九，奎十六，娄十二，胃十四，昴十一，毕十六，觜二，参九，井三十三，鬼四，柳十五，星七，张十八，翼十八，轸十七，此三百五度[③]，二十八宿之度也。

丑为星纪，初斗十二度，终于婺女七度。子为玄枵，初婺女八度，终于危十五度。亥为娵觜[④]，初危十六度，终于奎四度。戌为降娄，初奎五度，终于胃六度。酉为大梁，初胃七度，终于毕十一度。申为实沈，初毕十二度，终于井十五度。未为鹑首，初井十六度，终于柳八度。午为鹑火，初柳九度，终于张十七度。巳为鹑尾，初张十八度，终于轸十一度。辰为寿星，初轸十二度，终于氐四度。卯为大火，初氐五度，终于尾九度。寅为析木，初尾十度，终于斗十一度。

---

① 圆。陈逢衡疏证作“圜”。

② 万世。子书百家本、百子全书本作“万里”，其余各本皆作“万世”。

③ 三百五度。应为三百六十五度。陈逢衡疏证文中小字言“‘六十’二字旧缺”。

④ 娵觜。四库本、子书百家本、百子全书本、陈逢衡疏证作“娵訾”，其余各本皆作“娵觜”。

汉《律历志》："以前历上元泰初四千六百二十七岁[①]，至元封[②]七年，复得阏逢摄提格之岁中冬。"孟康曰："言复得者，上元泰初时，亦是阏逢之岁，岁在甲曰阏逢，在寅曰摄提格，此谓甲寅之岁也，然则乙卯曰旃蒙单阏，丙辰曰柔兆执徐，丁巳曰强圉大荒落，戊午曰著雍敦牂，己未曰屠维协洽，庚申曰上章涒滩，辛酉曰重光作噩，壬戌曰玄黓阉茂，癸亥曰昭阳大渊献，甲子曰阏逢困敦，乙丑之岁曰旃蒙赤奋若。"

正[③]月得甲，则曰毕陬。二月得乙，则曰橘如。三月得丙，则曰修病。四月得丁，则曰圉余。五月得戊，则曰厉皋。六月已得[④]，则曰则且。七月得庚，则曰室相。八月得辛，则曰塞床[⑤]。九月得壬，则曰终玄。十月得癸，则曰极阳。十一月得甲，则曰毕辜。十二月得乙，则曰橘涂。

八分二十八宿为十二次。晋灼曰："太岁在四仲，则岁行三宿。太岁在四孟、四季，则岁行二宿。二八十六，三四十二，而行二十八宿。十二岁而周天，是岁星年行一次也。"

《山海·东荒经》云："大荒之中有山，名曰大言，日月所出。有波谷山者，有大人之国。"又云："大荒之中有山，名曰合虚，日月所出，有中容之国。"《河图括地象》云："二仪气分，伏者为天，偃者为地。"[⑥]

《物理论》云："水土之气升为天。"[⑦]

《广雅》云："东方苍天，东南阳天，南方炎天，西南朱天，西方成天，西北幽天，北方玄天，东北变天，中央钧天。"

《五经通义》云："天神之大者，曰昊天[⑧]上帝，其佐曰五帝。"《淮南子》云："日出旸谷，浴于咸池，拂于扶桑，是谓晨明，登于扶桑，是谓朏

---

① 各本与《尔雅翼》皆作：以前历上元泰初四千六百二十七岁。而今本《汉书·律历志》为"上元泰初四千六百一十七岁"。应为传抄过程中的错误。

② 元封。稗海本、子书百家本、百子全书本作"元丰"，其余各本皆作"元封"。

③ 正。秘书本缺此字。

④ 已得。贺志同本、逸史本、四库本、唐宋本作"己得"，稗海本、秘书本、子书百家、百家全书本作"得己"。当为"得己"。陈逢衡疏证作"得己"。

⑤ 床。陈逢衡疏证作"壮"。

⑥ 各本两条皆合一。燕点校本说据秘书本析出，应为错误。

⑦ 水土之气升为天。《物理论》原本为：水土之气升而为天。

⑧ 昊天。稗海本、子书百家本、百子全书本作"昰天"，其余各本皆作"昊天"。

明，音斐[①]。至于曲阿，是谓朝明。临于曾泉，是谓早食。次于桑野，是谓晏食。臻于衡阳，是谓禺中。对于昆吾，是谓正中。靡于鸟次，西南山谷，是谓小迁[②]。至于悲谷，是谓晡时。回于女纪，是谓大迁[③]。经于泉隅，是谓高舂。顿于连石，音烂是谓下舂。爰息六螭[④]，是谓悬车。薄于虞泉，是谓黄昏。沦于蒙谷，是谓定昏。日入崦嵫，落棠山。经细柳，入虞泉之地[⑤]、蒙谷之浦，垂景在树端，谓之桑榆。"

《吕氏春秋》曰："白人之南，建木[⑥]之下，日中无影，盖天地之中也。"

《汉书》云："月[⑦]立夏、夏至行南方赤道，曰南陆；立秋、秋分行西方白道，曰西陆。立冬、冬至行北方，曰北陆。分则同道，至则相过。晦而见西方谓之朓，朔而见东方谓之朒，亦谓之侧匿。朓健行，朒缩迟。"[⑧]

《周官》天星皆有分野，角、亢、氐：兖州，房、心：豫州，尾、箕：幽州，斗、女：扬州，虚、危：青州，室、东壁：并州，奎、娄、胃：徐州，昴、毕：冀州，觜觿、参：益州，东井、舆鬼：雍州，柳、星、张：三河，翼、轸：荆州。

郑司农云："《保章氏》五云之物，二至二分观云色，青虫，白丧，赤兵荒，黑水，黄丰。"《东方朔别传》云："凡占东畔，当视天有黄云，来如覆车，五谷大熟，青致兵，白致盗，乌黑多水，赤火。"

京房《风雨占候》曰："黑云如一匹皂，二日中一日大雨；二匹，三日雨[⑨]；三匹，十日雨[⑩]。"

---

① 是谓朏明音斐。贺志同本、逸史本、唐宋本、秘书本、陈逢衡疏证作：是谓朏明音斐。而稗海本、四库本作：是谓朏音斐明。而据《淮南鸿烈集解》卷三载："是谓朏明，朏明，将明也，朏读若朏，诸皋之朏也。文典仅按《初学记》《御览》引，朏下并有旧注云：'音斐'"。应为"谓朏音斐明"。

② 小迁。子书百家本、百子全书本作"小还"，其余各本皆作"小迁"。

③ 大迁。子书百家本、百子全书本作"大还"，其余各本皆作"大迁"。

④ 爰息六螭。子书百家本、百子全书本作"至于悲泉"，其余各本皆作"爰息六螭"。

⑤ 地。子书百家本、百子全书本作"汜"，其余各本皆作"地"。

⑥ 建木。秘书本作"连木"，其余各本皆作"建木"。

⑦ 月。陈逢衡疏证作"日"。

⑧ 此条内容不见于今本《汉书》。仅见于《初学记》《白氏六帖事类集》，然语句不通"月"应当还有内容。

⑨ 二匹，三日雨。稗海本为"二匹五日雨"。其余各本皆为"二匹三日雨"。

⑩ 三匹，十日雨。陈逢衡疏证为"三匹，三日雨"。

《易纬》曰："八节之风谓之八风。"《吕氏春秋》云："东北曰炎风[①]，亦曰融风；东曰滔风；东南曰薰风；南曰巨风；[②]西曰飂风；西北曰厉风；北方曰寒风。"

王充《论衡》曰："图画之工，图雷之状，如连鼓形。又图一人若力士，谓之雷公，使左手引连鼓，右手椎之。《春秋》'震夷伯之庙'，谓劈历破之，是也。霹雳，俗字也。"

梁太后信兄冀，诛杜乔、李固，雷震宪陵寝屋。

太平之时，十日一雨，一岁三十六雨。

《晋中兴书》曰："甘露降，耆老得敬，则松柏受之；尊贤容众，则竹苇受之。一曰天酒。"虹依云阴而昼见于日冲，无云不见，大阴亦不见。

炎帝，赤精之君。火官[③]之臣，火庭氏也。

明皇在长安，诏一行铸浑仪，及《太衍历》[④]。先是汉洛下闳云："此历后一千年差一日，有圣人出而正之。"至是，果一千年，因以一行为圣人。僧一行本名璲，俗姓张氏[⑤]，后出家，改名敬贤。迁化，诏起塔铜人原，谥大惠禅师，并御制碑[⑥]，八分书。

二十八宿为其有二十八星当度，故立以为宿。推测者多变，如毕有十七度半，觜半度。星既不当度，自不当用为宿。星度皆以赤道为法，黄道则有斜[⑦]有直，与赤道不等。

刘知几曰："两曜日星，丽于天象，非如九州岛万国废置无常。故海田可变，而景纬无易。必欲刊之国史，施于何代不可也。《史记》书有天官[⑧]，读者竟忘其误。班固《天文志》非汉事而隶入《汉书》已乖越矣。且如荧惑退舍，宋公延龄，中台告拆，晋相速祸，星集颍川而贤人聚，月犯少微而处士亡，如斯之类，志之可也。若乃体分蒙澒，色著青苍，丹牺[⑨]素魄之躔次，黄

---

① 猋风。四库本为"猋风"，其余各本皆作"猋风"。四库本误。《吕氏春秋》作"炎风"。

② 陈逢衡疏证言"南曰巨风"下脱"西南曰凄风"。

③ 火官。秘书本作作"火宫"。其余各本皆作"火官"。

④ 太衍历。秘书本和四库本作"大衍历"。其余各本皆作"太衍历"。当为"大衍历"。

⑤ 俗姓张氏。稗海本、子书百家本、百子全书本作"俗张氏"，其余各本皆作"俗姓张氏"。

⑥ 碑。陈逢衡疏证缺此字。

⑦ 斜。稗海本作"邪"。其余各本皆作"斜"。

⑧ 天官。陈逢衡疏证为"天官书"。

⑨ 牺。陈逢衡疏证作"曦"。

道紫宫之分野，既不预于人事，乃编之于策书。”又曰：“天文有志，何不为人形志乎？”

太岁在丑，乞浆得酒；太岁在己，贩妻鬻子。藕生应月，闰月益一节。芋以十二子为卫，亦应月之数也。

俗以五月雨为分龙雨，一日隔辙雨。

云五色为庆，三色为矞，或曰外赤内青为矞。扬雄曰：“紫蜺矞云朋围日，君子小人并进也。”

郭璞曰：“蓬飞硙则天风，春则天雨。”蓬，蠓也。传曰：“雷不盖酱，令人腹中雷鸣。月上下弦[①]之时，触酱辄坏，里俗忘[②]之。”

自古帝王五运之次有二说，邹衍以五行相胜为义，刘向则以相生为义。汉魏共尊刘说。

关东，西风则晴，东风则雨；关西，西风则雨，东风则晴。阳之专气为雹，阴之专气为霰。

中国有洞天三十六所，皆谓之天。第一王屋山洞天，周回万里，名小有清虚天；其次委羽山洞天，周回万里，名大高空明天；其次太玄总真天；其次三玄极真天；其次宝仙九室天；其次上玉清平天；其次珠明耀真天；其次金坛华阳天；其次左神幽虚天；其次成德隐玄天；皆仙人所居也。

木与木相摩则然，金与火相守则流。阴阳错行，则天地大统[③]，于是乎有雷有霆，水中[④]有火，乃焚大槐。人间[⑤]往往见细石形如小斧，谓之霹雳斧，或谓云霹雳楔。案《玄中记》云：“玉门之西有国山[⑥]，山上有庙，国人岁岁出礸数千，名霹雳礸，给霹雳用，从春至秋乃罢。”《礼记》有杂金钻、牛骨钻[⑦]，钻与礸同，音祖合切[⑧]。

---

① 上下弦，陈逢衡疏证作“上下如弦”。

② 忘。贺志同本、逸史本、秘书本、唐宋本作“忘”，其余各本皆作“忌”。据《埤雅》《天中记》中所记载，当为“忌”。

③ 大统。贺志同本、逸史本、唐宋本、秘书本作“大统”，稗海本、子书百家本、百子全书本作“大絯”，四库本作“大乱”。陈逢衡从《庄子》考，认为“统”字应为“絯”，“统”为误。

④ 水中。子书百家本、百子全书本作“木中”，其余各本皆作“水中”。

⑤ 人间。四库本作“枝间”。其余各本皆作“人间”。

⑥ 有国山。陈逢衡注：“有国下当云‘国中有山’。”

⑦ 牛骨钻。四库本作：“牛角钻”。其余各本皆作“牛骨钻”。

⑧ 祖合切。子书百家本、百子全书本为“相合切”，其余各本皆为“祖合切”。

京房《易传》曰："四方常有大云五色具而不雨，下有贤人隐。"狆将风则踊，鼍欲雨则鸣。

汉博士刘熙曰："豫、司[①]、兖、冀以舌腹言之，天，显也，在上高显也。青、徐以舌头言之，天，坦也，坦然高而远也。"

续博物志卷第一终

续博物志卷第二

汉明帝为太子，乐人以歌四章赞之：一曰日重光，二曰月重轮，三曰星重曜，四曰海重润。

鲸鱼者，海鱼也。大者长千里，小者数千丈。一生数万子，常以五月、六月就岸生子，七月、八月导从其子还大海中，鼓浪成雷，喷沫成雨，水族惊畏，莫敢近。其雌曰鲵，大者亦长千里。

《禽经》曰："鹅飞则蜮沉，鵙鸣则蛇结。"又曰："鹳俯鸣则阴，仰鸣则晴。"

白蚁闻竹鸡之声化为水，竹鸡自呼"泥滑滑"是也。或曰白鸡之雄亦能化白蚁。

鹳性甘带。每遇巨石，知有蛇，即如术士禹步，其石阞然而转。南方学其法，伺其养雏，缘木以篾絙缚其巢，鹳必作法解之。乃于木下铺沙，印其足迹而仿之。

暮鸠鸣即小雨，朝鸢鸣即大风。

物有异体而相制者。翡翠屑金，人气粉犀，北人以针敲冰[②]，南人以线解茶。

高诱注《淮南子》云："方诸，大蛤也。熟摩拭令热，以向月则水生。"许慎《说文》曰："诸珠也，方石也。"

有一国王，小夫人生一肉团，大夫人妒之，作木函弃之常[③]河水。后，河边人得之，肉破，生千小儿，勇健，欲伐父王国。小夫人以乳五百道射小儿

① 司。稗海本、子书百家本、百子全书本为"并"，其余各本皆为"司"。当为"并"。

② 冰。陈逢衡疏证作"水"。

③ 常。子书百家本、百子全书本为"恒"，其余各本皆为"常"。《佛国记》《水经注》皆作"恒"，是为了避宋真宗的讳，当为"恒"。

口，遂弛弓仗，号为“贤劫千佛”。

帝喾有四妃，一生帝挚，一生帝尧，一生商之先，一生周之先。商后封于宋，都商丘。

今上于前朝作镇睢阳，洎开国号大宋，又建都在太火[①]之下。宋为火正。按：天文心星为帝王，实宋分野，天地人之冥契，自古罕有。[②]

孔子生于鲁襄公二十二年。

老君其母曾见日精下落如流星，飞入口中，有娠，七十二岁而生于陈国涡水李树下。剖左腋而生，长一十二尺。

佛者本号释迦文，即天竺释迦卫国王之子，于四月八日夜，从母右胁而生，有三十二相。当周庄王九年，鲁庄公七年，夏四月，常星不见夜明是也。

鼋脂得火可以燃铁。

佛以三月十五日夜出家，二十九出家，三十五得道。

《宁国论》云：蜀中本无獠。犍为德阳山谷洞中，壤壤[③]而出，转转渐大，自为夫妇而益多。夫土干则生蚤，地湿则生蚊，积谷则生蠹，腐肉则生蛆。蛆化为蝇，蝇又[④]自生蛆，蛆又生蝇，岂有穷乎？

日月蚀而私者，生儿则多疾。日月晦朔弦望而私者，生儿则愚痴喑痖，钩绞了戾。逐阵而私者，生儿多凶暴无礼。亦犹木日造曲而酸，水日造酱则生虫，九焦日种谷则不生牙[⑤]，六合日遣鬼鬼不去，火日安蜂则蜜苦，土日种麻则不生。

麈尾能留红，扫毡毡不蠹。

鸵粪烟杀蚊壁虱。

李卫公言：“鹅惊鬼，鸡鹊厌火，孔雀辟恶。”

水母生儿无目，龟鳖生儿无耳。

桐庐人尝伐竹，遗竹见一宿竿，雉头蛇身犹未变。乃知竹为蛇，蛇为雉，头先化。曾于青城山小路上见之。

---

① 太火。四库本、子书百家本、百子全书本作“大火”，其余各本皆作“太火”。

② 贺志同本此条与上条分开。其余各本两条合为一条。

③ 壤壤。四库本、子书百家本、百子全书本作“攘攘”，其余各本皆作“壤壤”。

④ 子书百家本、百子全书本无“又”。

⑤ 生牙。四库本、子书百家本、百子全书本、陈逢衡疏证作“生芽”，其余各本皆作“生牙”。当为“生芽”。

鹤所以寿者，无死气于中也。

河水东北有石室，室中若有积卷，因谓之积书岩。每见神人往还，世人不悟其为仙者，又谓之神鬼。彼差[①]目鬼曰唐述，因名其山曰唐述山，堂曰唐述窟。道术之士多往栖焉。

巫咸山在安县[②]东南。巫咸右手操青蛇，左手操赤蛇，群巫所从上下。《大荒西经》曰："巫咸即巫肦[③]，巫彭、巫姑、巫真、巫孔、巫抵、巫谢、巫罗。"

先提山有钩蛇，长七八丈，尾末有岐。蛇在山涧水中，以尾钩岸上人、牛，食之。水傍瘴气特恶，气中有物，不见其形。其作有声，中木则折，中人则害，名曰"鬼弹"。郡有罪人，徙之禁防，不过十日，死也。

真菊可以延龄，野菊可以泻人。张华云："黄精益寿，钩吻杀人"，是矣[④]。

子程子曰："昔洛阳北部，有母既生子，病不能自举乳，求他妇负哺[⑤]之。子婴及孩，母疾不间[⑥]，子长不识所育，负哺者盗其爱。二母忿斗于庭，子佑负哺者，而反疏其生母。"

有人为山魈所祟，或教以爆竹如除夕可弭，人用其言获安，问之则曰：此《荆楚岁时记》以辟山魈。阴冷之气胜，则声阳以攻之。

萐莆[⑦]者，其状如蓬，枝多叶少，根如丝，叶如扇，不摇自动风生，主庖厨清凉，驱杀虫蝇，以助供养。尧时生于庖厨，为帝王去恶。孙柔、王充、《白虎[⑧]》皆云太平时萐生于庖厨中，熂一炬火，爨一镬水，终日不能熟[⑨]，倚一尺冰，置之热厨，终夜不能寒。

师旷奏清角，有鹤集廊门，延颈而鸣，饰翼而舞。今世有驯养之鹤，闻歌

① 差。四库本作"土"，子书百家本、百子全书本、陈逢衡疏证为"羌"，其余各本皆作"差"。

② 安县。陈逢衡疏证此处为"安邑县"。

③ 巫咸即巫肦。陈逢衡疏证为"巫咸、巫即、巫肦"。

④ 矣。贺志同本、逸史本、唐宋本、秘书本、四库本作"矣"，稗海本、子书百家本、百子全书本作"已"。

⑤ 哺。陈逢衡疏证为"乳"。

⑥ 间。陈逢衡疏证作"问"。

⑦ 萐莆。贺志同本、逸史本、唐宋本、秘书本、稗海本作"萐莆"，四库本、子书百家本、百子全书本作"萐莆"。秘书本旁有一行小字注"此字白虎通可谓萐莆是也"。"萐"检字书并无此字，当误。

⑧ 白虎。贺志同本、逸史本、唐宋本、秘书本、四库本作"白虎"，稗海本"白虎"下有"虎皆"两个小字，子书百家本、百子全书本、陈逢衡疏证作"白虎通"。

⑨ 熟。陈逢衡疏证作"热"。

曲拊掌而舞者，习之也。

正月上辰，出水边盥濯，食蓬饵以祓邪，汉仪也。

雏乌形类鸦乌，纯黑而觜红，亦曰阿雏乌。乌鸦反哺，为慈乌。腹下白不反哺[①]，为鸦乌；白头群飞为燕乌；大而白头为仓乌；卑居为楚乌；又鸦乌为贾乌，庄子曰鸦贾也。

相家说人臣得龙之一体，当至公相。曾公亮得龙之脊，王安石得龙之睛。

鱼劳则尾赤，人劳则发白。

鳣黄鱼口在颔下，无鳞，长鼻软骨，俗谓玉板。长二三丈，江东呼为黄鱼。

网鱼得鲂，不如啖茹。

《南越志》曰："乌鲗怀墨而知礼。江东人或取其墨，书契以给人物[②]，书迹如淡墨，逾年墨消，空纸耳。"

《抱朴子》："蟾蜍寿至千岁者，头上有角，颔下有丹书八字。"

裴頠《崇有论》曰："鸟无胃肺，蛤蜃无脏，蛭以空中而生，蚕以无胃而育。"

聒抱者，鸺鹠鹳鹊也；影抱者，龟鳖鼋[③]也。

视鸱制柂，观鱼制帆。

神和子，姓屈突，名无为，字无不为，张咏布衣时遇之。

海蟾子姓刘，名昭逺，华山陈抟馆之道院，与种放往来。[④]

广德先生杜光庭，处州人，仕唐为内供奉，避乱入蜀，王氏爵为师臣。

尔朱先生，伪蜀广政中，饮酒食猪脏，渝州刺史谓其幻惑，以竹笼沉之江，至夔，为渔人所得，上升。严补阙得青[⑤]金丹方，朱桃稚[⑥]、薛稷图其形，传于世。

---

① 不反哺。稗海本、子书百家本、百子全书本作"不能反哺"，其余各本皆作"不反哺"。

② 物。陈逢衡疏证无此字，但注文云："《埤雅》卷二引《南越志》同。'给人'下多'财物'二字，'墨消'作'自消'，'空纸'上有'唯'字。"

③ 龟鳖鼋。贺志同本、逸史本、唐宋本、秘书本、四库本作"龟鳖鼋"，稗海本、子书百家本、百子全书本、陈逢衡疏证作"龟鳖鼋鼍"。

④ 秘书本此条旁有小字注"此乃世人刘□海□之误"。

⑤ 青。陈逢衡疏证无此字，"得"字下有"奇人"二字。

⑥ 稚。四库本、陈逢衡疏证作"椎"，其余各本皆作"稚"。

吕洞宾谓侯生曰："蛇蝎，天地淘以自然之气，使之生以遂性，杀此救彼，有损无益。"取纸隐语"三口共一室，室畔水偏清"，乃吕洞宾字。

陈希夷先生，一睡或半岁，或三数月，近亦不下月余。留藏真息，饮纳玉液。吾睡真睡也，曾与毛女游。

鲤鱼大小并三十六鳞。

猬能跳入虎耳中，见鹊便自仰腹受啄。

水蛭亦如鱼子，经三年，得水犹活。

蛇蜕塞两耳治疟疾。覆盆子是莓子，笮取汁合成膏，涂发不白。獐鹿非八卦辰属，不荤膻，能温补，于人生死无尤，道家听用为脯。

天宝中，河南缑氏县太子陵仙鹤观，每年九月三日夜，有道士一人得仙。已有旧例，至日具姓名申府。张竭忠[①]为令，不之信，阴令二勇士执兵觇之，至三更有一黑虎入观来，衔一道士，射之不中，弃道士而去。令于是申府，请弓矢，大猎石穴中，格杀数虎，或金简玉录，冠帔鬓骨甚多，其观遂废为陵使之居。

晋元康中，梁国女子许嫁，而夫戍经年不归，女家更强以适人，寻病亡。夫还，问女所在[②]，夫径至墓，开棺，女遂活，因与俱归。后婿闻知，诣官争之。王导曰："此非常事，不可以常理断之，宜还前夫。"

惠帝世，杜锡家葬，婢误不得出，后十年开冢祔葬，而婢尚生。初婢之埋，年十五六，及开冢更生，犹十五六，嫁之，有子。

太和中，有开周世冢，得殉葬女子，数日而有气，数日而能言，郭太后爱养之。又太原人破棺得一生妇人，视其墓木，可三十岁。

南方木凝，其大如概类鼻涕[③]。闻人气[④]则闪闪而动，堕人体成疮，以射[⑤]香、朱砂涂之愈。

续博物志卷第二终

---

① 忠。陈逢衡疏证为"中"，应为"忠"。"张竭忠"事在《博异记》之《张竭忠》、《太平广记》卷四百二十八虎三《张竭忠》、《事类备要》别集卷七十七走兽门、《锦绣万花谷》后集卷三十九《虎》等宋人著作中也有记载，其字皆为"忠"字。

② 问女所在。稗海本、子书百家本、百子全书本作"问安所在"，其余各本皆作"问女所在"。

③ 其大如概类鼻涕。陈逢衡疏证言："当云：'大概类如鼻涕'。"

④ 陈逢衡疏证"闻"字前有"其"字。

⑤ 射，四库本作"麝"，其余各本皆作"射"。

续博物志卷第三

禹长九尺九寸，汤长九尺，孔子长十尺，文王长十尺，伍子胥长一丈，眉间一尺，韩王信八尺九寸，金日磾八尺二寸，东方朔九尺三寸。王莽时，奇士巨毋霸长一丈，大十围，本出于蓬莱。魏咸熙，大人见襄武[1]，长二丈，脚迹三尺二寸。符健皇始四年，有长人身长五丈。是月霖雨，河渭泛溢，中流得大屐一双，长七尺三寸，屐指长尺余。

《汉武故事》："东郡送一短人，长七寸，曰巨灵。"光武时颍川张仲师长[2]二寸，东方朔曰："西北荒中有小人，长七寸，朱衣玄冠。鹤国男女皆长七寸，海鹄吞之腹中不死。"

《子华子》曰："黄帝之治天下也，其精微之感荡，上沉而下浮，为百福之聚，是百神受职于庚[3]也。帝乃采铜，炼刚质也。登彼首山，就高明也。作大垆[4]者，鼓阳化。神鼎者，熟物之器也。上水而下火，二气升降以相济，中和之气也。群龙者，众阳之气。云者，龙属也。帝乡者，灵台之阙而心术之变也。弓裘衣冠者，帝之所以善世救俗之具也。甚矣，世之好怪也。后世必有人主好高而慕大，以久生轻举为羡慕者，左右狡诈希宠之臣，又从而逢之，是将甘心于黄帝之所造也。"

玉局观洞，高骈帅蜀，取罪人以绳绊其腰，令探浅深。绳两月[5]方绝，出青城山洞天观门。

巫山道士黄万护，以符药救人，蜀王建召之，铺草席水面，溯流而上，一日至成都，省郎曹图鄙其人[6]。

李德裕好饵雄朱，有道士自云李终南，笑曰："此是世间凡火，服之反促

① 《水经注》卷十七、《初学记》卷十九《人部下》、《锦绣万花谷》续集卷五皆载：《魏志》曰："咸熙二年，有大人见襄武县，长二丈余，脚迹长三尺二寸，白发，着黄单衣，黄巾。"

② 唐宋本有眉批"长下恐脱两尺二字"。

③ 庚。陈逢衡疏证作"庭"。

④ 垆。贺志同本作"炉"，其余各本皆作"垆"。《子华子》作"炉"，"炉"同"炉"。

⑤ 两月。贺志同本、稗海本、子书百家本、百子全书本、陈逢衡疏证作"两日"，逸史本、秘书本、四库本作"两月"，唐宋本缺一叶，无"玉局观洞""巫山道士黄万防""李德裕好饵雄朱"三条。

⑥ 省郎曹图鄙其人。稗海本、子书百家本、百子全书本无此句。

寿。”因出一玉象子，状如拳，曰：“此可求勾漏莹澈者。燃香致象鼻下，勿令妇人、鸡犬见之，三五日，象自服之，即复吐出，乃可服。此火玉太阳之精，凝结已三万年。以相公好道，因以奉借，唯忠孝是念，无自贻咎。”又出金象云：“此是雌者，贵其相伴，不尔玉象飞去。”德裕服之，有异。乃于都下采聘名姝，至百数不止，象砂不复吐。后南迁，再遇道士，怒甚，索二象。是夕，风雨涛濑并作，玉象如团火飞出船，德裕死于朱崖。

颜真卿遇道人陶八，八授以碧霞丹饵之，曰：“七十上有厄，如有，即吉。”后为卢杞所陷，缢死。希烈败，返葬，状貌如生，遍身金色，爪甲出手背，须发[①]皆长数尺，人咸异之。后有商人遇之于罗浮山，寄书至偃师。颜氏守茔者[②]曰：“此先太师亲翰书法，蚕头马尾，真得仙也。”

唐武宗四年，官市郎巾[③]，有疑为狼筋者，有老僧云：“贫道昔曾以一千，于贾胡市得三枚，状如巨蛹，两头光带黄色。泾帅段祐[④]宅失银器十余，集奴婢环庭炙之。虫栗动，有一女奴脸唇瞤动，乃窃器者。”

返魂香，东方朔曰：“月氏国使者献香，曰：‘东风入律，百旬不休；青云干[⑤]吕，连月不散。’意中国将有好道之君，故搜奇蕴异而贡神香。乘沉牛以济弱渊，策骥足以度流沙，今十三年矣。香能起夭残之死疾，下生[⑥]之神药也，疾疫夭死者，将能起之，以薰牙及闻气者即活。”明日，失使者所在。后元元年，长安疫死者大半，帝分香烧之，死未三日皆活，芳气三月不歇。余香一旦失亡。

《凉土异物志》：“葱岭水分流东西，西入大海，东为河源。禹所言昆仑，盖本河所出也，潜发于蒲昌。《洛书》所纪，出于重野，经积石为中国河

---

① 须发。子书百家本、百子全书本作“发须”，其余各本皆作“须发”。

② 守茔者。贺志同本、逸史本、唐宋本、秘书本作“守莹者”，其余各本作“守茔者”，应当为“守茔者”。

③ 郎巾。稗海本、子书百家本、百子全书本，作“郎中”，其余各本皆作“郎巾”。

④ 段祐。《陈逢衡疏证》作“羖祐”，并引《酉阳杂俎》续集《支动》篇作“羖祐”。查四部丛刊景明本《酉阳杂俎》续集卷之八，作“叚祐”，即“段祐”。“羖”与“叚”字相近，应为“段”。

⑤ 干。贺志同本、逸史本、唐宋本、四库本、子书百家本、百子全书本作“干”，稗海本、秘书本作“千”。《初学记》卷一、《太平预览》卷八作“千”。

⑥ 下生。四库本作“长生”，陈逢衡疏证作“更生”，认为“更，旧讹作‘下’”，其余各本皆作“下生”。

也。张骞但能至大宛，见河水初示[①]，达其潜发处。”桑钦《水经》云：“昆仑在河水西，北去嵩高五万里，其高万一千里。”郦道元云：“昆仑之山三级，下曰樊桐，一曰板松，二曰玄圃，一名阆风，上曰层城，一名天庭。是谓太帝之居。”《十三州志》云：“山去北海岸十三万里，有弱水周匝，东南接积石。”高诱曰：“河出昆山，伏流地中万三千里，禹导而通云[②]以出积石。”《山海经》乃云：“自昆仑至积石一千七百四十里。”又曰：“西海之南，流沙之滨，赤水之后，黑水之前，有大山曰昆仑。”又曰：“钟山西六百里有昆仑，周穆王昆仑瑶池，去周之瀍涧，特万有一千一百里。西王母告穆王云，去咸阳乃三十六万里。”东方朔《十洲记》：“方丈在东海之中央，群仙所治为昆仑。山有三角，曰阆风，曰玄圃，曰昆仑宫。”张华所叙昆仑铜柱为天柱，盖本方朔《神异经》也。释氏《西域志》：“阿耨达山上有大渊水，宫殿楼观甚大，即昆仑山。穆天子所至，即阿耨达宫也。西为新头河，为天竺诸国，皆度葱岭。”郭璞曰：“似别有小昆仑。”

李畋虞部《该闻录》所取神仙七人：尔朱先生；朱真人桃稚[③]；神和子屈突无为；海蟾子刘昭远；荣隐先生，火井县许山人；汉杜光庭。

龙脑香，段成式云：出波律国，树高八九丈，可六七尺[④]围，干脂为香，清脂为膏子，主内外障眼。又有苍龙脑，不可点眼，经火为熟龙脑。

《香谱》云：麝以一子真香糅作三四子，刮取血膜，杂以余㯭，皮毛不辨也。黎香有二色，蕃香、蛮香，又杂以黎人撰作，官市动至数千计，何以塞科取[⑤]之责？所谓真有三说：鹿群行山中，自然有麝气，不见其形为真香；入春以脚剔入水泥中藏之，不使人见，为真香；杀之，取其脐，一鹿一脐，为真香，此余所目击也。

仁善盛明曰舜，残民多亹[⑥]曰桀，残义损善曰纣，慈惠爱亲曰孝，爱民好

---

① 示。贺志同本、逸史本、唐宋本、稗海本、秘书本作“示”，四库本作“原”，子书百家本、百子全书本作“未”。

② 云。四库本、陈逢衡疏证作“之”，其余各本皆作“云”。

③ 稚。四库本、陈逢衡疏证作“椎”，其余各本皆作“稚”。

④ 尺。陈逢衡疏证无此字。

⑤ 取。陈逢衡疏证作“举”。观上下文意与“科举”无关，且上文有言“官市动至数千计”，因此应为“科取”。

⑥ 亹。四库本作“衅”，其余各本皆作“亹”。

与曰惠，圣善周文[①]曰宣，声闻宣远曰昭，克定祸乱曰武，聪明睿知曰献，温柔性善[②]曰懿，布德执义曰穆，仁义说民曰元，安纲[③]治纪曰平，乱而不损曰灵，保民耆艾曰明，辟土有德曰襄，贞心大度曰匡，太虑[④]慈民曰定，既过能正曰恭，不匡[⑤]其国曰声，一德不解曰简，夙兴夜寐曰敬，清白自守曰贞，柔德好聚曰靖，安乐治民曰康，小民[⑥]畏忌曰僖，中身早折曰悼，慈仁和民曰倾[⑦]，好勇致力曰庄，恭仁短折曰哀，佐[⑧]国逢难曰愍，名实过爽曰缪，壅遏不通曰幽，暴虐无亲曰厉，致志士[⑨]图曰景，辟土兼国曰桓，经纬天地[⑩]曰文，执义扬善曰怀，短折不成曰殇，去礼远众曰炀，怠政外交曰携，治典不敷曰震。

太学同官有曾官广中者，云：沉香，杂木也，朽蠹浸沙水，岁久得之。如儋崖海道、居民桥梁，皆香材，如海桂、橘柚之木，沉于水多年得之，为沉水香。《本草》谓为似橘是矣。然生采之即不香也。

《海药本草》[⑪]云：降真香，主天行时气，烧之或引鹤降。

省头香[⑫]即香附子。

《仓颉解诂》云："芸蒿似邪蒿，可食。"鱼豢《典略》云："芸香辟纸鱼蠹，故藏书台称芸台"。

南唐女冠耿先生，鸟爪玉貌，获宠于元宗。将诞之夕，震雷绕室，大雨河倾，半夜雷止，耿身不复孕。大食国进龙脑油，上所秘惜，先生见之曰："此非佳者，当为大家致之。"乃缝夹绢囊，贮白龙脑一斤，垂于栋上，以胡瓶盛

---

① 文。四库本作"闻"，其余各本皆作"文"。

② 性善。四库本作"圣善"，其余各本皆作"性善"。

③ 安纲。四库本作"布纲"，其余各本皆作"安纲"。

④ 太虑。四库本作"大虑"，其余各本皆作"太虑"。

⑤ 匡。四库本作"生"，其余各本皆作"匡"。

⑥ 民。四库本作"心"，其余各本皆作"民"。

⑦ 倾。四库本作"顺"，其余各本皆作"倾"。

⑧ 佐。四库本、陈逢衡疏证作"在"，其余各本皆作"佐"。

⑨ 士。四库本作"立"，其余各本皆作"士"。

⑩ 经纬天地。陈逢衡疏证作"经天纬地"。

⑪ 《海药本草》六卷，唐李珣撰。李珣（生卒年月不详），字德润。少有诗名，尤工词，是"花间派"重要词人之一。著有《琼瑶集》，已佚。他祖上作香药（即海药）生意，受家庭熏陶，撰写《海药草本》六卷。书在南宋末年亡佚。今人尚志钧辑校本，共收入131条。收录在"中医古籍整理丛书"之中。

⑫ 省头香。子书百家、百子全书本作"雀头香"，其余各本作"省头香"。《香谱》作"雀头香"，当为"雀头香"。

之，有顷如注。上骇，叹不已，命酒泛之，味逾于大食国进者。又于元宗前搦雪为银铤，投红炉淬之，成中金，指痕犹在。又取宫妓箕中粪壤炒为银，开宝末内库尚有先生粪银。炒小麦于银釜成真珠。

禹治水土，至北海之北，有国曰终北。国之中有山，山名壶领，状若甔甀，项有口，状若负环，名曰滋穴。有水涌出，名曰神瀵，臭过椒兰，味逾醪醴。一源分为四埒，注于山下。民饮于神瀵，浴于神瀵。此《列子》寓言也。

泥壁未干，挥涕其上，阴雨中化为虫，状如蚓。

东方介氏之国，其国人数数解六畜之语者[①]，盖偏知之所得。太古神圣之人备知万物情态，悉解异类音声，会而训之，言血气不相殊也。

条支国临西海，出师子，大雀。郭义恭《广志》曰："大雀，颈及身、膺、蹄都似橐驼，举头高八九尺，张翅丈余，食大麦，其卵如瓮。今之驼鸟也。"汉元帝时，有大鸟如马驹，时人谓之爰居。

环王国，野象一牡管三十余牝，牝者牙才二尺，迭供牡者水草，卧则环守，牡象死，共埋之，号吼其处，乃散。

鳖为膗[②]，数食可长发。[③]

鲑鱼心肝及头毒如野葛。

蝤蛑大者力能与虎斗，取之不戒，螯能剪杀人。

鲎皮壳甚锐，然性畏蚊，蚊小螫之辄毙。《燕山录》曰："煮羊以鼺，煮鳖以蚊，物有相感。"鹈鹕饮水数升而不足，鳣鲔入口若露而死。猿有手，可以捕鼠而制于鼠。鹿有角可以触犬而制于犬。

续博物志卷第三终

续博物志卷第四

燧人四佐，明由晓升级，政也；必育受税俗[④]，赋也；成博受古诸，侯也；

① 其国人数数解六畜之语者。贺志同本、稗海本作"其国人数数解音声之语者"，逸史本、唐宋本、秘书本、子书百家、百子全书本作"其国人数数解六畜之语者"，四库本作"其国人数解六畜之语者"。

② 鳖为膗。四库本作"鳖膗"，各本皆作"鳖为膗"。

③ 发。贺志同本、稗海本、子书百家、百子全书本作"须"，其余各本皆作"发"。

④ 税俗。秘书本作"税役"，其余各本皆作"税俗"。

陨丘受延嬉，录也。

伏牺六佐，金提主化俗，民也；鸟明[①]主建福，利也；视默主灾恶，害也；纪通为中职，内也；仲起为海陆，土也；阳侯为江海，水也。

黄帝七辅，风后受金法；天老受天箓；五圣受道级；知命受纠俗；窥纪受变；复地典受州；络力墨受淮斥[②]，力墨或作力牧。

陶渊明云：事见《论语·摘辅象》。孔长彦、孔季彦兄弟，聚徒数百，故时人为之语曰："鲁国孔氏好读经，兄弟讲诵皆可听，学士来者有声名，不过孔氏那得成。"

孔子生鲤，字伯鱼。鲤生伋，字子思。伋生白，字子上。白生求，字子家。求生箕，字子京。箕生穿，字子高。穿生子顺，相魏[③]。自叔梁纥至子顺九世，魏城大梁[④]。

毛虫之精曰麟，羽虫之精曰凤，介虫之精曰龟，鳞虫之精曰龙，裸虫之精曰圣人。

刘向校勘以来，子歆为《七略》，大凡万三千二百六十九卷。王莽焚烧之后，王允收而西者，仅七十余乘，道远，复弃其半。荀勖分经、史、子、集为四部，大凡九千九百四十五卷。西晋李充以勖旧部校之，在者三千一十四卷。宋谢灵运造《四部目》，凡四千五百八十二卷，王俭造《目录》万五千七十四卷。齐王亮造《书目》万八千一十卷。梁任昉文德殿所藏二万三千一百六卷。元帝克平侯景，收文德殿书归江陵，凡十余万卷，周师[⑤]焚之。宋武所收四千卷，后周书目八千，增至万卷。周武平齐，仅至五千卷。唐灭隋，魏郑公尽收图书，载以船，经砥柱，没十之七八，大凡八万六千九百六十六卷，见在三万六千七百八卷。开元中《四部目录》，凡五万一千八百五十二卷。

自秦同书文，丞相斯作《仓颉篇》，中车府令高作《爰历篇》，太史敬作《博学篇》，文园令相如作《凡将篇》，黄门令游作《急就篇》，皆书文之林

---

① 鸟明。秘书本作"鸟门"，其余各本皆作"鸟明"。

② 受淮斥。子书百家本、百子全书本作"受准斥"，其余诸本皆作"受淮斥"。

③ 相魏。陈逢衡疏证无此二字。

④ 魏城大梁。四库本作"世徙大梁"，其余诸本皆作"魏城大梁"。

⑤ 周师。四库本作"魏师入"，其余诸本皆作"周师"。当为"周师入"。

苑，欲识字者不可不知。惜哉，《凡将》已上不可复见，《急就章》存焉，西京文气亦可见矣。颜籀注此书，尝得皇象、钟繇、卫夫人、王会稽等篇。世所传，唯张芝、索靖二家[①]为真章草书。芝有“凤爵鸿鹄”等数行，靖所书乃三之二，自“母[②]縛”而下阙七百五十字。

前辈云“于”字、“必”字无草书。

宋袁淑文《庐山公九锡文》：“荷橐致餐，尔之功。音随时兴，尔之智。用不应时，尔之鸣。长颊广额，修尾后垂，尔之能。是用遣中大夫闾丘庐，加尔使御[③]、大鸿庐、班脚大将军，以扬州之庐江、吉之庐陵、吴之桐庐，封尔为庐中公[④]。”《大兰王九锡文》：“太亥[⑤]十年乙亥朔[⑥]，十三日丁亥，燕伯使者豪豨，册命大兰王曰：‘咨！资豢养于人主，虽无爵而有秩，君之纯。封国豕氏，君之美。白蹢彰于周诗，涉波应乎隆象，君之德。长驱直突，阵无全锋，君之勇。’”

宣父因祷尼山得名丘，字仲尼。子名鲤，字伯鱼，史鳅亦字子鱼。冉耕字伯牛，如斗谷、于菟之类，黑臀、杵臼之类甚多。

宋齐丘乃字超回，不自量如此。孟轲、庄周其字不传，或云轲字子舆，周字子休，皆后人以意取之耳。

东汉无复名，或云王莽之禁，沿袭所致。

“不可”为“叵”，“如是”为“尔”，“而已”为“耳”，“之乎”为“诸”。西域二合之音，切字之原也。

绛州碧落观天尊像[⑦]高丈余。唐龙朔中，刺史李谌为母氏太妃追荐所造。

---

① 二家。陈逢衡疏证无此二字。

② 母。陈逢衡疏证作“毋”，应为“母”。“母縛”，《骈雅训纂》卷三下驯纂七：“【急就章第十一】禅衣蔽膝 布母縛，【小颜注】布母縛者，薉貉女子以布为胫空，用絮补核状如襜褕。薉貉者，东北之夷也，说者或云母縛布名，非也。【王氏补注】黄氏曰，江东谓鵕鸏为布母，布母縛，小衣也，犹犊鼻耳，縛音祖昆反”。

③ 加尔使御。四库本作“加尔使衔勒”，陈逢衡疏证无“使御”二字，其余诸本皆作“加尔使御”。《庐山公九锡文》原文作“加尔使衔勒”。当为“加尔使衔勒”。

④ 庐中公。四库本、子书百家本、百子全书本、陈逢衡疏证作“庐山公”，其余各本皆作“庐中公”。当为“庐山公”。

⑤ 太亥。四库本作“大亥”，其余诸本皆作“太亥”。《大兰王九锡文》原文作“太亥”，当为“太亥”。

⑥ 朔。陈逢衡疏证无此字。

⑦ 像。陈逢衡疏证作“相”。

上有篆文，老黄冠云："李使君，高宗之子。"有二道士求篆此文，闭户篆毕，化为二白鸽飞去，余一"及"字，欠一画。李阳冰于此学篆凡十二年，终不得其妙。

明皇获二十七仙玉像于宁州罗川县金华洞，奇伟异状，各各不同。内有心星一坐，甚美，手板复有明致御名，其地属互[①]可思庄[②]，其人已百岁，后置真宁观改罗川为真宁县，今有《玉象图》传于世。

乾元[③]末，肃宗获十三宝于楚州，改元宝应。

天宝中，大宛进汗血马六匹，一曰红叱拨。二曰紫叱拨，三曰青叱拨，四曰黄叱拨，五曰丁香叱拨，六曰桃花叱拨。上乃制名曰红辇[④]，曰紫玉辇，曰平山辇，曰凌云辇，曰飞香辇，曰百花辇。后幸蜀，以平山凌云为谶。《西京杂记》："汉文自代还，有良马九匹，皆天下骏也，一浮云，二赤电，三绝群，四逸骠，五紫燕，六绿骊，七龙子，八驎驹，九绝尘，号'九逸'。"

《易林》曰："巽为鸡，鸡鸣节时，家乐无忧。"

《皇览》曰："蚩尤冢在东郡寿张县阚乡城中，高七尺，常十月祠之。有赤气出，如绛，名为蚩尤旗。"

谷城西流泉西北入清水域，西北三里有项羽冢，石碣犹存，题云"项王之墓"。《皇览》谓"去县十五里"，谬也。彭城谷阳城西南又有项羽冢，《水经》谓为非。鲁为楚守，汉王以羽首示鲁，乃降。遂以鲁公礼葬羽于谷城，以谷阳城、谷城二冢，得非身首异处乎？《皇览》曰："山阳巨泽县有肩髀冢。黄帝杀蚩尤，身首异处，故别葬，亦二冢也。"

济水东北，泺水出焉。泺水出历县，旧水涌若轮[⑤]，齐侯会于泺是也。有舜妃庙，对山有舜祠、舜井，舜耕历山亦云在此。蒲坂县西有历观，舜所耕历

---

① 互。四库本作"王"，其余各本皆作"互"。

② 庄。陈逢衡疏证无此字，"思"字后有"并"字，疑为"庄"字抄误也。

③ 乾元。贺志同本、稗海本脱"上"字，逸史本、唐宋本、秘书本、四库本作"乾元"，子书百家本、百子全书本作"上元"。

④ 红辇。四库本作"红缺辇"，其余各本皆作"红辇"。《子史精华》卷一百三十七《动植部三》、《佩文韵府》卷四十六之二皆作"红玉辇"，另据下文的"黄玉辇"，当脱"玉"字。

⑤ 泺水出历县，旧水涌若轮。四库本作"泺水出历城旧县，水涌若轮"，其余各本皆作"泺水出历县，旧水涌若轮"。

山，有舜井，沩汭二水，山上有舜庙。周处《风土记》曰："舜葬上虞。耕处即始宁剡二县，山下多柞木，吴越之间名柞为枥，故曰历山。"二说一以泺为历，一以枥为历，未知孰是。皆郦道元说。

牧靡县因草得名，生[①]牧靡可以解毒。鸟多误食乌啄[②]，口中毒，必急飞往牧靡山，啄牧靡以解毒。

马出越睒之西，若羔。纽莎縻之，粉米饮之，七岁可御，日驰数百里。

《东观汉记》："王阜为益州太守，神马四出滇河中。魏末有神马夜过官牧，迹大如斗[③]，入河水中。"

《真诰》："金陵，古名之为伏龙之地。句曲山，秦时为句金之坛[④]，以积金山得名，山生黄金。汉灵帝诏采句曲之金，以充武库。孙权遣宿卫人采金，屯伏龙之地，因改名金陵。"陶洪景[⑤]云："大茅山尚有数坑名金井，山之近东诸处，碎石往往皆有金砂。"《真诰》又云："水色白，都不学道，饮此水亦令人寿，亦金津液之所溉耶。"

冈山有穴，通大句曲山，有石脑在方山下。石脑故如石，但小斑色而软，形状圆小，如层色[⑥]，似钟乳。李整昔有风疾，先多房事，服此乃愈。

豫章城南门曰松阳门，门内有樟，高七丈五尺，大二十五围，垂阴数亩。《汉官仪》曰："豫章郡树生庭中，因以为名。"

刘歆云："湖汉等九水入彭蠡，因言九江。"

沬水出广柔，徼外有石纽乡，禹所至[⑦]也。

沬水自蒙山至南安溷崖，水脉漂疾，历代为患。蜀守李冰发卒凿平溷崖，河神赑怒，冰操刀入水，与神斗，遂平溷崖。

续博物志卷第四终

---

① 生。陈逢衡疏证无此字。

② 啄。四库本、子书百家本、百子全书本作"喙"，其余诸本皆作"啄"。

③ 迹大如斗。稗海本、子书百家本、百子全书本作"迹大如牛"，其余各本皆作"迹大如斗"。

④ 坛。稗海本缺此字。

⑤ 陶洪景。四库本作"陶弘景"，其余各本皆作"陶洪景"。当为"陶弘景"。

⑥ 层色。四库本作"甑色"，其余各本皆作"层色"。当为"层色"。

⑦ 至。四库本作"生"，其余各本皆作"至"，陈逢衡注："生，旧作'至'，今改正。"应为"至"。

续博物志卷第五

女娲之功烈，上际九天，下契黄垆，名声被后世，光辉重万物。乘雷车，服应龙，骖青虬，席萝图，震黄璐，援绝瑞，前白螭，后奔蛇。

项浚《始学篇》曰："天地有天皇，十三头。"《洞冥记》曰："一姓十三人。"徐整《历纪》曰："岁纪摄提，元气肇，有神灵一人，有十三头。"《始学篇》曰："人皇九头，兄弟九人，九州岛各居其一。"

夷者，抵也。其类九：畎夷、千夷[①]、方夷、黄夷、白夷、赤夷、玄夷、风夷。[②]蛮者，慢也。其类八：天竺、咳首、僬侥、跛踵[③]、穿胸、儋耳、狗轨[④]、旁春[⑤]。戎者，凶也。其类六：侥夷、戎央[⑥]、老白、耆羌、鼻息、天刚。狄者，辟也。其类五：月氏[⑦]、戎貊[⑧]、匈奴、单于、白屋。

蜀蛮卭部川都王蒙备死，气未绝，其妻子以锦数匹，相续系死者，曳之于地，置十数里外高山上，令气绝。乃复以锦被，裹而埋之。会其族哭之，名作鬼亲守。近州蛮人说其事。倭辰余国，或横书，或在书，或结绳，或锲木，唯高丽摹写颍法[⑨]，取正中华。

以清水漱口，饮酒至斗不乱，或曰酒毒自齿入也。

南人好饮茶，孙皓以茶与韦昭代酒。谢安诣陆纳，设茶果而已。北人初不识，开元中，太山灵岩寺有降魔师，教禅者以不寐，人多作茶饮，因以成俗。

楚人陆鸿渐为《茶论》，并煎炙之法，造茶具二十四事，以都统笼贮之。常伯熊者，因广鸿渐之法。伯熊饮茶过度，遂患风气。或云："北人未有茶，多黄病，后饮，病多腰疾，偏死。"

---

① 千夷。四库本作"于夷"，其余诸本皆作"千夷"。

② 其类九：畎夷、千夷、方夷、黄夷、白夷、赤夷、玄夷、风夷。查九夷数缺一，陈逢衡疏证"风夷"二字后多"阳夷"二字，应是所缺九夷之一。

③ 跛踵。子书百家本、百子全书本、陈逢衡疏证作"跂踵"，其余各本皆作"跛踵"。

④ 狗轨。子书百家本、百子全书本作"狗轵"，其余各本皆作"狗轨"。

⑤ 旁春。子书百家本、百子全书本、陈逢衡疏证作"旁脊"，其余各本皆作"旁春"。

⑥ 戎央。子书百家本、百子全书本作"戎夷"，其余各本皆作"戎央"。

⑦ 月氏。贺志同本、四库本作"月氐"，其余各本皆作"月氏"。

⑧ 戎貊。陈逢衡疏证"戎"字作"绒"。

⑨ 陈逢衡疏证"法"字前有"书"字。

唐则天于东都造明堂，高三百尺，九州岛鼎置明堂之下，当中豫州鼎，高一丈八尺，受一千八百石。余各依方面，高一丈四尺，受一千二百石。都用铜五十六万七百一十二斤。

禹治洪水，观于河。见白面长人鱼身，出曰："吾河精也。"授禹《河图》而返于渊。又曰："尧修河洛，有五老相谓：'《河图》将来，告帝以期，知我者重瞳也。'"五老乃翻为流星，而升①于昴。

山东风俗，遇正月，取五姓女，年②十余岁，共卧一榻。覆之以衾，以箕扇之，良久如梦寐。或欲刺文绣，事笔砚，理管弦，俄顷乃寤。谓之扇天下③以乞巧。

衡山，五岳之南岳也。黄帝以潜、霍为山之副。《尔雅》云："霍山为南岳。"至汉武，以衡山道远，徙祭于庐江潜山。或曰衡山即霍山。《山海经》："衡山，即岣嵝山。常山者，阴终阳始，其道长久，故北山曰常山。山亦恒，其山五谷四种五获。"④

一胜⑤粱米，以纯苦酒一斗渍之，三日出，百蒸百暴。远行，一餐十日不饥，重餐四百九十日不饥。又方米一斗，赤石脂三斤，水渍之，二三日捣为圆⑥，如李大，可辟谷。

《灵宝五符经》："用白鲜米九蒸九暴。"

庚桑名楚，《史记》作尤桑⑦。

夏棘字子棘，为汤大夫。《列子》作夏革。

《月令》曰："椒是玉衡星精，服之身轻能老，柏是仙药。"又云："进酒次第，当从小起，以年少者起先。"

燃草爆竹起于《庭燎》。

---

① 升。陈逢衡疏证作"入"。

② 年。陈逢衡疏证无此字。

③ 天下。贺志同本、逸史本、唐宋本、四库本、子书百家本、百子全书本作"天卜"，稗海本作"天下"。

④ 山亦恒，其山五谷四种五获。四库本作"亦名恒山，五谷四种五获"，陈逢衡疏证作"亦名恒山，其山五谷四种五获"，其余诸本皆作"山亦恒，其山五谷四种五获"。

⑤ 胜。四库本、陈逢衡疏证作"升"，胜和升为通假字。

⑥ 圆。稗海本、子书百家本、百子全书本作"丸"、其余各本皆作"圆"。

⑦ 尤桑。稗海本、子书百家本、百子全书本、陈逢衡疏证作"亢桑"，其余各本皆作"尤桑"。《史记》作亢桑，故应为亢桑。

正月望祭门。先以杨枝插门，随杨枝所指，以酒脯、饮食及豆粥插箸祭之。

酒杯藤出西域，藤大如臂，叶似葛，花实如梧桐，花坚可以酌酒，有文章[①]，映彻可爱，实大如指，如豆蔻[②]，香美销酒。来至藤下，摘花酌酒，仍以其实醒酒。国人宝之，不传中土。张骞使大宛，得之。出《张骞出关志》。

菊花舒时采茎叶，杂黍米酿之，至来年九月九日始熟，谓之菊花酒。

孟诜云："葡萄不问土地，但收之酿酒，皆得美好。"

昔有于王敦城下得一铜钲，中间铸一物如羊头，其身如篆文，乃飞廉也。

仓颉本鸟迹为字，取其孳乳相生，故有六义。秦用篆文，烧书，古文遂绝。或曰："大篆出周宣王史籀，小篆出秦李斯及胡母敬。"又曰："古隶之书起于秦，省篆为隶，以便文行，剧务以明。"隶者，篆之捷也。或曰："程邈于云阳增损"。或云："临淄人发古冢得铜棺[③]，前和外隐为隶字，言齐太公世孙[④]胡公之棺。"唯三字是古隶，证知隶自古非始于秦。或曰："秦人王次仲，变仓颉旧文，为今隶文。始皇奇而召之，三征不至。秦槛车征之，次仲化为大鸟飞去，落三翮[⑤]于山。"山有大翮、小翮之名。

彭城县，古彭祖之国也。《世本》曰："陆终之子，其三曰篯，是为彭祖。下曰彭祖冢。彭祖长年八百，绵寿永世，而亦有冢者，盖亦元极之化。"

蒲坂西，舜所都。有姓刘名堕，采楫[⑥]河流，酝成芳酎。食伺枯枝之年[⑦]，排[⑧]于桑落之辰，故酒得其名。方土之贡，最为佳酌。每云索郎，有顾思同旅语，索郎反语为桑落也。

海中有庭朔山[⑨]，上有桃木，蟠屈三千里，枝东北鬼门，万鬼所出入也。

---

① 有文章。陈逢衡疏证"有文章"前有"自"字。

② 如豆蔻。陈逢衡疏证"如豆蔻"前有"味"字。销。四库本作"消"，其余诸本皆作"销"。来至藤下。陈逢衡疏证"来至藤下"前有"士人提酒"四字。

③ 铜棺。稗海本、子书百家本、百子全书本作"桐棺"，其余各本皆作"铜棺"。

④ 太公世孙。子书百家本、百子全书本、陈逢衡疏证作"太公六世孙"，其余各本皆作"太公世孙"。

⑤ 三翮。四库本、陈逢衡疏证作"二翮"，其余诸本皆作"三翮"。后文言"山有大翮、小翮之名"，故应为"二翮"。

⑥ 采楫。四库本作"探挹"，其余诸本皆作"采楫"。

⑦ 食伺枯枝之年。四库本作"饮伺枯枝之日"，其余诸本皆作"食伺枯枝之年"。

⑧ 排。四库本作"醉"，其余诸本皆作"排"。

⑨ 庭朔山。四库本、陈逢衡疏证作"度朔山"，其余诸本皆作"庭朔山"。

茶与郁垒居其门，执苇索以食鬼。故十有二月岁竟腊之夜，遂以茶、垒并挂苇索于门。

王充云："会稽本山名。夏禹巡狩，会计于此，遂以名郡。"或曰："此非五岳，禹时吴裸断发文身，无会计事。"

董生《春秋繁露》曰："春旱，以甲乙日为苍龙，长一丈八尺，居中央，为小龙七，各长四尺，于东方，皆东向，其间相去八尺[①]。小童八人，斋三日，服青衣而舞之。下三时准此。皆燔雄鸡，烧猳猪尾，于里北门及市中以祈焉。"

蜥蜴求雨法："以土实巨瓮，作木蜥蜴。小童操[②]青竹，衣青衣以舞，歌曰：蜥蜴蜥蜴，兴云吐雾，雨若滂沱，放汝归去。"

交州安阳王有神人，名皋通，为安阳王治弩一张，一发杀三百人。

今之所谓石，九十二斤法为准，汉秤三百四十一斤也。今之蹶弩九石，古之二十五石。比魏武卒二人之力，挽弓三石。古之三十四钧，比颜高之弓，当五人有余。

续博物志卷第五终

续博物志卷第六

少典产黄帝；黄帝产元嚣；元嚣产蟜极；蟜极产高辛，是为帝喾；帝喾产放勋，是为帝尧。

黄帝产昌意；昌意产高阳，是为颛帝，昌意，元嚣弟，黄帝次子也。颛帝产穷蝉；穷蝉产敬康；敬康产勾芒；勾芒产蟜牛；蟜牛产瞽瞍；瞽瞍产重华，是为帝舜及象。

颛帝产鲧，鲧产文命，是为禹。

《唐六典》："三年一享帝喾氏于顿丘；享唐尧于平阳，稷、契配；享虞舜于河东，咎繇配；享夏禹于安邑，伯益配；享商汤于偃师，伊尹配；享周文王于酆，太公配；享武王于镐，周公配；享汉高祖于长陵，萧何配；享[③]皆以

① 八尺。秘书本作"八人"，其余诸本皆作"八尺"。

② 操。四库本作"探"，其余诸本皆作"操"。

③ 享。陈逢衡疏证无此字。

仲春之月。”

蜀州青城丈人山，每岁春秋时[①]，享以蔬馔，以县令行。

车频《秦书》曰：“苻坚高陆县民穿井得龟，大二尺六寸，背文负八卦古字。坚以石为池，养之十六年而死。取其骨以问吉凶，名为客龟。言：‘我将归江南，不遇死于秦’。曾于梦中自解曰：‘龟，三万六千岁而终，苻秦亡之证。’”[②]

秦龟即山中龟，不入水。水中神龟，长一尺二者佳。龟见蛇则呷而食之。

李德[③]曰：“扬雄《蜀王本纪》言：‘张仪筑城，依龟行迹筑之’。到此，闻龟壳藏酒库[④]。宇文遇曰：‘比尝为主库小吏，见龟壳，长六尺。’元和初，高崇文截以为带胯。”

野王县东南有孔子庙，有碑。魏太和元年，孔灵度[⑤]以旧宇毁址求修复。野王令范众爱、河内太守元真、刺史高允表闻，立碑于庙。治中刘明、别驾吕次文、主簿向班虎、荀灵龟以宣尼大圣，非碑颂所称，宜立记焉。仲尼闻杀鸣犊，旋车而反，晋思之为立庙，碑云：“孔氏官于洛阳下，追思圣祖，故立庙。”亦犹刘累迁鲁，立尧祠于山矣。

鸷鸟雄小雌大。庶鸟雄大雌小。

鸂鶒能敕水，故宿水而物不害[⑥]。鸩[⑦]能巫步禁蛇，啄木遇蠹，以嘴画字成符而蠹自出。鹊有隐巢木，鸷鸟不能见。燕衔避[⑧]戊巳日，则巢固而不倾。鹳有长水石，故能于巢中养鱼而水不涸。燕恶艾，雀欲夺之，则衔其中[⑨]。

---

① 每岁春秋时。陈逢衡疏证作“每岁春秋三时”。

② “言：‘我将归江南，不遇死于秦’。曾于梦中自解曰：‘龟，三万六千岁而终，苻秦亡之证。’”此句四库本作“曾于梦中自解：‘我将归江南，不遇死于秦。’解曰：‘龟，三万六千岁而终，苻秦亡之证。’”其余各本皆作“言：‘我将归江南，不遇死于秦’。曾于梦中自解曰：‘龟，三万六千岁而终，苻秦亡之证。’”

③ 李德。陈逢衡疏证作“李德裕”。

④ 闻龟壳藏酒库。在陈逢衡疏证中，“闻”作“问”，“酒”字前无“藏”字，“库”字后有“官”字，则此段为“问龟壳，酒库官宇文遇曰”。陈逢衡疏证言：“《孔六帖》：‘张仪筑成都城，依龟行路筑之。李德裕镇西川，龟壳犹在，后为高崇截作腰带胯。’”查“宇文遇”其人，《太平广记》卷四百七十二水族九《高崇文》、《蜀中广记》卷六十《方物记》、《天中记》卷五十七《龟》等皆言宇文遇为“军资库官”，故而陈逢衡改其为“酒库官”可能是据上下文附会。

⑤ 孔灵度。贺志同本、稗海本作“礼灵度”，其余各本皆作“孔灵度”。当为“孔灵度”。

⑥ 不害。陈逢衡疏证“害”字前有“为”字，为“不为害”。

⑦ 鸩。稗海本、子书百家本、百子全书本“鹤”，其余各本皆作“鸩”。

⑧ 燕衔避。四库本作“燕衔土避”，陈逢衡疏证作“燕衔泥避”，其余各本皆作“燕衔避”。

⑨ 则衔其中。四库本作“则衔置其中”，其余各本皆作“则衔其中”。

鹭有长翰毛，江东人取以为睫擒[①]，名之曰白鹭缞[②]。

虎鹰能飞捕虎豹，身大如牛，翼广二丈。

谖草[③]一名鹿葱，花名宜男。《风土记》云：妊妇佩其花，生男也。

李卫公云："金钱花，损眼"。

牡丹初不载文字，惟以药见《本草》。唐则天以后，洛花始盛，沈、宋、元、白亦不及也。刘梦得有《咏鱼朝恩宅牡丹》，但云"一丛千朵"。谢灵运言永嘉竹间多牡丹，今越花不及洛花远甚。或曰灵运之所谓牡丹，今之芍药，特盛于吴越。

杞菊、山芋、牛蒡，道家以为嘉蔬。江淮百合，根大而味甘，南地微苦。其次决明、合欢、槐芽，亦可食。孙思邈以合欢为萱草，嵇叔夜[④]"合欢蠲忿，萱草忘忧"，两物也。

山萧[⑤]，一名山缲，《神异经》作"猱"。《永嘉郡记》作"魅"。一名山骆，一名蛟，一名濯肉[⑥]，一名热肉，一名晖，一名飞龙。如鸠，青色。亦曰治鸟。巢大如五斗器，饰以土垩，赤白相间，状如射侯。犯者役虎害人，烧人庐舍。昔值洪水，食都树皮，饿死化为鸟。姚、汪、王三姓其姓[⑦]也。

俗讳五月上屋，言五月人蜕上屋，见影，魂当去。

二广有草，名胡蔓。以急水吞之即死，慢水即缓死。取毒蛇杀之，以此草覆之，洒水，菌生其上。末为毒药杀人。

北人淫南妇，辞归，以毒置食，约以年月复还，解以他药。不尔，毒发死矣，谓之定年药。南游者宜志之。

宋刘亮合仙丹，须白蟾蜍、白蝙蝠，得而服之，立死。唐人陈子真得蝙蝠大如鸦，食之，一夕，大泻而死。

小蜘蛛长脚者，一名蟏蛸，一名长畸，俗名喜子。陆机[⑧]《疏诗》[⑨]：名长

---

① 睫擒。子书百家本、百子全书本"捷罹"，其余各本皆作"睫擒"。

② 缞。子书百家本、百子全书本"缞"，其余各本皆作"缞"。

③ 谖草。四库本作"萱草"，其余各本皆作"谖草"。

④ 嵇叔夜。子书百家本、百子全书本"嵇叔夜云"，其余各本皆作"嵇叔夜"。

⑤ 山萧。子书百家本、百子全书本"山肖"，其余各本皆作"山萧"。

⑥ 濯肉。子书百家本、百子全书本"灌肉"，其余各本皆作"濯肉"。

⑦ 姓。四库本作"孙"，其余各本皆作"姓"。当为"姓"。

⑧ 陆机。子书百家本、百子全书本"陆玑"，其余各本皆作"陆机"。当为"陆玑"。下同。

⑨ 陆玑《诗》疏。

脚，荆州河内人谓之喜母。

段成式云："主夜神咒可辟恶梦。咒曰：'婆珊婆演帝'。"

清泰小字二十三，盖正月二十三日生也，以是日为千春节①。人臣②奏对，但云"两旬三日"，或数物则云二十二更过二十四，不敢斥尊也。

《先贤传》："鲁有恭士③，名曰氾，行年七十，其恭益甚。冬日行阴，夏日行阳，一食之间三起。"

秦穆公时，有人掘地得物若羊，将献之，道逢二童子谓曰："此名为蝹，常在地中食死人脑，若欲杀之，以柏东南枝捶其首。"由是墓皆植柏，又曰："柏为鬼廷"。

汉孝和时，南海献龙眼、荔枝。十里一置，五里一候。《交州记》曰："龙眼高五六丈，似荔枝而圆小。"《谢承书》曰："唐羌，字伯游，上书谏：'以龙眼荔枝及生鲜献之，驿马昼夜传送，至有死者。二物升殿，未必延年益寿。'帝从之。"

魏初，传古文出邯郸淳，石经古文转失淳法。石长八尺，广四尺。碑石四十八枚，广三十丈。魏文帝刊《典论》六碑附于其次。陆机④《太学赞》别一碑，在讲堂下，载蔡邕、韩说、高堂溪等名。《太学弟子赞》复一碑在外门中，又一碑汉顺帝阳嘉八年立，云："建武二十七年造太学，永建六年九月诏书修太学。工徒十一万二千人，阳嘉九年八月作毕。"有《晋辟雍行礼碑》，是太始二年立。

子曰：乾之动，直静专。坤动，辟静翕。其根也，天根每日两度蹴入尾问⑤，巨壑则海沸出潮。

世传费长房得符于壶公，以是制服百鬼，其后鬼窃其符，因以杀长房。

道士尸解，谓之身经⑥太阴。

---

① 千春节。四库本、陈逢衡疏证作"千秋节"，其余各本皆作"千春节"，陈逢衡疏证引《天中记》，言清泰乃后唐李从珂纪元，李丛珂小字二十三，为正月二十三生人，故以正月二十三为千春节也。此外，"千春节"在《新五代史》卷十七《晋家人传》以及《资治通鉴》卷第二百八十《后晋纪一》皆有记载，与《天中记》记载大略相同，故此处应为"千春节"。

② 人臣。子书百家本只作"臣"，百子全书本作"诸臣"，其余各本皆作"人臣"。

③ 恭士。稗海本、子书百家本、百子全书本"恭土"，其余各本皆作"恭士"，当为"恭士"。

④ 陆机。当为"陆玑"。

⑤ 尾问。逸史本、秘书本作"尾问"，其余各本皆作"尾闾"。当为"尾闾"。

⑥ 身经。稗海本、子书百家本、百子全书本"身轻"，其余各本皆作"身经"。

李泌在衡山，事明瓒禅师。瓒云：“欲学者，先将笔砚[①]碎却。” 明瓒，北宇[②]大照之门人，性懒。群僧令看盐，雨至，流于池，群僧驱之，不怒。冬月卧于灶前不起，以粥洒其头，因就头取吃，号“懒瓒”，作《明心论》。

后汉崔篆著《易林》六十四篇。篆，骃之祖父。或曰《卦林》。或曰《象林》。

白马犹缁布，名实而已。

续博物志卷第六终

续博物志卷第七

《老子》“谷神不死”至“用之不勤”，此章全是黄帝之言，今在五千文内，则老氏所著书，恐非专己出。

正月不食生葱，三月勿食小蒜，四月勿食大蒜，五月勿食薤，六月、七月勿食茱萸，成血痢，八、九月勿食姜并肝心肺，十月勿食椒，十一月、十二月勿食戴甲之物并脾肾。

眼者身之镜，耳者体之牖。视多则镜昏，聴众则牖闭。面者神之庭，发者脑之华。心悲则面憔，脑减则发素。精者，体之神；明者，身之宝。劳多则精散，营镜[③]则明消。人死必视其形如生人，足不青，皮不皱，目光不毁，头鬓尽脱而失形骨者，皆尸解也。

武德三年，晋州人吉善行于羊角山，见白衣父老呼善行，曰：“为吾语唐天子，吾为老君，即汝祖也。”高祖因立庙。高宗追尊玄元皇帝，明皇亲注《老子》，令学者习之。两京及诸州各置玄元皇帝庙，京师号玄元宫，诸州号紫极宫。寻改西京为太清宫，东京为太微宫，皆置学生。

萵菜出呙国，有毒，百虫不敢近。蛇虺过其下，误触之则目瞑不见物。有中其毒者，唯生姜汁解之。

---

① 笔砚。稗海本、子书百家本、百子全书本“碑砚”，其余各本皆作“笔砚”。

② 北宇。四库本作“北宗”，其余各本皆作“北宇”，当为“北宗”。

③ 营镜。贺志同本、陈逢衡疏证作“营竟”，四库本作“营竞”，其余各本皆作“营镜”。陈逢衡疏证引道书《九华经》言“劳多则精散，营竞则明消”，南北朝陶弘景《真诰》有“劳多则精散，营竟则明消”句，而《道枢》卷六有“劳多则精散矣，营镜则明消矣”句。

食黄颡鱼后饮荆芥汤即死。

草木之生，动摇者生而不畅。人之导引，动摇引体[①]者，何故寿而不死。

尧若腊，舜若腒。桀纣之君，垂腴尺余。

王充曰：“雷公有神，雷声有器，安得谓之神？正月阳动故始雷五月，阳盛故雷迅，秋冬阳衰故雷潜。太阳用事，阴气乘之，阴阳分争，则相激射为毒。中人则死，中木则折。人以震死，试以斗水沃冶铸之火，火气激烈，则为雷声。”或曰：“雷火之及，金石焦镕，而漆器不坏，何也？”道家以雷烧石，投井中，石焦水寒，激声大鸣。

颜渊与孔子俱上泰山，东南望吴昌门[②]外。孔子见白马，引颜渊指之：“若见吴昌门乎？”颜渊曰：“见之，有系练之状。”孔子抚其目而止之。颜渊发白齿落，遂以病死，盖精力不及圣人而强役之也。

榝[③]似茱萸而小，赤色。

楂[④]似梨而酢涩。鹿食椒橘叶，其肉自然作椒橘香。江东呼藟为藤，似葛而麄[⑤]大。梗似豫章。杼斗为栎，或言皂斗。椟实似李。柚似橙而酢。

《淮南子》曰：“狠者，类知而非知也；愚者，类君子而非君子也；戆者，类勇而非勇也。使人相去也，若玉之与石也，葵之于苋也，则论人易矣。夫乱人者，若芎穷之与藁本，蛇床之与蘼芜。”

蓂荚，一名曆荚，圣王以是占日月之数。

朱草，状如小桑，栽长三四尺。枝叶皆丹，汁如血，朔望生，落如蓂荚，周而复始。可以染绛，成黼黻之章。金银投其汁可使成圆泥；投水为金浆，以成之[⑥]为玉醴，饮之令人长生。出《抱朴子》。

骠国诸蛮，并不养蚕。收娑罗木子，破其壳，中如柳絮细，织为幅，服之。谓之娑罗笼段。

蛮法煮盐成团为颗，质则以颗计之。

---

① 引体。四库本作“四体”，其余各本皆作“引体”。

② 吴昌门。四库本作“吴阊门”，其余各本皆作“吴昌门”。下同。

③ 榝。稗海本、子书百家本、百子全书本作“椒”，其余各本皆作“榝”。当为“榝”。

④ 楂。稗海本、子书百家本、百子全书本“橘”，其余各本皆作“楂”。

⑤ 麄。四库本作“粗”，其余各本皆作“麄”。“麄”同“粗”。

⑥ 之。四库本作“酒”，其余各本皆作“之”。“以成之为玉醴”句陈逢衡疏证引《抱朴子》原文证为“以玉投之为玉醴”。

茶出银生诸山，采无时，杂椒、姜烹而饮[1]之。

生金出长傍诸山。取法：以春或冬，先于山腹掘坑，方夏水潦荡沙泥土注之坑，秋始披而拣之，有得片块，大者重一斤，或二斤，小者不下三四两。先纳官十分之八，余许归私，仍累劳效，免征赋。麸金出丽水河睒川，有罪送淘金所，最为重役。会同川银山出银矿，私置冶官，收十之三。诸联川[2]有锡山出锡。

苏耽，郴县人。尝与众儿共牧牛，更直为师录[3]。每至耽直，牛不逐自还。既而辞母仙去。又说年疫，穿一井饮之，可得无恙。

道士谭紫霄有观灯之术，说人祸福必中。

郭颁《世语》云："魏黄初，盗发吴芮冢，见芮尸容貌衣服并如生。吴平，发冢人于寿春见南蛮校尉吴纲，曰：'君形貌可类长沙王吴芮乎？但君微短耳。'纲矍然曰：'是先祖也。'自芮卒至冢发四百年，至纲又四十年矣。"

丹水有石穴，蝙蝠大者多倒悬。百岁者倒悬，得而服之，使人神仙。

陶隐居云："学道之士居山，宜养白犬、白鸡，可以辟邪。"

苏枋木自然虫粪为紫粉。

秦二十一年，铸金狄十二。释氏之源，本霍去病讨休屠王，获其祭天金人。武帝以为神，列于甘泉宫。魏黄初元年，徙长安铜狄，重不可致，或言金狄泣，因留霸城南。人有见蓟子训与父老共摩铜狄，曰："正见铸此时，计尔日已近五百年矣！"董卓毁其九为钱，苻坚毁其二为钱，其一百姓推置陕北河中。或云翁仲头髻常[4]出，晋军至，髻不复出。

---

① 饮。陈逢衡疏证作"食"。

② 诸联川。稗海本、子书百家本、百子全书本"若联川"，四库本作"诸睒川"，其余各本皆作"诸联川"。

③ 师录。陈逢衡注云："'师'当作'帅'，'录'下脱'牛无散'三字"，陈逢衡引《神仙传》和《桂阳列仙传》，其中《桂阳列仙传》与《续博物志》语言最是相近，"苏耽郴县人，少与众儿共牧，更直为帅，录牛毋散，每至耽为帅，牛辄不逐自还。"《桂阳列仙传》已亡佚，清人陈运溶辑录成册，2008 年北京燕山出版社将其收录在《中国古代地方人物传记汇编》中影印出版，《桂阳列仙传》此条最早出现在《水经注》卷三十九《耒水》中，原文为："黄溪东有马岭山……汉末有郡民苏耽栖游此山。桂阳列仙传云，耽，郴县人，少孤，养母至孝，言语虚无，时人谓之痴，常与众儿共牧牛，更直为帅，录牛无散。每至耽为帅，牛辄徘徊左右，不逐自还。众儿曰，汝直，牛何道不走耶？耽曰：非汝曹所知。即面辞母云：受性应仙，当违供养。涕泗又说：年将大疫，死者略半，穿一井饮水可得无恙。"可知，"师""录"及其后"牛无散"乃传刻抄漏也。

④ 常。陈逢衡疏证作"长"。

陈正敏[①]所取者，陈抟、李渎、林逋、魏野，皆遁世之士。希夷先生陈抟，服气辟谷二十余年，或寝百余日不起。太平兴国中，召入，复放还山。一旦自作表云："臣抟大数有终，圣朝难恋，已于今月二十二日化形于莲华峰。"如期而卒，七日支体犹温，五色云蔽洞口，弥月不散，已百余岁矣。

刘向《列仙传》，葛洪《神仙传》，沈玢《续仙传[②]》，曾慥《集仙传》。以异代事著于本朝者，自尔朱洞[③]、吕嵓、陈抟、贺元[④]。曾被祖宗眷异者，名臣如欧阳修、刘九[⑤]、石延年皆在。贺元仕石晋为水部员外郎，章圣东封谒道左，天圣初使弟子喻澄诣阙，献浮屠老子像，直数十万。

毛女在华山，山客猎师，世世见之。体生毛，自言秦始皇宫人。陈抟在华山，或谤以与毛女往来。

孔安国撰孔子弟子七十二人，刘向传列仙亦七十二人，皇甫士安撰高士亦七十二人，陈长文撰耆旧亦七十二人。

李泌绝粒五六载，身轻，能行于屏风上。引指使气，可以吹烛至灭。导引骨[⑥]，珊然有声，号"鏁子骨"。

鬻子名熊，楚人，为文王师。年九十，见文王曰："使臣捕兽逐麋，已老矣。使臣坐策国事，尚少也。"

按葛仙公云：《素书》乃河上公以授汉文帝也。黄石公所授张子房多云《阴符》，非也。一云《三略》乃子房所著，非所授之书。或曰：河上公授汉文帝，不应于子房墓中得之。黄石公丹书身之八杀：贪、残、奸、酗、狡、佞、讦、愎。命之四业：背惠、恃已、狎不肖、妒贤能。

昔有一人，好道而不知求道之方，唯朝夕拜跪[⑦]向一枯树，辄云乞长生。如此二十八年不倦。枯木一旦忽然生华[⑧]，华又有汁，甜如蜜。有人教令食之，遂取此华及汁并食之。食讫，即仙。

① 陈正敏。秘书本作"陈王敏"，其余各本皆作"陈正敏"。当为"陈正敏"。
② 续仙传。秘书本作"积仙传"，其余各本皆作"续仙传"。当为"续仙传"。
③ 尔朱洞。秘书本作"尔禾洞"，其余各本皆作"尔朱洞"。当为"尔朱洞"。
④ 贺元。秘书本作"质元"，其余各本皆作"贺元"。当为"贺元"。
⑤ 刘九。四库本作"刘凡"，其余各本皆作"刘九"。
⑥ 导引骨。陈逢衡注："引骨下脱节字"。
⑦ 拜跪。陈逢衡疏证作"跪拜"。
⑧ 忽然生华。子书百家本、百子全书本作"忽生华"，其余各本皆作"忽然生华"。

刘少翁曾数入太华山，礼拜向山。如此二十年，遂忽一旦得见两岳丈人[1]，授其仙道。

一人数旦旦诣河边，拜河水。如此十年，河侯、河伯遂与相见，与其白璧十双，教授水行不溺法。

薏苡，一名簳珠。收子，蒸令气馏，暴干，挼取之作饭面，主不饥。

作干姜法：水淹三日毕，置流水中六日，更去皮，然后曝干，入瓮瓶。谓之酿也。

淫羊藿一名仙灵脾。淫羊一日百遍，食藿所致。

新生艾作干菜妙，作馄饨吞三五枚，以饭压之良，疗一切鬼气。

苏合香，《本草》云生中台川。陶云是师子屎，又云是诸香汁煎之，非一物。从西域来者，如紫檀，重如石。蘡薁是山葡萄。

江东人通名杨柳，杨叶短，柳叶长。

高座道人不肯作汉语。或问此意，简文曰："此简应对之烦"。和尚胡名[2]尸梨密，宋云高座。《西域人传》三："国王子，以让弟，遂为沙门。永嘉中到中国。"顺帝时，琅琊宫崇上其师于吉，于曲阳泉水上得神书，百七十卷，号《太平清领书》。其言以阴阳五行为家，而多巫觋杂语。后张角颇有其书。按《江表传》："道士于吉，东来吴会，立精舍，烧香读书。孙策斩之，曰：'昔南阳张津为交州刺史，常着绛帕头，鼓琴焚香，读邪俗道书，为蛮夷所杀。此甚无益。'"

《真诰》云："吞琅玕之华而更营丘墓者，衍门子[3]、高丘子、洪崖先生。羡门子墓在幽州渔阳。高丘子墓在中山。洪崖先生墓在武威。此三郡县人并云上古死人空冢。"

王子乔墓在京陵。战国时有发墓者，惟见一剑。

《汉地理志》："大江、九江中一源而三目。"

扬雄《益州箴》："岩岩岷山，古曰梁州。"鲁城北有孔子学堂。蜀有文翁讲堂。北海有郑司农儒林讲堂。宅亦曰第，言有甲乙之次第也。《汉书》：

---

① 两岳丈人。四库本、陈逢衡疏证作"西岳丈人"，其余各本皆作"两岳丈人"。

② 胡名。四库本作"一名"，其余各本皆作"胡名"。

③ 衍门子。四库本作"羡门子"，其余各本皆作"衍门子"。

“成帝王甲[①]观中画堂，魏有茅堂。”

续博物志卷第七终

续博物志卷第八

后汉襄楷延熹中上疏云：“宫中立黄老、浮屠祠，陛下嗜欲不去，岂获其祚？”或云：“老子入夷狄[②]为浮屠。浮屠不三宿桑下，不欲久生恩爱，精之至也。天神遗以好女，浮屠曰：‘此但革囊盛血’。遂不盼之。”

帝问陈蕃：“徐稚、袁宏孰为后先？”蕃答：“袁生公族，不镂自雕。至于徐稚，杰出薄城，故宜为先。”

伏生为秦博士。文帝撰五经《尚书大传》，使掌故欧阳生等受《尚书》于伏生，漯水有征君伏生墓。

《晋书·地道志》曰：“辽西人见辽水上有浮棺，欲破之。语曰：‘我孤竹君也，汝破我何为？’因为立祠。”或曰：“汉灵帝时，辽西太守廉翻因梦得之。”此与前志小异。

沈彬，保大中以尚书致仕，居江西高安。手植一木于平野，戒诸子曰：“必葬我此地。”子孙伐木，掘土深丈余，得一石椁，上刊八字云：“开成二年寿椁一所”，即葬之。

墨子恶乐，故朝歌回车。《论撰考谶[③]》曰：“邑名朝歌。颜子不舍，七十弟子掩目。宰予独顾，由蹶堕车。”宋均曰：“子路患宰予顾视凶地，故以足蹶之。”

齐时有发古冢，得铭云：“青州二十子[④]，东海女郎。河东贾昊以为司马越女，嫁为荀晞子妇。”俭之果然。

东都殖业坊十字街有王戎墓。隋代酿家穿其旁作窖，得铭曰：“晋司徒尚书令安丰侯王君铭。”

---

① 王甲。四库本作“有甲”，其余各本皆作“王甲”。

② 夷狄。四库本作“西北”，其余各本皆作“夷狄”。

③ 论撰考谶。子书百家本、百子全书本、陈逢衡疏证作“论语撰考谶”，其余各本皆作“论撰考谶”。当为“论语撰考谶”。

④ 二十子。子书百家本、百子全书本作“世子”，其余各本皆作“二十子”。

广川王去疾发魏王子且渠冢，甚浅狭，无棺柩，有石床，床下悉是云母。床上两尸，一男一女，皆年二十许。东首裸卧，颜色如生人，鬓发齿牙亦如生人。王畏惧不敢近。

晋灵王[①]冢，尸亦不坏，惟玉蟾蜍一枚。

幽王冢甚高壮。云母深尺余，百余尸相枕藉，皆不朽。唯一男子，余皆女子。

栾书冢有一白狐，王击之，伤其足。王寻病足死。

萧颍士[②]与行侣共济瓜洲，舟中二少年相顾曰："甚有肖鄱阳忠烈王。"颍士是鄱阳曾孙，即自款陈。二子曰："吾识而祖久矣。"遽负担而去。颍士北归盱眙，吏获发冢盗五六人，颍士认江中二少年亦在内。颍士以前说询之，曰："我尝开鄱阳王冢，当门贵人，颜色如生，与颍士相类。"此与吴纲似吴芮事颇同。芮事出《水经》，颍士事出[③]薛用弱《集异记》。

九真山多大蛇，名曰髯蛇，长十丈，围七八尺。吞鹿，角骨钻皮出。夷以大竹籤杀而食之。杨氏《南裔异物志》曰："髯惟大蛇，既洪且长。采色驳荦，其文锦章。食犬吞鹿，腴成养创。宾享嘉燕，是豆是觞。"

武强县有行于涂，得一小蛇，养之，名担生。长而噬人，里人遂捕系狱。担生负而奔，邑沦为湖，县官吏为鱼矣。

汉光武二年，鲜于冀为清河太守，作公廨，未就而亡。后守赵高，计工用[④]二百万。黄秉、刘适言四百万。冀乃鬼见白日，导从入府，与高及秉等对共计校定，为适、秉所割匿。冀乃书表自理，言高贵不尚节，垄亩之夫而箕踞遗类，媚世求显，偷窃银艾，鄙辱天官，臣不胜鬼言。去三十里，车马皆灭不见。秉等伏地，物故。高以状闻，诏差代以旌幽中之讼。

---

① 晋灵王。四库本作"周灵王"，陈逢衡注："王字误，当作'公'"，并引《西京杂记》证之，其余各本皆作"晋灵王"。四库本作"周灵王"为误，检"周灵王冢"，惟见传载其地理方位不见其发"玉蟾蜍"事，如《皇览》之《冢墓记》载："周灵王冢，在河南城西南柏亭西周山上，盖以灵王生而有髭而神，故谥灵王，其冢民祀之不绝。史记集解同上。又水经洛水注曰，周山在柏亭西北。又续汉郡国志补注云，城西南柏亭西周山上周灵王冢，民祀之不绝。"此处称"晋灵王""晋灵公"应为同一人。

② 萧颍士。本段后作"颍士"，《陈逢衡疏证》作"颖士"。

③ 四库本脱"事出"二字。

④ 工用。陈逢衡疏证作"用工"。

老人晨渡朝歌水而怯。纣曰："老者髓不实，故晨寒。"因斫胫以视髓。

纣有新声靡乐，作邑朝歌。《史记》曰："朝歌之音，歌不时也。"虞虢之间，傅说隐室傅岩，俗名之为圣人窟。

刘向叙《晏子春秋》，称古治子曰："吾尝济于河，鼋御[①]左骖以入砥柱之流，吾从而杀之。"

孔子临狄水而歌曰："狄水衍兮风扬波，船楫颠倒更相加。"汲县，旧[②]汲郡，有石夹水为磻溪，太公钓处，有太公泉、太公庙。牧野，《竹书》作坶野，有比干墓，前有石铭，题隶云："商大夫比干之墓。"所记唯此。汉高宗、孝文各为立碑。

颜舍[③]，字洪都，兄畿得疾，死于医。家人迎丧，引丧者颠仆曰："我寿命未死，但服药太多，伤五脏耳。"及还，妇梦之，曰："吾当复生，急开椁。"以手刮棺，指爪尽伤，气息甚微，饮食所须，托之以梦。舍侍养，足不出户者十三年，畿竟不起。

二广深溪[④]石壁上，有鬼影如澹墨画。船人行以为其祖考，祭之不敢慢。俗好于门画虎头，书"聻"字，谓阴司刀鬼名。读汉旧史，傩逐疫鬼，又立桃人、苇索、沧耳虎等。"聻"为盖"沧耳"也[⑤]。

俗传钟馗起于唐明皇之梦，非也。《北史》："尧喧本名钟葵，字辟邪；干劲[⑥]字钟葵；宋宗悫[⑦]妹名钟葵。"非特明皇时，但"葵""馗"二字异耳。又曰："终葵，菜名。闽中多木棉，植之数千株，采其花纺为布，名吉贝。"《南史》言："林邑等国出古贝木。"以古为吉，讹也。

枞，松叶柏身。桧，柏叶松身。

黄公好谦，女有国色，而谦其美以为丑也，女至难嫁。有鳏夫冒娶之，乃国色。果信黄公之谦。

---

① 御。四库本、百子全书本、子书百家本作"衔"，陈逢衡疏证作"衔"，其余各本皆作"御"。

② 旧。百子全书本、子书百家本作"所"，其余各本皆作"旧"。

③ 舍。陈逢衡疏证作"含"，应为"含"。

④ 溪。陈逢衡疏证作"溪"。

⑤ "聻"为盖"沧耳"也。贺志同本、逸史本、秘书本作"'聻'为盖'沧耳'也"，其余各本皆作"'聻'字盖'沧耳'也"。

⑥ 干劲。贺志同本、逸史本作"干劲"，其余各本皆作"于劲"。当为"于劲"。

⑦ 宋宗悫。秘书本、百子全书本、子书百家本作"费宗悫"，其余各本皆作"宋宗悫"。

魏田父耕于野而得玉，弗识也。邻人阴欲得之，给[①]曰："此[②]怪石也。"田父置玉于室，其光烛夜，果以为怪，弃之于野。邻人从而盗之，以献魏王。玉工望而拜[③]曰："此无价之宝。"

陶隐居书自奇，世传《画板帖》及焦山下《瘗鹤铭》皆其遗迹。

王会稽七子，凝、操、徽、涣、献五人书迹传世，惟玄、肃二人未见。而五子书各不同，盖善学父书者。

郝氏夜祠佛，鬼车乘烛光而下，翼广丈余，九首互相低昂。其家呼犬、持杖逐之，坠一羽，长三尺许，广八九寸，色类鹅雁。

江浙间有鸟名飞生，狐首肉翅，四足如兽，飞而生子，即随母后。人有难产，以其爪安胸腹间，立验。亦有得其皮者。

有异鸟鸣如婴儿，巢于木，探得其雏，大如鹅，青首白面，嘴爪类鹰鹞，或曰此鹏也。

高丽《人参赞》："正椏[④]五叶，背阳向阴[⑤]。欲来求我，椵树相寻。"椵木叶似桐，甚大，阴广参多生其阴。

王孙，一名黄孙，一名黄昏。孙思邈有黄昏散，注云："黄昏木，或曰合欢、合昏、夜合花。"陈无已云："探囊一试黄昏汤。"《草部》《木部》黄昏为二物。郭璞曰："守宫槐，昼日聂合而夜舒布也。江东有木与此相反，俗因名合昏。"《古今注》云："合欢似梧桐，枝叶互相结，风来解，使人不忿。嵇康种之于舍前。"

续博物志卷第八终

续博物志卷第九

南昌县出然石。《异物志》云："色黄而理疏，以水灌之便热，以鼎炊物可熟，置之则冷，如此无穷。"元康中，雷孔章入洛，赍[⑥]以示张公，张公

---

① 给。陈逢衡疏证"给"字后有"之"字。

② 稗海本、百子全书本、子书百家本作"此"。

③ 拜。陈逢衡疏证"拜"字后有"之"字。

④ 正椏。四库本作"三椏"，其余各本皆作"正椏"。

⑤ 背阳向阴。秘书本作"背阳回阴"，其余各本皆作"背阳向阴"。当为"背阳向阴"。

⑥ 赍。贺志同本、稗海本、子书百家本、百子全书本作"赍"，其余各本皆作"赍"。

曰："此谓然石。"

《晋书》曰：汉末博士燉煌侯瑾善内学。弱水出流沙，流沙与水流行也。在西海郡，北山有赤石，白色。以两石相打，则水润。打之不已，则润尽火出，山石皆然，炎起数丈不灭。有大黑风自流沙出，奄之乃灭。其石如初，不敢轻近耳。

火井，以草爨之，则烟腾火发。汤井，以草纳之，则露凝。

铎销状如刀戈残刃，有孔旁达，出丽水。饰以金，所指无不洞。夷人尤宝，月以血祭之。俗谓天降，非人铸。郁刃铸以毒药，冶取跃如星者，淬以马血成之，伤一即死。刀剑以柔铁为茎干，不可纯用钢，纯钢不折则缺。

天宝中，交趾贡龙脑，如蝉蚕，老龙脑树节方有。禁中呼为瑞龙脑，上惟赐贵妃十枚，香气彻十余步。

蓬莱山，使高丽者望之甚远，前后下峭拔可爱。其岛属昌国县，其上平广，可以种莳。岛人云："蓬莱三仙人[①]，越弱水三万里，不应指顾间便见，此外不复见山。"

马绪谪潮，得巨蚁，长尺余，盐渍之，归夸北人。

两头蛇，马鳖食牛血所化。

鸤鸠，毛氏曰："桔鞠"，郭璞谓："布谷"。鵻鸠，毛氏云："王雎"，郭璞谓："鹗[②]"。鸒斯，毛氏云："卑居"，又云："鸦乌[③]"，郭璞云："小雀，好群飞。"毛云："桑扈为窃脂。"郭璞云："为青雀，好盗脂"。

海州有人持一束黑物，形如竹篾。其人云："海鱼腮中毛，可作屏风贴。"色似水牛角，头似猪，鬃长三四寸[④]，广可一寸。

人家有小虫，至微而响甚，寻之，卒不可见，号"窃虫"。大如半胡麻，形似鼠妇。有两角，白色，振其头则有声。孟康朝作赋，比之鬼魅。

海州有沟水通淮，过漕船。宝应中，堰破水涸。东海主修堰，堰成辄坏。或说梁代筑浮山堰，以铁数万斤填积其下乃成。堰之坏如雷声，至是声闻上流。

---

① 三仙人。子书百家本、百子全书本作"山仙人"，其余各本皆作"三仙人"。当为"三仙人"，陈逢衡疑"人"为"山"字也。

② 鹗。稗海本、四库本、子书百家本、百子全书本作"鹗"，其余各本皆作"鹗"。

③ 鸦乌。陈逢衡疏证为"乌鸦"。

④ 三四寸。贺志同本作"二四寸"，逸史本、秘书本、四库本作"三四寸"，稗海本、子书百家本、百子全书本作"二尺四寸"。

盖铁味辛，辛能害目，鱼龙护目，故畏铁也。有人淬剑于池，池鱼皆浮去。

张勃《吴录》曰：“彭泽有鸟接食，团饭投之，高下无失。”巫山迎船鸟亦然。

凡鸟三指向前，一向后。鹦鹉两指向后。

汉明帝永平五年，长安迎取飞廉并铜马，置上西门外。晋灼曰：“飞廉，鹿身，头如雀，有角，而蛇尾豹文。”应劭曰：“飞廉，神禽，能致风气。”

宣王好射三石之弓，而自以为九石。臣下从而悦之，以非大王不能用。其实三石也，九石名而已。

《周官》：“全羽为旞，析羽为旌。”道路用旌节，即此旌也。顾恺之画苏武所执之旌，上圆如幢，下复数层，红羽毵毵然，如夜合花。此析羽也。今卤簿中节颇类此，其首亦圆，相去尺余，有数重圆板，以牦牛尾缀之，亦析羽遗法。然苏武汉节，则旌节之制。至于龙节、虎节、玉节之类，则今虎符之类，但可合符，不必尽为旌耳。顾画节首一物若书卷，岂亦符乎？汉铜符以铜为之，竹符以竹五寸，镌刻篆书其上。

《砚谱》载天下之砚四十余品。以青州红丝石砚为第一，端州斧柯山石为第二，歙州龙尾石为第三。

夜藏饮食于器中，覆之不密。鼠欲盗食，不可至，环器而走，泪滴器中，食之，得黄疾，通身如蜡。

鍮石类金，碔砆类玉，木兰类桂，奚醢类檀，蛇床类蘼芜，人参类荠苨，桧类柏，狐狸类狗，鸑鷟类凤，野马类麟。

肃宗时，有告保定太守反者，令李泌乘千里马往案之。千里马，宁远所献，发拳紫色，状如八骏，乘者必衣裘冒絮，似胡儿[①]抱持。早发扶风，初驰三十里，则皆旁侧跳，三十里外，乃坠然[②]而去，唯[③]闻耳傍风声，飞前蹄之土过耳。辰时达保定，申时归奏事。

颛帝有三子，而亡去为疫鬼[④]。其一居江水，为疫鬼；其一居弱水，为罔

① 胡儿。四库本作“北人”，其余各本皆作“胡儿”。

② 坠然。四库本作“隤然”，其余各本皆作“坠然”。

③ 唯。四库本作“惟”，其余各本皆作“唯”。

④ 而亡去为疫鬼。陈逢衡疏证“而”字前有“生”字，此句可能为“颛帝有三子生，而亡去为疫鬼”。

两[①]；其一居人宫室堰堣，善惊人小儿。

脚弱病，用杉木为桶濯足，排樟脑两股间，以脚搠系定，月余即效。

《杂令》曰："蹄人者绊其足，啮人者截其耳。"《说文》："牛触者角著横木。"

有一狠子[②]，生平多逆父旨。父临死，嘱曰："必葬我水中。"意其逆命，得葬土中。至是，狠子[③]曰："生平逆父命，今死，不敢违旨也。"破冢[④]筑沙潭水心以葬。

《本草经》曰："虎啸风生，龙吟云起，磁石引针，琥珀拾芥。漆得蟹而散，麻得漆而涌，桂得葱而软，树得桂而枯。戎盐累卵，獭胆分杯，其气爽之相关感也。"

一曰偏记，二曰小录，三曰逸事，四名[⑤]锁言，五曰郡事，六名[⑥]家史，七曰别传，八曰杂记，九曰地理，十曰都邑簿[⑦]。

唐大顺元年六月，资州兵王全义妻如孕，觉物渐下，入股至足。大拇痛甚，拆而生珠，如弹圆，渐长大如杯。

西[⑧]京相璠曰："京有小索亭。《世语》以为本索氏兄弟居。又为索水。"《晋志》："京有大索、小索亭。"《汉书》："京索之间也。"

纪信冢在荥阳城西北三里。

汉长安巧工丁缓，作卧褥香炉，炉体常平。又作七轮扇，连七轮，大皆径尺，一人运之，满堂寒战。今二法并存。

计然云："人受命于天地，变化而生。一月而膏；二月而脉；三月而胚，谓如水胞[⑨]之状；四月而胎，谓如水中鰕蟆[⑩]胎也；五月而筋；六月而骨，谓血气

---

① 罔两。稗海本、子书百家本、百子全书本作"魍魉"，其余各本皆作"罔两"。

② 狠子。子书百家本、百子全书本作"狼子"，其余各本皆作"狠子"。

③ 稗海本作"狼子"。

④ 冢。四库本、陈逢衡疏证作"家"，其余各本皆作"冢"。

⑤ 名。贺志同本、逸史本、秘书本作"名"，其余各本皆作"曰"。

⑥ 同上。

⑦ 都邑簿。四库本作"都邑"，其余各本皆作"都邑簿"。

⑧ 西。陈逢衡疏证无此字，注曰"'京'上旧衍'西'字"，并引《水经注·济水》证之。京相璠为魏晋时人，著有地理著作《春秋地名》，并曾助裴秀制《禹贡地域图》，《水经注》多引其论述之语。故此处应无"西"字。

⑨ 水胞。四库本作"水泡"，其余各本皆作"水胞"。

⑩ 鰕蟆。四库本、陈逢衡疏证作"蛤蟆"，其余各本皆作"鰕蟆"。

变为肉，肉为脂，脂为骨也；七月而成形；八月而动；九月而躁；十月而生。”

九章算法：方田一，粟米二，差分三，少广四，均输五，方程六，傍要七，盈足八，钩股九。

《语林》云：“王中郎以围棋为坐隐，或亦谓之为[1]手谈，又谓之为棋圣。”

寠薮，王睿云：“东方朔以为寄生，卖饼人结茅为经，以戴头上，状如环。”

蟹斗精上有孔，其中有子有泥，食之杀人。

露布，捷书之别名，以帛书揭之竿，《魏武奏事》谓之露板。

公孙龙以书有四目四聪，遂以听天地人为臧之三耳。臧，善也。以白马非白马教也，其意若改其说，无以教人。

易之生物，奇偶三才之数。三三而九，九九八十一，主日，日数十，故人十月而生。八九七十二，偶以承奇，奇主辰，辰主月，月主马，马十二月而生。七九六十三，三主斗，斗主狗，狗三月而生。六九五十四，四主时，时主豕，豕四月而生。五九四十五，五主音，音主猿，猿五月而生。四九三十六，六主律，律主禽兽，故禽鹿六月而生。三九二十七，七主星，星主虎，虎七月而生。二九一十八，八主风，故虫八月而化。

陶答子妻曰：“南山有豹，雾雨七日不下食者，欲以泽其衣毛而成其文章，故藏以远害。”

《齐民要术》曰：“梧桐，山石间生者，为乐器则鸣。”

《周书》曰：“清明之日，桐始华，桐若不花[2]，岁有大寒。”

太行，即五行之异名。《淮南子》曰：“武王欲筑宫于五行之山。”

猗顿，鲁之穷士，耕则常寒[3]。闻朱公富，往问术焉。朱公曰：“子欲速富，常畜五牸。”

童子操戈与孟贲战，孟贲无[4]不胜。童子修礼尽敬，虽孟贲不忍犯。

鸠食桑椹则醉，猫食薄荷则醉，虎食狗则醉。

《管子》曰：“听宫如牛鸣窌中。”

---

① 为。陈逢衡疏证无此字。

② 花。陈逢衡疏证作“华”。

③ 耕则常寒。陈逢衡疏证补为“耕则常饥，桑则常寒。”

④ 无。陈逢衡疏证作“必”。

牛聋聩[①]，面牛鼓簧是也。

积皂荚置油瓶其中，永不蛀。踏鸡子壳令人患白癜风。践坏灶土令人害疮。

桑柴灰取汁煎白矾，治壁镜蛇[②]毒。石榴名天浆，已乳石毒。

桃根为印可召鬼。

卧欲缩足，不欲左胁。

牖里在汤阴县。《广雅》称："狱犴[③]也。夏曰夏台，商曰羑里[④]，周曰囹圄。"皆圆[⑤]土也。

续博物志卷第九终

续博物志卷第十

旧说千岁之龟，巢于莲叶，游于卷耳之上。

按：《乾凿度》曰："垂皇策者"，盖伏羲用蓍卦已重矣。然而世质民淳，法惟用七八，六十四卦皆不动。若乾止于乾，坤止于坤，不能变也。夏商因之，皆以七八为占[⑥]，《连山》《归藏》是已。后世浇薄，始用九六为占[⑦]，不如是不足以应天下之变。

诸侯叛桀，关龙逢引《皇图》以谏桀，桀杀之。伊尹谏桀，桀曰："天之有日，如吾之有民。日亡，吾乃亡矣。"与前志小异。

纣剖比干观其心。桀杀龙逢，无剖心之事。桀惟比之于日，纣乃诈命于天。

西伯军至鲔水，纣使胶鬲候周师，问曰："西伯将焉之？"曰："之薛。"胶鬲曰："无我欺。"曰："不予欺也[⑧]，将伐纣。"曰："何日至？"曰："以甲子。"胶鬲以是日报纣。是日雨甚，卒病，请休师。西伯

① 牛聋聩。陈逢衡据《埤雅》改为"牛聋耳聩"。

② 蛇。陈逢衡疏证考其为"虫"。

③ 狱犴。秘书本作"狱行"，其余各本皆作"狱犴"。

④ 羑里。秘书本作"羡里"，其余各本皆作"羑里"。

⑤ 圆。四库本、陈逢衡疏证作"圜"，其余各本皆作"圆"。

⑥ 占。秘书本作"古"，误。

⑦ 同上。

⑧ 不予欺也。稗海本、四库本、子书百家本、百子全书本、陈逢衡疏证作"不子欺也"，其余各本皆作"不予欺也"。当为"不子欺也"，陈逢衡引《帝王世纪》为"不子欺也"，此外吕不韦撰、汉高诱注《吕氏春秋》卷十五《慎大览第三》为"不子欺也"，"予"为"子"字形相类，遂相误也。

曰："胶鬲已报其主，以雨进兵，救胶鬲之死也。"商容与殷民观周师之入，见毕公，曰："吾新君也。"容曰："非也，其人将有急色，君子临事而惧。"见太公，曰："吾新君也。"容曰："非也，其人虎踞而鹰趾。当敌将众，威怒自倍。见利即前，不顾其后。故君子临众，果于进退[①]。"见周公，曰："吾新君也。"容曰："非也，其为人忻忻行[②]休，志在除贼。是非天子，则周之相国，故圣人临众知之。"见武王，曰："吾新君也。"容曰："圣人为海内讨恶，见恶不怒，见善不喜，颜色相副，以是知之。"

犀出越睒，以陷阱取之。每杀，天震，雷暴雨。

野桑生石上，取以为弓，不胶漆而利。

《淮南子》曰："鲧堙洪水，盗帝之息壤，帝使祝融杀之于羽渊。今荆州南门外有状若屋宇，陷土中而犹见其脊，旁有石记云：'不可犯'。畚锸所入，辄复如故。又颇以致雷雨。近代有妄意发掘，水岔出不可制。"与前志小异。

佛楼沙国有佛钵，受三斗许，青玉也，或曰青石，或曰杂色而墨多，四际分明，厚可二分。贫人以少华，投中郎[③]满。富人以多华，正复百千万斛，终不满。或曰在月支国。

《穆天子传》曰："天子宾于西王母，乃纪其迹于弇山，即西王母之山。"

武王既胜纣，登邠之阜以望商邑，曰："自发未生六十年，麋鹿在牧，蜚鸿满野。"徐广乃引内史边之言曰："夷羊在牧"。张华以为文王之词，曰："水潦东流，飞鸿满野。"又曰："自发未生之十年"。与前志小异。

《淮南子》曰："乱之所生，皆在流遁。大兴宫室，延楼栈道。鸡栖井干，欗[④]木欂栌，以相支持，木巧之饰，此遁于木也。"

魏军南伐，朱修之守滑台，城不下。其母悲忧，乳汁惊出，乃号踊告家人曰："我年老，非有乳时，今忽[⑤]其不免。"是日，城陷。

《帝王世纪》："尧时，厨中自生肉脯，薄如翣，摇鼓则生风，使食物寒

① 果于进退。陈逢衡疏证"退"字后有"也"字。

② 行。陈逢衡疏证作"休"字。

③ 郎。逸史本、唐宋本、秘书本作"郎"，其余各本皆作"即"。当为"即"。

④ 欗。陈逢衡疏证作"僩"。

⑤ 忽。四库本作"出"。

而不臭。”

尧缉貘豸之皮，以为帝帐。

岭南溪洞中，往往有飞头者，故有飞头老子之号[1]。头将飞，一日前，颈有痕匝，项如红缕，妻子共守之，及夜，生翼飞去，晓却还。

梵僧菩萨胜言阇婆国中有[2]飞头，其俗所祠，名曰“虫落”，因号“落氏”。

《河图》曰：“少室山大竹，堪为甑器。”《山海经》：“舜林中大竹，一节可以为船。”汉竹大者，一节受一斛，小者数升，为椑榼。《广志》曰：“云母竹，大竹也。摛[3]竹细而多刺也，篦竹堪作笛，簹竹宜为屋椽。蔓竹皮青，内白如雪，软韧可为索。”

《竹谱》曰：“竹之则类[4]六十有一。”

南越以孔雀珥门户，昆山以璞玉抵乌鹊。

燕避戊巳[5]，蝙伏庚申。一岁三蚕，则桑弱马耗。

孔子曰：“违山十里，蟪蛄之声犹在于耳。政事恶哗而善肃。”

蚯蚓长吟地中。江东谓之歌女。

木瓜味酢，善疗转筋。陶隐居云：“如转筋时，但呼楙名及书上木瓜字辄愈。”

谷胶可以团丹砂，又曰为金石之漆。

橘柚雕于北徙。石榴郁于东移。

《吕氏春秋》曰：“善学者，若齐王之食鸡，必食其跖数千，而后可足也。”

慕容瘣有马，跨四十九年，骏逸不亏。铸铜为之像，亲为铭赞。

拨拔力国有异兽，名驼牛，皮似豹，蹄类牛，无峰，项长九尺，身高一丈余。

水麝，天宝初虞人获水麝，诏养之。脐中□水[6]，沥滴于斗水中，用洒

---

① 故有飞头老子之号。秘书本作“故有飞头者子之号”，子书百家本作“故有飞头獠子之号”，其余各本皆作“故有飞头老子之号”。《酉阳杂俎》《太平广记》作“故有飞头獠子之号”。

② 有。陈逢衡疏证无此字。

③ 摛。陈逢衡疏证作“欟”。

④ 则类。贺志同本、逸史本、秘书本、作“则类”，稗海本、子书百家本作“类则”，四库本作“品类”，陈逢衡疏证作“别类”。

⑤ 戊巳。四库本、子书百家本作“戊己”，其余各本皆作“戊巳”。当为“戊己”。

⑥ 脐中□水。逸史本、唐宋本作“脐中□水”，“中”与“水”之间缺字；贺志同本、稗海本、子书百家本作“脐中唯水”；四库本作“脐中下水”。

衣，至败香不歇。每取，以针刺之，捉[①]以真雄黄，香气倍于肉麝。此与前说水麝[②]小异，并录之。

张华为黄门侍郎，博览图籍，千门万户，画地成图。

司马迁欲自成一家，碰琢经传之文，以从世变，可也。至改《古文尚书》《论语》可乎？

楚王使屈原造为宪令，属草[③]藁未定，上官大夫见而欲夺之，原不与。谗之曰："王使屈平为令，众莫不知，每一令出，平伐其功，以为非我莫能为也。"王因是[④]疏屈平。

《庚桑子》出，山人王士源[⑤]采《庄子·庚桑篇》为之，目[⑥]云："其先人于山中得古本"。唐人疑之，竟不施行。今《亢仓子》三卷[⑦]是也。

汉蜀人赵宾好异说，以气无箕子。箕子者，万物荄兹[⑧]也。颜师古曰："古皆'荄''箕'同音。"

贵妃以假鬓为首饰，曰义髻。僖宗内人束髮甚急，为囚髻。唐末妇人梳髮，以两鬓抱面为抛家髻。

望梅生津，食芥堕泪，此五液之自外至也。慕而垂涎，愧而汗发，此五液之自内至也。

良常山有荧火芝，大如豆，夜视有光，得食一枚，心中一孔明。食七枚，七孔明，可夜书。华阳洞亦有五种夜光芝。包山有白芝。

---

① 捉。秘书本、四库本作"投"，其余各本皆作"捉"。当为"投"。

② 水麝。陈逢衡疏证无此字。

③ 属草。秘书本、四库本、子书百家本作"属草"，其余各本皆作"藁草"，当为"藁草"。

④ 因是。陈逢衡疏证作"由是"。

⑤ 王士源。陈逢衡注："源，当作'元'"。陈逢衡考《唐书·艺文志》、《郡斋读书志》、柳宗元说以及何灿注《钦定四库全书简明目录》证《亢仓子》作者王士元，《亢仓子》，据前人考证，与庚桑音同，庄子作《庚桑子》，太史公、列子作《亢仓子》，实为一书，王士元《亢仓子》是补亡之作。《四库全书总目》中王士源序《孟浩然集》提要直言："士源即补亢仓子之王士元，其事亦见序中，此作源字盖传写异文。"

⑥ 目。陈逢衡疏证作"自"，结合上一条考证，应为"自"。

⑦ 三卷。陈逢衡注："三，当作二"。关于《亢仓子》的卷数，《唐书·艺文志》《文献通考》载为二卷，《直斋书录解题》《崇文书目》《国史经籍志》载为三卷，《八千卷楼书目》《四库全书总目》《郑堂读书记》载为一卷，现存明子汇本《亢仓子》不分卷，为九篇。《唐书·艺文志》言《亢仓子》为《洞灵真经》，《玉海》卷五十三《艺文·亢仓子》一篇中行间有何豫注文言"今本五卷九篇，自作道至兵道"，现存四部丛刊三编景宋刻本《洞灵真经》也为五卷九篇。对照现存明子汇本《亢仓子》与四部丛刊三编景宋刻本《洞灵真经》，九篇篇目全然相同，而内容也一样。据此，古本《亢仓子》的实际卷数不可查也。

⑧ 兹。四库本作"滋"，其余各本皆作"兹"。

王睿[①]云："有书契以来，便应有笔[②]。世传蒙恬制，非也。"崔豹曰："蒙恬以枯木为管，以鹿毛为柱，羊毛为被，所谓毫。"非今之竹兔[③]也。

元和中，元稹使蜀，营妓薛陶[④]造十色彩笺以寄。元稹于松华纸上寄诗赠陶[⑤]。蜀中松花纸、杂色流沙纸、彩霞金粉龙凤纸，近年皆废，唯余十色绫纹纸尚在。

《湘州记》："蔡子池南有石臼，是蔡伦舂纸臼。"

李司徒勉在汴州，得[⑥]异骨一节，可为砚。南海时得于海商，云是蜈蚣脊骨。

萧史与穆公炼飞雪丹，第一转与弄玉涂之，今之女银腻粉也。三代以降，涂紫草为胭脂，周以红花为之，或曰出于阏氏。

葛洪曰："沈义学道于蜀中，与妻共载。"

《管子》曰："武王为侈靡，令曰：'豹襜豹裘，方得入庙。'故豹皮百金，功臣之家裘[⑦]千钟，而未得一豹皮。"

《陵阳子明经》云：春食朝霞，日欲出时黄气也；秋食沦阴，日没以后赤黄气也；冬食沆瀣，夜半气也；夏食正阳，南方日中气也；并天黄、地黄为六气。

墨子作木鸢，飞三日不集。公输子之云梯，墨子之飞鸢是也。

今之纸鸢，引丝而上，令儿张口望视，以泄内热。

同光中，庄宗遣平蜀，得王衍金银，命悉镕之为金砖银砖，约重三百斤。一砖开一窍，二人担之，上有匠人名曰冯高。过荆南，高季兴曰："冯高主属。"我坑官吏[⑧]，持而有之，储为一库。皇朝建隆中，金银入京师，斤两封缄如故。

华俗谓上金为紫磨金，夷俗谓上金为杨迈金。

---

① 王睿。贺志同本、稗海本作"王献"，其余各本皆作"王睿"。

② 笔。稗海本、子书百家本作"毫"，其余各本皆作"笔"。

③ 竹兔。陈逢衡疏证作"管兔"。

④ 薛陶。贺志同本、逸史本作"薛陶"，其余各本皆作"薛涛"，当为"薛涛"。

⑤"陶"当做"涛"。

⑥ 得。四库本作"有"，其余各本皆作"得"。

⑦ 裘。四库本作"粟"，其余各本皆作"裘"，当为"粟"。

⑧ 官吏。秘书本、子书百家本脱"吏"。

印子金，世传淮南王安药金，上有印子，篆文“刘主”字。寿州八公山土中，耕者往往得之，小饼重半两有一印，大饼至七两有二十许印。

襄赵之间，故春陵白水之地，多得金麟趾、袅蹄金趾。中空，四旁有文，刻工巧。袅蹄似于平物上滴成，如干柿，土人谓之“柿子金”。或曰此娄敬所为药金，和药最良。

古[①]玉器有奇特非雕琢人功者，多是昆吾刀及虾蟆肪所刻。肪可得[②]取肥者剉煎膏，涂玉亦软滑易截。

冬瓜[③]仁七升，以绢袋盛之，投三沸汤中，暴干。如此三度，苦酒浸一宿，为末。日服方寸匕[④]，令人不老。

通天犀千岁者，长且锐，白星彻端，出气通天，则能通神，可破水骇鸡矣。《抱朴子》：“有白理如线者，以盛米，鸡即骇。刻为鱼，衔入水，水开三尺。”

勒毕国人，长三寸，有翼，善言语戏笑，因名“语国”。饮丹露为浆。丹露者，日初出，有露汁如朱[⑤]也。

汉武习水战，作昆明池钓鱼，纶绝而去，梦鱼求去其钩。明日，帝戏于池，见鱼衔索，为去之，复游于池，得珠一双。

东海员峤山有冰蚕，长七寸，有鳞角。以霜雪覆之，始为茧[⑥]。其色五綵，织为文锦，入水不濡，投火不燎。

石决明亦名九孔螺。

鱼子合猪肝，食之杀人。

陈藏器云：“蟹脚中髓及脑壳中黄，并能续断绝筋骨，碎之微熬，内创中，筋即连。”

《方言》云：“桂林之中谓守宫能鸣者，以蛤蚧相似。”

蜘蛛网缠赘疣，七日消烂[⑦]，屡有验。

---

① 古。秘书本作“占”，误。
② 可得。陈逢衡疏证无此字。
③ 冬瓜。秘书本作“木瓜”，其余各本皆作“冬瓜”。
④ 匕。秘书本作“七”，其余各本皆作“匕”。
⑤ 朱。贺志同本、逸史本、秘书本作“朱”，其余各本皆作“珠”。当为“珠”。
⑥ 茧。稗海本、四库本、百子全书本、子书百家本作“茧”，其余各本皆作“茧”。
⑦ 七日消烂。稗海本、子书百家本作“疣七日消烂”，其余各本皆作“七日消烂”。

柚似橙而大于橘。石蜜，其实乳糖。

芎䓖不可久服，令人暴死。

藕与蜜同食，可以休粮。

淮口扬州出身梨。苏合香一两，酒一斗同煮，极能调五脏。

董蕖[①]者，婆罗门云阿魏，苗根似白芷。

胡麻性与茯苓相宜，即巨胜。

苦参为齿药，使人伤肾腰重。面热麸冷。

枣与棘相类，皆有刺。

粳粟米，五谷中最硬，得浆水易化。仓粳米，炊作干饭，食之止痢。

采芸香叶置席下能去蚤、虱子。

仙家谓醋为华池左味。

白发须镊去，消蜡点孔中，即生黑者。

松脂、杏仁、枣肉、茯苓等分，食后服五十粒，可不饥。

有黄连、桔梗，勿食猪肉。有茯苓，勿食酢物。有细辛，勿食生菜。

古无纯铜作镜者，皆有锡杂之。

巴豆，神仙食一枚即死，鼠食三年重三十斤。

麸金是毒蛇屎。

征姓举事，当忌亥日，以火绝在亥。

巳日巳年[②]不杀蛇。

段成式云："神荼、郁垒领万鬼。"

疟鬼小，不能病巨人，故曰壮士不病疟。晋人曰君子不病疟。蜀人以痎疟为奴婢疟。

沈怀远《南越志》曰："珠有九品：寸五分以上至寸八九分为大品，有光彩；一边小平，似覆金者，名珰珠；珰珠之次为走珠；走珠之次为滑珠；滑珠之次为磊螺珠；磊螺珠之次为官雨珠；官雨珠[③]之次为税珠；税珠之次为葱[④]珠。"

① 董蕖。陈逢衡疏证为"熏蕖"。

② 巳日巳年。陈逢衡疏证作"巳年巳日"。

③ 官雨珠。陈逢衡疏证为"官珠"，缺"雨"字，应为"官雨珠"。

④ 葱。陈逢衡疏证作"青"。

元封二年[①]，大秦献花蹄牛。高六尺，尾环，绕角生四耳。阿萨部多蜡虫鹿，剖其肉，重垒以石，压之沥汁。税波斯[②]、郁林等国，草子酿于肉汁中，经数日即变成酒，饮之可醉。

续博物志卷十终

① 元封二年。陈逢衡疏证作“元封三年”。

② 波斯。子书百家本作“波期”，误。

参 考 文 献

一、古籍文献

（汉）班固撰，（唐）颜师古注：《汉书》，北京：中华书局，1962 年。

（宋）不著撰人：《分门古今类事》，上海：上海古籍出版社，1991 年。

（宋）蔡襄：《荔枝谱》，《景印文渊阁四库全书》第 845 册，台北：商务印书馆，1986 年。

（宋）蔡襄等著，唐晓云整理校点：《茶录（外十种）》，上海：上海书店出版社，2015 年。

曾枣庄主编：《宋代序跋全编》，济南：齐鲁书社，2015 年。

（宋）晁公武撰，孙猛校证：《郡斋读书志校证》，上海：上海古籍出版社，1990 年。

（宋）邓椿撰，刘世军校注：《〈画继〉校注》，桂林：广西师范大学出版社，2015 年。

（宋）翟耆年：《籀史》，《景印文渊阁四库全书》第 681 册，台北：商务印书馆，1986 年。

（晋）杜预注，（唐）孔颖达等正义：《春秋左传正义》，上海：上海古籍出版社，1990 年。

（唐）房玄龄等：《晋书》，北京：中华书局，1974 年。

（宋）傅肱：《蟹谱》，《景印文渊阁四库全书》第 847 册，台北：商务印书馆，1986 年。

傅增湘原辑，吴洪泽补辑：《宋代蜀文辑存校补》，重庆：重庆大学出版社，2014 年。

（晋）郭璞注，（宋）邢昺疏：《尔雅注疏》，上海：上海古籍出版社，1990 年。

（晋）郭璞：《尔雅音图》，北京：中国书店，1985 年。
（宋）韩彦直撰，彭世奖校注：《橘录校注》，北京：中国农业出版社，2010 年。
（宋）洪迈：《容斋随笔》，上海：上海古籍出版社，1978 年。
（宋）洪迈等著，田渊整理校点：《糖霜谱（外九种）》，上海：上海书店出版社，2018 年。
（宋）胡瑗撰：《洪范口义》，《景印文渊阁四库全书》第 54 册，台北：商务印书馆，1986 年。
（宋）黄士毅编，徐时仪、杨艳汇校：《朱子语类汇校》，上海：上海古籍出版社，2014 年。
（宋）黄休复撰，何韫若、林孔翼注：《益州名画录》，成都：四川人民出版社，1982 年。
（宋）惠洪、费衮撰，李保民、金圆校点：《冷斋夜话 梁溪漫志》，上海：上海古籍出版社，2012 年。
（宋）贾似道等著，廖莲婷等整理校点：《促织经（外十三种）》，上海：上海书店出版社，2017 年。
（清）蒋光煦编撰：《别下斋丛书 涉闻梓旧 东湖丛记 别下斋书画录》，扬州：广陵书社，2016 年。
（宋）乐史撰，王文楚等点校：《太平寰宇记》，北京：中华书局，2007 年。
（宋）李昌龄撰，赵龙整理：《乐善录》，上海师范大学古籍整理研究所：《全宋笔记》第九编第二册，郑州：大象出版社，2018 年。
（宋）李觏著，王国轩点校：《李觏集》，北京：中华书局，1981 年。
（宋）李上交撰，虞云国、吴爱芬整理：《近事会元》，朱易安，傅璇琮等主编：《全宋笔记》第一编第四册，郑州：大象出版社，2003 年。
（唐）李石等编著，邹介正、和文龙校注：《司牧安骥集校注》，北京：中国农业出版社，2001 年。
（唐）李石等著，谢成侠校勘：《司牧安骥集》，北京：中华书局，1957 年。
（宋）李石撰，（清）陈逢衡疏证，唐子恒点校：《续博物志疏证》，南京：凤凰出版社，2017 年。
（宋）李石撰，李之亮点校：《续博物志》，成都：巴蜀书社，1991 年。
（宋）李石撰，燕永成整理：《续博物志》，上海师范大学古籍整理研究所：《全宋笔记》第四编第四册，郑州：大象出版社，2008 年。

（宋）李石：《方舟集》，《景印文渊阁四库全书》第 1149 册，台北：商务印书馆，1986 年。
（宋）李石：《方舟经说》，北京：中华书局，1985 年。
（宋）李心传撰，胡坤点校：《建炎以来系年要录》，北京：中华书局，2013 年。
（宋）李心传撰，徐规点校：《建炎以来朝野杂记》，北京：中华书局，2000 年。
（清）厉鹗辑撰：《宋诗纪事》，上海：上海古籍出版社，1983 年。
刘琳等校点：《宋会要辑稿》，上海：上海古籍出版社，2014 年。
（宋）刘蒙：《刘氏菊谱》，《景印文渊阁四库全书》第 845 册，台北：商务印书馆，1986 年。
（宋）陆佃著，王敏红校点：《埤雅》，杭州：浙江大学出版社，2008 年。
（宋）陆游撰，李剑雄、刘德权点校：《老学庵笔记》，北京：中华书局，1979 年。
（宋）罗愿撰，石云孙点校：《尔雅翼》，合肥：黄山书社，2013 年。
（宋）吕大临等著，廖莲婷整理点校：《考古图（外五种）》，上海：上海书店出版社，2016 年。
（宋）马纯撰，程郁整理：《陶朱新录》，上海师范大学古籍整理研究所：《全宋笔记》第五编第十册，郑州：大象出版社，2012 年。
（元）马端临著，上海师范大学古籍研究所、华东师范大学古籍研究所点校：《文献通考》，北京：中华书局，2011 年。
（宋）欧阳修，宋祁：《新唐书》，北京：中华书局，1975 年。
（宋）欧阳修：《新五代史》，北京：中华书局，1974 年。
（宋）庞元英撰，金圆整理：《文昌杂录》，朱易安，傅璇琮等主编：《全宋笔记》第二编第四册，郑州：大象出版社，2006 年。
（宋）钱易、黄休复撰，尚成、李梦生校点：《南部新书 茅亭客话》，上海：上海古籍出版社，2012 年。
（宋）邵伯温、邵博撰，王根林校点：《邵氏闻见录 邵氏闻见后录》，上海：上海古籍出版社，2012 年。
（宋）沈作喆撰，俞钢、萧光伟整理：《寓简》，上海师范大学古籍整理研究所：《全宋笔记》第四编第五册，郑州：大象出版社，2008 年。
（宋）释赞宁：《笋谱》，《景印文渊阁四库全书》第 845 册，台北：商务印书馆，1986 年。

（汉）司马迁：《史记》，北京：中华书局，2013 年。
（元）脱脱等：《宋史》，北京：中华书局，1977 年。
（宋）王得臣撰，黄纯艳整理：《麈史》，朱易安，傅璇琮等主编：《全宋笔记》第一编第十册，郑州：大象出版社，2003 年。
（宋）王楙撰，郑明、王义耀校点：《野客丛书》，上海：上海古籍出版社，1991 年。
（宋）王明清撰，王松清点校：《挥麈录》，上海：上海古籍出版社，2012 年。
（宋）王明清撰，朱菊如、汪新森校点：《投辖录 玉照新志》，上海：上海古籍出版社，2012 年。
（清）王聘珍撰，王文锦点校：《大戴礼记解诂》，北京：中华书局，1983 年。
（宋）王俅：《啸堂集古录》，《景印文渊阁四库全书》第 840 册，台北：商务印书馆，1986 年。
（清）王士禛著，靳斯仁点校：《池北偶谈》，北京：中华书局，1982 年。
（宋）王栐、张邦基撰，孔一、丁如明校点：《燕翼诒谋录 墨庄漫录》，上海：上海古籍出版社，2012 年。
（唐）魏征等：《隋书》，北京：中华书局，1973 年。
（宋）吴曾：《能改斋漫录》，上海：上海古籍出版社，1979 年。
（明）徐𤊹撰，沈文倬校注，陈心榕标点：《笔精》，福州：福建人民出版社，1997 年。
（宋）徐铉、郭彖撰，傅成、李梦生校点：《稽神录 睽车志》，上海：上海古籍出版社，2012 年。
（汉）许慎撰，（宋）徐铉等校：《说文解字》，上海：上海古籍出版社，2007 年。
（宋）杨彦龄撰，黄纯艳整理：《杨公笔录》，朱易安，傅璇琮等主编：《全宋笔记》第一编第十册，郑州：大象出版社，2003 年。
（宋）叶梦得撰，徐时仪整理：《避暑录话》，朱易安，傅璇琮等主编：《全宋笔记》第二编第十册，郑州：大象出版社，2006 年。
（明）余寅：《同姓名录》，上海：上海古籍出版社，1992 年。
俞剑华标点注译：《宣和画谱》，北京：人民美术出版社，2017 年。
（宋）岳珂、王铚撰，黄益元、孔一校点：《桯史 默记》，上海：上海古籍出版社，2012 年。
（汉）张衡：《浑天仪图注》，《中国天文学简史》编写组：《中国天文学简史》，天津：天津科学技术出版社，1979 年。

（晋）张华，（宋）李石撰：《博物志 续博物志》，北京：中国书店，2019 年。
（晋）张华撰，范宁校证：《博物志校证》，北京：中华书局，1980 年。
（宋）张齐贤撰，俞钢整理：《洛阳搢绅旧闻记》，朱易安，傅璇琮等主编：《全宋笔记》第一编第二册，郑州：大象出版社，2003 年。
（宋）张载：《横渠易说》，《景印文渊阁四库全书》第 8 册，台北：商务印书馆，1986 年。
（宋）章炳文撰，储玲玲整理：《搜神秘览》，朱易安，傅璇琮等主编：《全宋笔记》第三编第三册，郑州：大象出版社，2008 年。
（清）章学诚撰，王重民通解：《校雠通义通解》，上海：上海古籍出版社，2009 年。
（宋）赵汝适撰，钟翀整理：《诸蕃志》，上海师范大学古籍整理研究所：《全宋笔记》第七编第一册，郑州：大象出版社，2015 年。
（宋）郑樵：《通志》，杭州：浙江古籍出版社，1988 年。
（宋）周辉撰，刘永翔校注：《清波杂志校注》，北京：中华书局，1994 年。
（宋）周密撰，王根林校点：《癸辛杂识》，上海：上海古籍出版社，2012 年。
（宋）朱弁撰，孔凡礼点校：《曲洧旧闻》，北京：中华书局，2002 年。
（宋）朱肱等著，任仁仁整理校点：《北山酒经（外十种）》，上海：上海书店出版社，2016 年。
（宋）祝穆：《古今事文类聚》，《景印文渊阁四库全书》第 926 册，台北：商务印书馆，1986 年。
（南朝·梁）宗懔撰，宋金龙校注：《荆楚岁时记》，太原：山西人民出版社，1987 年。

二、今人著作

蔡方鹿：《宋代四川理学研究》，北京：线装书局，2003 年。
陈文新：《文言小说审美发展史》，武汉：武汉大学出版社，2002 年。
陈寅恪：《金明馆丛稿二编》，北京：生活·读书·新知三联书店，2009 年。
邓瑞全，王冠英主编：《中国伪书综考》，合肥：黄山书社出版，1998 年。
杜信孚：《同书异名通检》增订本，南京：江苏人民出版社，1982 年。
傅璇琮主编：《宋登科记考》，南京：江苏教育出版社，2009 年。
侯忠义：《中国文言小说史稿》，北京：北京大学出版社，1990 年。
胡化凯：《中国古代科学思想二十讲》，合肥：中国科学技术大学出版社，2013 年。

胡昭曦：《宋代蜀学研究》，成都：巴蜀书社，1997 年。

黄清泉主编，曾祖荫等辑录：《中国历代小说序跋辑录》，武汉：华中师范大学出版社，1989 年。

李剑国：《宋代志怪传奇叙录》，天津：南开大学出版社，1997 年。

李剑国：《唐前志怪小说史》，天津：南开大学出版社，1984 年。

（英）李约瑟：《中国科学技术史》第二卷，北京、上海：科学出版社、上海古籍出版社，1990 年。

（英）李约瑟：《中国科学技术史》第六卷，北京、上海：科学出版社、上海古籍出版社，2006 年。

梁战，郭群一编著：《历代藏书家辞典》，西安：陕西人民出版社，1991 年。

刘德仁，沈庆生，王家楼：《四川古代科技人物》，成都：四川人民出版社，1980 年。

刘华杰：《博物人生》，北京：北京大学出版社，2012 年。

刘天振：《明代类书体小说集研究》，北京：中国社会科学出版社，2014 年。

罗欣：《汉唐博物杂记类小说研究》，北京：中国社会科学出版社，2016 年。

马衡：《凡将斋金石丛稿》，北京：中华书局，1977 年。

（韩）闵宽东：《中国古典小说在韩国之传播》，上海：学林出版社，1988 年。

施锜：《宋元画史中的博物学文化》，上海：上海书店出版社，2018 年。

王毓瑚：《中国农学书录》，北京：中华书局，2006 年。

吴枫：《简明中国古籍辞典》，长春：吉林文史出版社，1987 年。

夏亨廉，肖克之主编：《中国农史辞典》，北京：中国商业出版社，1994 年。

（美）许曼著，刘云军译：《跨越门闾：宋代福建女性的日常生活》，上海：上海古籍出版社，2019 年。

杨世明：《巴蜀文学史》，成都：巴蜀书社，2003 年。

余嘉锡：《目录学发微》，成都：巴蜀书社，1991 年。

余嘉锡：《四库提要辨证》，北京：中华书局，1980 年。

余欣：《敦煌的博物学世界》，兰州：甘肃教育出版社，2013 年。

曾雄生：《中国农学史》修订本，福州：福建人民出版社，2012 年。

张乡里：《唐前博物类小说研究》，上海：上海古籍出版社，2016 年。

祝尚书：《宋代巴蜀文学通论》，成都：巴蜀书社，2005 年。

三、古今书目

北京大学图书馆：《北京大学图书馆藏李氏书目》，北京：北京大学图书馆，1956年。

（明）曹学佺：《蜀中广记》，中华书局编辑部：《宋元明清书目题跋丛刊》第六册，北京：中华书局，2006年。

（宋）陈振孙撰，徐小蛮、顾美华点校：《直斋书录解题》，上海：上海古籍出版社，1987年。

（清）瞿镛：《铁琴铜剑楼藏书目录》，中华书局编辑部：《宋元明清书目题跋丛刊》第十册，北京：中华书局，2006年。

（清）丁立中：《八千卷楼书目》，《海王村古籍书目题跋丛刊》第四册，北京：中国书店，2008年。

（清）丁日昌撰，路子强、王雅新标点：《持静斋书目》，《中国历代书目题跋丛书》第三辑，上海：上海古籍出版社，2008年。

（明）杜应芳，胡承诏：《补续全蜀艺文志》，明万历年间刻本。

（清）傅增湘：《藏园群书经眼录》，北京：中华书局，2009年。

（明）高儒：《百川书志》，中华书局编辑部：《宋元明清书目题跋丛刊》第四册，北京：中华书局，2006年。

（明）焦竑：《国史经籍志》，中华书局编辑部：《宋元明清书目题跋丛刊》第五册，北京：中华书局，2006年。

（清）陆心源编，许静波点校：《皕宋楼藏书志》，杭州：浙江古籍出版社，2016年。

（清）莫友芝撰，傅增湘订补，傅熹年整理：《藏园订补郘亭知见传本书目》，北京：中华书局，2009年。

（清）莫友芝撰，邱丽玟、李淑燕点校：《宋元旧本书经眼录 持静斋藏书记要》，上海：上海古籍出版社，2009年。

宁稼雨：《中国文言小说总目提要》，济南：齐鲁书社，1996年。

（明）祁承㸁：《澹生堂藏书目》，中华书局编辑部：《宋元明清书目题跋丛刊》第五册，北京：中华书局，2006年。

（清）钱谦益：《绛云楼书目》，上海：商务印书馆，1935年丛书集成初编本。

（日）涩江全善、森立之等撰，杜泽逊、班龙门点校：《经籍访古志》，上海：上海古籍出版社，2014年。

陕西省文化厅，陕西省古籍保护中心编著：《第一批陕西省珍贵古籍名录图录》，西安：三秦出版社，2014 年。

孙猛：《日本国见在书目录详考》，上海：上海古籍出版社，2015 年。

（清）孙星衍撰，焦桂美、沙莎标点：《平津馆鉴藏记书籍 廉石居藏书记 孙氏祠堂书目》，上海：上海古籍出版社，2008 年。

王欣夫撰，鲍正鹄、徐鹏标点整理：《蛾术轩箧存善本书录》，上海：上海古籍出版社，2002 年。

王云五主持：《续修四库全书提要》，台北：商务印书馆，1972 年。

（清）吴慰祖校订：《四库采进书目》，北京：商务印书馆，1960 年。

（明）徐𤊹：《徐氏家藏书目》，中华书局编辑部：《宋元明清书目题跋丛刊》第五册，北京：中华书局，2006 年。

（清）徐乾学：《传是楼书目》，中国书店编著：《海王村古籍书目题跋丛刊》第 1 册，北京：中国书店，2008 年。

续修四库全书总目提要编撰委员会：《续修四库全书总目提要・子部》，上海：上海古籍出版社，2015 年。

严绍璗：《日藏汉籍善本书录》，北京：中华书局，2007 年。

（清）永瑢等：《四库全书总目》，北京：中华书局，1965 年。

袁珂校注：《山海经校注》，上海：上海古籍出版社，1980 年。

（宋）曾巩撰，陈杏珍、晁继周点校：《曾巩集》，北京：中华书局，1984 年。

（清）周中孚：《郑堂读书记》，北京：北京图书馆出版社，2007 年。

邹同庆，王宗堂：《苏轼词编年校注》，北京：中华书局，2002 年。

四、今人论文

曹树基：《〈禾谱〉及其作者研究》，《中国农史》1984 年第 3 期。

陈素贞：《宋代麟介题咏中的自然观察与书写》，项楚主编：《新国学》第八卷，成都：巴蜀书社。

董岑仕：《论宋代谱录著述的历史变迁》，王水照，朱刚主编：《新宋学》第 7 辑，上海：复旦大学出版社，2018 年。

方俊：《论宋代文人李石诗歌及其意义》，《玉林师范学院学报》2018 年第 4 期。

葛兆光：《中古的科学史、社会史、文化史，抑或是博物学史？——读余欣博士的〈中古异相〉》，《中华读书报》2010 年 12 月 1 日，第 10 版。
胡翌霖：《natural history 应译为“自然史”》，《中国科技术语》2012 年第 6 期。
胡宇齐，詹琰：《从宋代花鸟画看中国传统博物》，《自然辩证法通讯》2017 年第 5 期。
胡昭曦，张茂泽：《宋代蜀学刍论》，《四川大学学报》（哲学社会科学版）1993 年第 4 期。
江晓原：《中国文化中的博物学传统》，《广西民族大学学报》（哲学社会科学）2011 年第 6 期。
柯丽玉：《宋代文人的博物理性世界——以欧阳修〈洛阳牡丹记〉为中心的探讨》，《河南科技大学学报》（社会科学版）2019 年第 5 期。
孔令伟：《博物学与博物馆在中国的源起》，《新美术》2008 年第 1 期。
李剑国：《论先唐古小说的分类》，南开大学文学院《文学与文化》编委会：《文学与文化》第五辑，天津：南开大学出版社，2004 年。
李剑国：《早期小说观与小说概念的科学界定》，《武汉大学学报》（人文科学版）2001 年第 5 期。
刘华杰：《博物学论纲》，《广西民族大学学报》（哲学社会科学版）2011 年第 6 期。
刘华杰：《理解世界的博物学进路》，《安徽大学学报》（哲学社会科学版）2010 年第 6 期。
刘立佳：《中古博物著作与博物观念研究》，陕西师范大学 2014 年硕士学位论文。
罗桂环：《宋代的“鸟兽草木之学”》，《自然科学史研究》2001 年第 2 期。
（法）梅泰理：《探析中国传统植物学知识》，（英）柯律格等：《山水之境：中国文化中的风景园林》，北京：生活·读书·新知三联书店，2015 年。
庞朴：《阴阳五行探源》，《中国社会科学》1984 年第 3 期。
钱穆：《中国文化对人类未来可有的贡献》，《中国文化》1991 年第 1 期。
沈伟撰：《蔡卞〈毛诗名物解〉抄袭说考论》，虞万里主编：《经学文献研究集刊》第二十四辑，上海：上海书店出版社，2020 年。
汪涌豪：《谱录中的文明》，《文汇报·文汇学人》2020 年 11 月 20 日，第 7 版。
王莹：《地方文献、文化记忆与名物纪胜：宋代博物学视野下的洛阳》，《中国地方志》2019 年第 6 期。
王莹：《宋代谱录的勃兴与名物审美的新境界》，《郑州大学学报》（哲学社会科学版）2014 年第 5 期。

温志拔：《博物学的南宋图景：以〈古今合璧事类备要〉为中心的考察》，《渭南师范学院学报》2017 年第 3 期。
温志拔：《宋代类书中的博物学世界》，《社会科学研究》2017 年第 1 期。
吴国盛：《博物学：传统中国的科学》，《学术月刊》2016 年第 4 期。
吴国盛：《西方近代博物学的兴衰》，《广西民族大学学报》（自然科学版）2016 年第 1 期。
吴国盛：《自然史还是博物学？》，《读书》2016 年第 1 期。
辛德勇：《两汉州制新考》，《文史》2007 年第 1 辑。
熊英：《李石及其与宋代蜀学的关系》，四川大学 2006 年硕士学位论文。
易华：《龟的博物学：兼谈博物学与自然史》，《广西民族大学学报》（哲学社会科学版）2011 年第 6 期。
于翠玲：《从“博物”观念到“博物“学科》，《华中科技大学学报》（社会科学版）2006 年第 3 期。
余欣：《中国博物学传统的重建》，《中国图书评论》2013 年第 10 期。
袁堃：《〈续博物志〉研究》，西南交通大学 2017 年硕士学位论文。
袁文春：《宋代志怪小说的知识化与类书化》，《武陵学刊》2020 年第 1 期。
张钫：《画者的博物学：基于〈宣和画谱〉的考察》，《南京艺术学院学报》（美术与设计版）2017 年第 4 期。
张文静：《从宋代绘画看中国博物传统》，《中国科学报》2015 年 12 月 11 日，第 6 版。
张远：《文学视域下的宋代花谱研究》，华中师范大学 2019 年硕士学位论文。
赵鲜云：《化生说与中国传统生命观》，《自然科学史研究》1995 年第 4 期。
朱渊清：《魏晋博物学》，《华东师范大学学报》（哲学社会科学版）2000 年第 5 期。
邹重华：《士人学术交游圈：一个学术史研究的另类视角》，邹重华，粟品孝主编：《宋代四川家族与学术论集》，成都：四川大学出版社，2005 年。

后记

南宋李石所撰《续博物志》，是晋人张华《博物志》唯一全存的续书，也是一部重要的宋代博物学书籍，对我们了解宋代及宋以前的博物学发展状况有很高的辑佚价值和文献价值。

笔者曾指导学生杨振北对《续博物志》的作者、版本流传、性质与内容等问题做过初步研究，并于 2017 年完成硕士学位论文，题目为《〈续博物志〉研究》。无独有偶，同年西南交通大学的袁堃亦以《〈续博物志〉研究》为题完成了硕士学位论文。袁堃的硕士学位论文将较大篇幅放在《续博物志》引书考和文本研究上，对《续博物志》作者李石的著述考及内容辑佚成果较为突出。但袁堃的研究存在言不尽其意者，譬如对《续博物志》的版本研究不充分，著述考出现明显错误之处；未对《续博物志》的性质、归属和分类进行研究；未考论《续博物志》在整个宋代博物学中的重要地位和影响等。再者，关于《续博物志》的整理，除李之亮（巴蜀书社，1991 年）和燕永成（大象出版社，2008 年）的两种点校本外，近年来也有新的成果面世，如唐子恒点校、凤凰出版社于 2017 年 11 月出版的《续博物志疏证》；中国书店于 2019 年 9 月出版的《博物志》和《续博物志》合订影印本等。故而笔者不揣浅陋，再次对《续博物志》一书进行研究与校勘，并以此见教于学林。

在本书写作过程中，我的硕士研究生杨振北、马笑云、金玥函和梅凌杰先后参与其中，做出了重要贡献，兹列举他们的工作内容如下：关于《续博物志》的性质和分类，本书沿用杨振北的观点并对具体内容加以补充；关于《续博物志》的版本，马笑云检索并增补了《续博物志》在日本和朝鲜的流传情况；金玥函对《续博物志》题材分类之下所引史料有所增补；梅凌杰对宋代博物学发展的特点有所归纳。在书稿修订阶段，马笑云又协助校对了大量引文，使本书避免了不少文字错误。教学相长，诚哉斯言！

此外，我的同事刘云军副教授审读了书稿全文并提出宝贵意见，使我获益良多。本书的出版得到河北大学文学院刘金柱教授推荐，受河北大学燕赵学科群专项经费资助。谨此致谢。

张春兰

2021 年 12 月 8 日